La DERNIÈRE CONCUBINE

Catt Ford

La DERNIÈRE CONCUBINE

Catt Ford

Dreamspinner Press

Publié par

DREAMSPINNER PRESS

5032 Capital Circle SW, Suite 2, PMB# 279, Tallahassee, FL 32305-7886 USA
http://www.dreamspinnerpress.com/

La dernière concubine
Copyright de l'édition française © 2015 Dreamspinner Press.
Titre original: The Last Concubine
© 2012 Catt Ford.
Traduit de l'anglais par Julianne Nova.

Illustration de la couverture :
© 2012 Catt Ford.
Les éléments de la couverture ne sont utilisés qu'à des fins d'illustration et toute personne qui y est représentée est un modèle

Édition imprimée en français : 978-1-63476-251-9
Première édition française en version papier : mars 2015
Édition ebook en français : 978-1-62380-932-4
Première édition française : février 2014
Première édition : juillet 2012

Édité aux Etats-Unis d'Amérique.

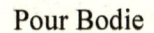
Pour Bodie

AU TEMPS de la Dynastie Qing, pendant le règne du Fils du Ciel, l'Empereur Jun, le Seigneur Wu Min ordonna à une caravane d'entreprendre le dangereux voyage qui la mènerait jusqu'à la cour du Général Qiang Hüi Wei, gouverneur des états du Yan et du Qui, pour y porter un présent d'une grande valeur, car il tenait à gagner des faveurs et un titre auprès du représentant de l'empereur. Le temps ayant passé, on a depuis longtemps oublié s'il avait été satisfait ou déçu que les courtisans et soldats désignés aient réussi ou non à atteindre la forteresse de Qiang Hüi Wei après avoir traversé des territoires hostiles. L'histoire indique seulement que la caravane arriva à bon port et que lorsque cette nouvelle parvint au Général Hüi Wei, il accorda une audience afin de recevoir ces cadeaux dans le respect des coutumes de l'époque.

I

— QUE PENSES-TU que Wu Min ait pu considérer comme un présent
approprié, Hüi ? demanda le Seigneur Jiang tandis que les deux hommes
arpentaient les couloirs du palais, se dirigeant vers la salle d'audience.

Hüi Wei émit un bref rire attristé.

— Comme pot-de-vin, tu veux dire. Il meurt d'envie d'attirer l'attention
du Fils du Ciel et espère y arriver par mon biais.

— Tu es cynique, observa Jiang.

— Et grâce à cela, je respire encore.

Hüi Wei offrit un sourire carnassier à son ami et s'arrêta devant la porte.
Les deux soldats stationnés à cet endroit levèrent leurs lances pour les laisser
passer et demeurèrent ainsi, le visage impénétrable, comme s'ils ne pouvaient
pas entendre les commentaires des deux hommes.

— Nous verrons bien quels beaux mensonges ses représentants
essaieront de me vendre.

Sur ces paroles, Hüi Wei hocha la tête et l'un des soldats écarta le
rideau pour révéler de lourdes portes en bois, aux charnières de fer. Il repoussa
une porte sans bruit et Hüi Wei précéda son ami et conseiller pour entrer dans
la pièce, émergeant de riches rideaux damassés pour arriver sur une estrade
qui surplombait un sol carrelé et brillant.

Il resta debout, silhouette imposante devant ceux qu'on lui avait
envoyés, musclé et puissant, son beau visage impassible, patiné toutefois par
le temps passé sur les champs de bataille, son regard dur tandis qu'il attendait
que l'assemblée s'agenouille et s'incline, en hommage à sa présence
dominante.

Son expression ne changea pas lorsqu'il découvrit le spectacle incongru
d'une belle femme mince au milieu des hommes et son regard glissa sur elle
sans même une lueur d'intérêt. Il s'installa sur son trône massif, posa ses

mains sur les têtes de tigres rugissantes gravées au bout des accoudoirs et attendit en silence. Afin d'insulter discrètement les représentants de Wu Min, Hüi Wei avait choisi de les recevoir en s'habillant de vêtements rudimentaires plus adaptés au combat, portant encore son plastron de cuir et son épée à son côté.

La voix du Seigneur Jiang retentit.

— Son impériale personne, le gouverneur de la province de Changchun, des états du Yan et du Qui, protecteur assermenté du Fils du Ciel, l'Empereur Jun, le Général Qiang Hüi Wei a daigné recevoir les représentants de Wu Min, seigneur de la province de Liaopeh. Qui parle au nom de Wu Min ?

L'un des courtisans précieusement habillé hocha la tête tandis qu'il fixait toujours son propre reflet sur le sol poli.

— Sa grâce le Seigneur Wu Min a exigé que je transmette son respect, ainsi que ce petit gage infime de son allégeance à Qiang Hüi Wei.

— Tu t'adresseras à mon Seigneur en tant que Seigneur Général Qiang Hüi Wei ou ton maître sera heureux de te récupérer – découpé en un millier de morceaux, le réprimanda vertement Jiang, usant du titre militaire de Hüi plutôt que de son titre civil, comme un nouvel affront.

Hüi Wei essaya d'empêcher ses lèvres de se retrousser. Son ami Jiang n'aurait certainement jamais mis une telle menace à exécution personnellement, à moins qu'il n'ait jugé cela nécessaire pour la sécurité de la province, mais il avait convaincu beaucoup d'hommes de son impitoyable cruauté en usant de telles paroles. Apparemment, le courtisan était l'un d'eux puisqu'il eut un mouvement de recul visible et s'empressa de corriger la façon dont il s'était adressé à lui.

— Un million d'excuses, votre Honneur ! s'exclama-t-il, sa voix quelque peu étouffée puisqu'il était obligé de parler directement contre le sol. Je ne voulais pas vous offenser. Ce n'est que ma misérable ignorance qui m'a poussée à m'adresser à son Excellence le Général de manière incorrecte. Je prierai pour que vous n'exerciez pas vos représailles sur mon gracieux maître, à cause de mon épouvantable infamie.

Hüi Wei n'osa pas lancer de regard vers Jiang mais il savait combien son ami savourait tout cela.

— Redresse-toi ! ordonna-t-il impatiemment. Que veut ce Wu Min ?

Le courtisan se rassit sur ses talons, le visage rougi, comme si sa corpulence ne l'avait pas habituée à cette position de respect. Aucun de ses autres compagnons n'osait même relever les yeux, mais Hüi Wei remarqua que les quatre soldats imposants qui entouraient la femme restaient en groupe

2

serré autour d'elle, comme si elle possédait un grade important et nécessitait du même coup une protection constante.

— Rien, mon Seigneur ! Il n'ose rien vous demander.

Le courtisan releva sournoisement les yeux puis fixa de nouveau le sol.

— Si, dans le futur, vous souhaitiez lui accorder une marque infime de vos faveurs… Mais il est bien conscient qu'il ne mérite rien venant de vous. Non, nous sommes venus vous présenter quelques présents d'une grande valeur, simplement pour exprimer la loyauté et l'allégeance de Wu Min à votre égard, Protecteur du Nord et au Fils du Ciel, l'Empereur Jun, et…

— Le Général Qiang apprécie ce geste gracieux mais c'est un homme important. Il a beaucoup de responsabilités en tant que serviteur de l'empereur, l'interrompit doucement Jiang. Je t'assure que n'importe quel cadeau provenant de Wu Min sera apprécié à sa juste valeur.

Le courtisan sembla comprendre qu'on lui intimait d'en venir au but, même s'il aurait vraisemblablement été heureux de s'écouter parler encore pour quelques heures. Il releva une main.

— Si je pouvais vous demander la permission d'ordonner à ces misérables serviteurs d'approcher notre gracieux gouverneur…

Jiang hocha la tête.

— Tu peux. Jusqu'à cette ligne, pas plus près.

Il pointa une ligne de pierres noires gravée au sol, à plus de trois mètres de Hüi Wei.

Le courtisan releva le petit doigt et un serviteur approcha du trône à genoux en tenant un petit coffre. Il ouvrit celui-ci pour révéler la présence de nombreux taels d'argent empilés à l'intérieur.

— Une petite offrande en monnaie, dit le courtisan comme si le montant était négligeable et ne valait pas une petite fortune.

Il releva l'annulaire de la main qu'il tenait toujours en l'air.

Un second servant s'approcha, apportant un autre petit coffre. Cette fois-ci, le couvercle révéla la beauté lustrée de perles de tailles diverses et de couleurs allant du noir au rose, puis au blanc le plus pur.

— Des perles rares récoltées dans l'océan, au prix de nombreuses vies, psalmodia le courtisan.

Il releva son index.

Un troisième serviteur s'avança pour dérouler un rouleau de soie chatoyante.

— La plus belle soie de toute la province de Liaopeh. Notez la beauté subtile de la fleur d'orchidée tissée dans le motif.

Hüi Wei bâilla avec ostentation sur son trône pour signaler l'ennui que lui procurait ce défilé d'offrandes.

Le courtisan sembla consterné.

— Ces cadeaux sont de petits riens, indignes de la grandeur du gouverneur. Bien qu'ils aient été recueillis grâce à une grande austérité de la part de Wu Min, ces gages sont trop insignifiants pour votre grande fortune et votre importance. Non, le trésor que Wu Min souhaite vous présenter n'est aucun de ceux-là. Il attend encore.

Enfin, il releva son majeur.

Les quatre soldats se redressèrent et l'un d'eux tendit la main à la femme qui était encore prostrée afin de témoigner son respect le plus complet. Elle posa sa main sur son avant-bras musclé, aussi légèrement qu'un colibri en plein vol et se leva gracieusement, son regard baissé comme il se le devait, voilé par ses cils. Les soldats l'escortèrent et restèrent en cercle autour d'elle, comme s'ils la gardaient de toute attaque imminente. Sa qipao[1] bleue était brodée de fils d'or dessinant des dragons et des phénix et sa couleur sombre mettait en valeur sa beauté d'ivoire.

D'une voix calme, le courtisan parla — comme s'il était tellement impressionné par ce qu'il disait qu'il pouvait à peine supporter la signification de ses paroles.

— Wu Min a consenti au plus profond sacrifice en vous envoyant sa demi-sœur, la Princesse Zhen Lan'xiu, pour qu'elle devienne votre épouse.

Hüi Wei ne jeta pas même un regard vers la femme.

— Remercie ton maître, mais je ne pourrais accepter un cadeau qui cause une douleur si cruelle à celui qui l'offre. L'intention est louable, mais le sacrifice est inutile. Je n'ai pas besoin que Wu Min choisisse mon épouse pour moi.

Le courtisan reprit rapidement la parole, nerveux.

— Il ne souhaitait pas vous offenser ! Il est bien connu que votre Grandeur possède déjà une femme et plusieurs concubines ! Wu Min n'a jamais envisagé que la Princesse Lan'xiu puisse remplacer l'une de ces dames vénérées. Non ! En réalité, vous pouvez l'utiliser comme bon vous semblera et la rejeter si elle vous déplaît !

---

[1] La *qipao*, de *qi* et *pao*, robe longue et ample, désignait le costume porté à l'origine exclusivement par les femmes mandchoues, de rigueur à la cour. Dans sa forme originelle il s'agissait d'un vêtement ne révélant rien des formes corporelles, convenant à toutes les silhouettes et tous les âges.

— Est-ce qu'il s'engage à accepter de reprendre son cadeau si elle est jugée défectueuse ? demanda Jiang.

Choqué, le courtisan répondit :

— Elle est intacte ! Chaste et pure ! La plus belle vierge que l'on puisse trouver dans tout Liaopeh ! Personne n'arrive à résister au charme de sa beauté. Elle est de caractère modeste et sage ! Et elle été gardée avec grand soin. Il n'y a eu aucun rendez-vous galant sournois au clair de lune pour la dépouiller de sa pureté…

— Tu transmettras mes remerciements à Wu Min pour ces tributs impressionnants, dit Hüi Wei d'un ton ennuyé. Je suis sûr que se séparer de sa sœur lui a causé une grande douleur.

— Oh, en effet, en effet, l'assura le courtisan d'une voix mielleuse. Si seulement vous acceptiez de recevoir ces humbles présents, cela lui procurerait assez de plaisir pour surmonter le tourment…

— Nous tiendrons compte de ces gages. Avez-vous une requête ? l'interrompit le Seigneur Jiang d'un ton avisé.

— Il se trouve que j'en ai une. Wu Min souhaite s'assurer que sa Grâce est consciente de sa loyauté…

— Vous l'avez déjà mentionné, en effet.

Jiang tendit la main vers le parchemin.

Le courtisan se releva et s'approcha de l'estrade, extirpant le parchemin de la manche de sa robe. Il grimaça lorsque Jiang agrippa son bras d'une main en acceptant le parchemin de l'autre. Il jeta un regard vers le visage de Hüi Wei mais celui-ci ne daigna rien montrer, aussi abandonna-t-il le parchemin sans résistance.

— L'audience touche à sa fin. Vous pouvez tous vous retirer, annonça Jiang. Qu'on amène la Princesse Lan'xiu au quartier des femmes.

Il claqua des doigts à l'attention des soldats du général, qui s'avancèrent immédiatement.

— Mais… la princesse… sa garde… Elle ne doit pas demeurer sans protection ! bredouilla le courtisan. Ses gardes doivent…

— Je suis sûr que nous saurons la protéger de façon adéquate. Les gardes que vous avez amenés peuvent repartir avec vous. Pendant qu'ils le peuvent encore, dit Jiang, sa voix impliquant qu'il ne tolérerait aucune discussion.

— Son serviteur, alors. Permettez au moins à son eunuque de lui tenir compagnie, jusqu'à ce qu'elle se sente ici chez elle…

Pour la première fois, Jiang examina le petit serviteur mince, au visage doux, légèrement féminin.

— Es-tu un eunuque ?

Rougissant, le servant hocha la tête sans relever les yeux, se rapprochant d'un minuscule pas de la princesse.

Le beau visage de la princesse ne montra rien de l'émotion qu'on aurait attendue d'une fille noble livrée à une cour inconnue – et au lit d'un étranger – mais elle sembla se pencher légèrement en direction de son serviteur eunuque.

Hüi Wei secoua une main et ses soldats s'avancèrent pour mener la jeune femme et son servant hors de la pièce. Les soldats qui la gardaient ne bougèrent pas, ne semblant pas avoir la moindre idée de l'attitude à adopter face à cette circonstance imprévue.

Le visage du courtisan arbora une expression frustrée lorsque la princesse disparut, mais il sembla accepter son impuissance et, une nouvelle fois, pressa son front contre le sol.

— Je transmettrai à sa gracieuse Seigneurie Wu Min que le Seigneur Général Qiang Hüi Wei a accepté les cadeaux qu'il a choisis avec beaucoup de soin et de réflexion pour le plaisir et l'enrichissement de la demeure de Sa Seigneurie…

Les épaules de Hüi Wei s'agitèrent lorsqu'il quitta la salle en riant, accompagné de Jiang.

— Penses-tu qu'il parle encore ?

— J'ai ordonné aux gardes de noter ce qu'il disait mais j'ai peur qu'il soit vain d'espérer une quelconque indiscrétion. Il est versé dans l'art de cracher beaucoup de mots pour dire peu de choses. Je n'ai aucune idée de ce que souhaite obtenir Wu Min grâce à cet étalage.

Les lèvres d'Hüi s'affinèrent en un sourire lugubre tandis qu'il traversait de nombreux couloirs.

— Vraiment aucune ? Toi, d'ordinaire si sage, à moins que tu ne me flattes en me permettant d'élucider ce mystère, réponds à cela : comment un homme qui gouverne une province enclavée, à plusieurs kilomètres de la mer, arrive-t-il à obtenir une telle quantité de perles sans pareilles ?

Jiang sembla réellement surpris tandis qu'il hâtait le pas pour arriver à suivre.

— Voici une question très intéressante. Cela ajouterait grandement à son pouvoir et à son contrôle s'il avait accès à un port, mais je ne vois pas en quoi vendre sa sœur lui permettrait de gagner cela.

— Pas à moi, du moins. J'ai suffisamment de femme et de concubines. On pourrait supposer qu'en ajouter une autre serait excessif.

— On dit que l'empereur possède une maison de la félicité céleste d'une centaine de concubines.

— L'empereur est l'empereur et il n'a pas besoin d'aller à la guerre ou d'enrayer de rebellions de provinces arrivistes, rétorqua Hüi Wei sèchement. Un homme simple, tel que moi, n'a pas besoin d'une femme différente pour réchauffer son lit chaque nuit.

— En parlant de choses sans pareilles, dit Jiang en changeant avec tact le sujet de leur conversation. Je n'avais jamais vu de femme plus belle que cette princesse.

— Je n'ai pas remarqué, mentit Hüi Wei.

— Bien sûr que non, mais quand tu en auras le temps, tu pourrais regarder son visage, soupira Jiang avec admiration. Une forme tellement parfaite. Sa peau est aussi impeccable que les perles livrées avec elle. Des yeux en amande, profonds comme un ciel nocturne, une bouche à la courbe semblable à…

— Celle d'un serpent à l'agonie ? Assez ! Je te prendrai au mot si tu dis qu'elle est le parangon de toutes les grâces féminines, dit Hüi Wei en riant. Attention de ne pas tomber, *toi*, sous son charme. Badiner avec la concubine d'un autre homme est passible de mort.

— Tu veux donc la garder ?

— Je n'ai pas encore décidé, dit Hüi froidement.

— Mais tu ne la renvoies pas ?

Hüi ouvrit la porte vers ses quartiers privés.

— Viens avec moi.

Jiang entra dans la pièce et referma la porte derrière lui.

— À quel jeu joues-tu ? Ne fais pas de cachoteries avec moi.

— Que dit-il dans ce parchemin ?

Jiang le déroula.

— Si je lis correctement entre les lignes, il espère t'empêcher d'envahir sa province et espère que tu respecteras vos frontières mutuelles. Cela veut dire qu'il est en train de faire quelque chose qu'il ne veut pas que tu saches mais qui justifierait une invasion. Peut-être qu'il espère distraire ton attention avec la beauté de cette femme.

Hüi s'affala sur une chaise, sans plus aucune trace de la solennité délibérée dont il avait fait preuve dans la chambre d'audience lorsqu'il était sur le trône.

Il leur versa à chacune une tasse de *huáng jiŭ* et en but une gorgée avant de parler.

— Je la garderai un temps, au moins pour pouvoir découvrir le plan de Wu Min. Il est ambitieux et intelligent, mais il ne prête allégeance qu'à lui-même. C'est un homme prudent. J'ai combattu sur les mêmes champs de bataille que lui et il ne s'investit pas dans une attaque si elle ne lui profite pas personnellement, peu importe le traité qu'il a signé. Il recourt à la tromperie et à la ruse pour obtenir ce qu'il veut.

— Et en t'offrant cette fille, il espère gagner – quoi ? Que sa beauté t'occupera au point de pouvoir se créer sous ton nez, un chemin vers la mer ?

Jiang rit à la pensée que n'importe quelle femme puisse distraire Hüi Wei au point de négliger son devoir sacré, décrété par le Fils du Ciel.

— Ce serait mal te connaître.

— Au moins, si tu avais autorisé sa garde à rester avec elle, il aurait pu bénéficier de quelques espions dans ma cour. Qui sait ? Peut-être qu'*elle* espionne pour lui.

Hüi Wei releva son verre vers la lumière, observant la liqueur dorée.

— Il estime que les autres sont de moins bons stratèges que lui. C'est le plus grand handicap de Wu Min. Non, il a d'autres raisons pour m'envoyer cette femme. Quelque chose qu'il espère gagner en la mettant en ma possession. Peut-être est-elle née maudite ou amène la malchance à ceux chez qui elle réside, malgré sa beauté. Les dieux s'amusent parfois en offrant un cadeau d'une main et en le reprenant de l'autre.

Il rit.

— Il n'a pas dû offrir ce tribut d'argent, de perles et de soie de bon cœur, seulement pour masquer sa véritable intention. Il doit avoir bon espoir de pouvoir les récupérer, le moment donné. Wu Min n'ouvre pas facilement le poing.

— Il ne peut espérer que sa présence provoque un conflit au sein de ton palais des plaisirs, réfléchit Jiang à voix haute, d'une voix perplexe. Un homme ne s'inquiète pas des querelles mesquines de simples concubines.

— Même Wu Min ne ferait pas cette erreur, admit Hüi Wei sèchement. Fais-la escorter à la septième maison.

— Quand tu la verras, penses-tu qu'elle te dira pourquoi Wu Min l'a envoyée ?

— Elle ne le sait peut-être pas. Et je ne la verrai pas, pas tout de suite, dit Hüi.

— Je ne le pensais pas, dit Jiang d'un ton satisfait. La nouvelle sera transmise à Wu Min que tu as ignoré ses présents. Les laisser sur le sol comme tu l'as fait en quittant la salle d'audience était un trait de génie. Peut-être que cela l'incitera à une action plus imprudente.

— Peut-être, dit Hüi. Dans tous les cas, fais cataloguer tous les tributs et fais-les emmener à la chambre forte.

— À l'exception de la Princesse Lan'xiu, le taquina Jiang.

— Renseigne-toi sur cette famille, dit soudain Hüi. Il faut être un homme des plus cruels pour envoyer sa propre sœur subir le destin d'une concubine au sein d'un quartier des femmes déjà établi. Je ne pourrais pas le faire, même si l'empereur me l'ordonnait. Il y a quelque chose de bizarre derrière toute cette affaire.

— Je m'assurerai qu'on installe la princesse dans la septième maison, avec son servant, mais je ne vais pas la mettre trop à l'aise pour le moment. Et peut-être que je pourrais arranger une rencontre entre elle et votre première épouse, Dame Mei Ju ?

Un lent sourire étira les lèvres de Hüi.

— Je savais bien que j'avais une bonne raison de garder un bouffon à ma cour.

— Bouffon ! Je ne suis pas un bouffon ! s'exclama Jiang en feignant d'être scandalisé. Tu serais bien attrapé si je prenais cette insulte à cœur et que l'humour devenait mon principal rôle à ton service.

— Je n'insulterais personne de cette manière s'il n'était pas mon plus proche ami, Jiang.

Hüi se releva et posa une main sur l'épaule de Jiang.

— Nous y verrons plus clair ensemble, comme nous l'avons toujours fait, advienne que pourra.

— En effet, admit Jiang.

II

LA PRINCESSE LAN'XIU suivit le soldat qui ouvrait la marche, une épée à la main, l'entraînant, ainsi que son servant, à sa suite. Elle jetait de petits regards discrets autour d'elle, découvrant les murs solides en pierre autour du palais, trop haut pour qu'on puisse les escalader et trop lisses pour permettre d'y trouver la moindre prise si on avait voulu tenter d'y grimper. Et au-delà se trouvait un mur similaire autour de la ville, à franchir également, si on arrivait à passer le premier.

Des gardes armés patrouillaient devant chaque issue possible de sortie pour éviter qu'un intrus puisse y pénétrer. Un grand talent artistique avait été déployé à l'intérieur des murs pour donner aux résidents la sensation de se trouver au cœur d'un beau parc. Des arbres et des buissons avaient porté des fleurs à la bonne saison, bien que désormais un peu de neige saupoudre le sol. Désespérée, Lan'xiu remarqua les empreintes qu'elle laissait dans le blanc manteau, rendant toute évasion furtive impossible.

Elle suivit docilement jusqu'à une autre cour solidement gardée, une sorte d'enclave dans la forteresse et son cœur se serra quand elle reconnut le quartier des femmes. Il était clos par de grandes portes en fer constamment verrouillées. Le soldat se servit d'une clé pour leur permettre d'entrer et lorsqu'il frappa, elle entendit qu'on relevait une barre de l'intérieur en réponse. Le soldat verrouilla à nouveau les portes une fois entrés. Cependant, au lieu d'un grand bâtiment avec des parties communes, elle vit douze maisons éparpillées autour de la cour. Des pêchers et des pruniers nus se trouvaient au centre du parc, entourés de buissons bruns dépouillés de leurs feuilles à cause de la saison. Six bancs étaient disposés dans cet espace.

Toutes les maisons, hormis la première, étaient identiques. Là où les tuiles de toutes les autres maisons étaient d'un bleu cobalt, la demeure la plus splendide était couronnée de tuiles d'un pourpre éclatant, afin d'apporter la bonne fortune sur ceux qui résidaient sous celles-ci. La maison était la plus grande, la plus magnifique, avec des chiens de temple en céramique, fixés à chaque coin recourbé du toit, pour empêcher la chance de s'échapper. Un passage couvert conduisait à la porte d'entrée et une lumière brillait à l'intérieur, diffusant une lueur chaleureuse derrière des rideaux rouges. Les ombres qui bougeaient derrière les voilages suggéraient la présence d'une famille à l'intérieur, profitant des divertissements de la soirée.

Lan'xiu regarda cette maison avec envie. Elle était appropriée pour quelqu'un née comme elle, mais son rang ne lui permettait plus aucune gratification. Elle savait que malgré le destin annoncé à sa naissance, son avenir avait pris un chemin plus sombre et plus sinistre.

Chaque maison dans la cour possédait une lanterne suspendue à droite de la porte. Cependant, celle-ci n'était allumée qu'à la cinquième maison, brillant dans le crépuscule bleu et froid. Lorsqu'ils passèrent devant, l'un des soldats grogna.

Supposant à raison que ce commentaire inarticulé ne la concernait pas, la Princesse Lan'xiu continua de suivre le soldat en silence jusqu'à ce qu'il s'arrête devant la septième maison, extirpant une énorme clé en fer. La serrure grinça en signe de protestation et les charnières gémirent quand le soldat ouvrit la porte.

Lan'xiu rassembla les pans de sa cape avant de pénétrer dans le couloir froid et sombre, se raidissant en prévision de ce qui risquait de suivre. Après tout, peut-être que les soldats avaient reçu l'ordre de l'amener ici et de l'exécuter. Elle put sentir la chaleur du corps de Shu Ning, son eunuque, lorsqu'il s'interposa entre elle et le soldat qui la suivait. Elle ne fut pas rassurée de réaliser qu'il avait les mêmes soupçons qu'elle.

Elle contrôla son sursaut instinctif lorsque le premier soldat parla, ne voulant pas que l'homme puisse voir combien elle était terrifiée.

— Ma Dame, mon Seigneur Jiang vous présente ses excuses. Nous n'étions pas informés de votre venue et la maison n'a pas été préparée pour vous. Si Ma Dame veut bien patienter, des servants seront bientôt là pour allumer les feux et les lampes. La maison a été gardée propre, elle est donc habitable. Vos bagages vous seront apportés.

— Jiang ? Je pensais que le nom du général était Qiang Hüi Wei ? demanda sèchement l'eunuque au soldat.

— Le Seigneur Jiang est le commandant en second du Général. Il s'assure que le domaine du Général Qiang fonctionne correctement. C'est à lui que vous adresserez vos plaintes ou vos demandes.

Lan'xiu agita une main gracieuse mais ne parla pas. Une dame de sa condition ne donnait pas d'ordre direct aux serviteurs. C'est pour cela qu'elle possédait un eunuque.

Une nouvelle fois, Shu Ning parla.

— Je suis certain que la princesse n'aura aucune raison de se plaindre. Comment puis-je me procurer de la nourriture pour elle ?

— La nourriture vous sera amenée bientôt, avec l'eau, le thé et le vin.

Le soldat ne semblait pas vouloir discuter plus longuement. Il se retira avec ses compagnons pour aller monter la garde de l'autre côté de la porte.

Les volets étaient barrés de l'extérieur et le crépuscule rendait les ombres de la maison encore plus opaques. Seule la faible lueur de la lune rayonnant à travers une fenêtre circulaire au-dessus de la porte nacrait le sol poli tandis que Lan'xiu écoutait le moindre bruit, le son de pas étouffés ou le bruissement d'un vêtement, pour savoir quand l'attaque commencerait.

L'assaut ne vint jamais, du moins pas sous forme violente. On frappa à la porte et l'un des soldats l'ouvrit pour révéler une véritable armée de serviteurs composée d'eunuques et de femmes habillées de vêtements simples mais de bonne qualité. Ils portaient des lanternes, des plateaux couverts dont émanaient des odeurs alléchantes et des longueurs de tissu précieux. L'un d'eux portait un braséro de charbons ardents, qu'il apporta dans le salon. Il s'agenouilla devant la cheminée et alluma bientôt un feu.

Les autres eunuques se précipitaient en tous sens, plaçant des lanternes, accrochant des rideaux aux fenêtres, retirant les draps des meubles pour révéler des chaises et des tables en bois de rose, sculptées, incrustées de dessins de nacre. En quelques minutes seulement, ils transformèrent la pièce déserte et froide en un endroit confortable et chaleureux.

Shu Ning parlait avec les servants, commandant à plusieurs d'entre eux de préparer la plus grande chambre à coucher pour la princesse, à un autre de se consacrer aux bagages et à un dernier de dresser une table avec les plateaux couverts de nourriture. Puis il leur ordonna à tous de quitter la pièce.

— Venez, Princesse Zhen Lan'xiu, asseyez-vous et mangez. Vous devez être épuisée et affamée.

— Ning, pourquoi parles-tu comme ça ?

Ning indiqua la porte de la tête posant une main en coupe sur son oreille.

— Rompez votre jeûne, ma Dame. Puis je vous escorterai à votre chambre à coucher et vous mettrai au lit.

Lan'xiu lui offrit un sourire attristé et soupira.

— J'ai peur de ne pas avoir très faim.

Ning renifla les plats avec envie et insista.

— Il faut que vous mangiez quelque chose.

Il souleva un couvercle et dit :

— Voici du riz avec des morceaux de pêches dorées.

— Très bien, dit Lan'xiu, résignée. Tu peux me servir un peu de cela.

Elle ramassa ses baguettes et mangea avec modération. Puis elle fixa longuement Ning en murmurant :

— Mange, idiot, ne m'attends pas. Je sais que tu as faim. Arrête de faire semblant.

— Oui, ma Dame, dit Ning fortement avant de souffler. Il faut les forcer à vous traiter comme vous le méritez, de par votre naissance.

— Oh, Ning. Que ferais-je sans toi ?

Lan'xiu tendit une main fine et tapota son bras.

— Je suis si heureuse que tu aies choisi de m'accompagner.

— Rien ne pourrait me tenir loin de vous, Lan'xiu, dit Ning doucement.

Puis il commença à manger avec appétit, choisissant du porc, du riz et des légumes pour remplir son bol. Lorsqu'il fut rassasié, il releva les yeux et découvrit Lan'xiu en train de le regarder. Il déposa un doigt sur ses lèvres.

— La chambre à coucher est en haut. Vous avez besoin de repos.

Il ouvrit la porte et jeta un œil dans l'entrée. Pendant leur absence, les servants s'étaient occupés de leur intérieur. Le reste de la maison se réchauffait peu à peu et les lanternes étaient allumées. Grâce à leur lumière, il apercevait désormais la courbe de l'escalier qui rejoignait le palier de l'étage. Trois eunuques et trois femmes étaient alignés en silence dans le couloir, comme s'ils les attendaient.

— Ma Dame va maintenant se retirer pour se reposer, annonça Ning.

La plus vieille des servantes claqua des mains et les trois eunuques filèrent vers la porte. Ils sortirent de la maison et les deux soldats les suivirent. Dans le silence, Lan'xiu et Ning purent entendre la clé grincer dans la serrure et ils surent qu'ils étaient désormais emprisonnés dans cette luxueuse maison.

— Montrez-moi la chambre à coucher, ordonna Ning vigoureusement.

La vieille femme esquissa une révérence et parla pour la première fois.

— Vous êtes l'esclave de son Altesse ?

— Je suis son *serviteur* personnel, souligna Ning. Je la sers de toutes les manières possibles.

— Des restrictions sont en place, répondit la femme. Aucun homme n'a le droit de passer la nuit, dans aucune des maisons. Toutefois, vos coutumes semblent être différentes. Mon nom est Jia et je serai la gouvernante de la Princesse Lan'xiu. Je suis à votre service. Ces filles stupides sont Din et Miu. Ne vous préoccupez pas d'elles. Vous me transmettrez tous les ordres nécessaires et je m'occuperai du reste.

Ning s'inclina.

— Je suis Shu Ning. Vous pouvez vous adresser à moi en m'appelant Ning. Maintenant, la Princesse Lan'xiu est lasse de notre voyage et aimerait se reposer.

— Bien sûr. Suivez-moi.

Jia claqua des mains à l'attention des deux jeunes femmes, qui gloussèrent et s'enfuirent vers l'arrière de la maison, en continuant à jeter de petits coups d'œil furtifs à la princesse en chemin.

— Ne faites pas attention à elles, Ning-xiānsheng. Elles sont jeunes et idiotes et n'ont encore jamais vu de princesse. Moi, toutefois, j'ai servi dans les plus grandes maisons et je sais comment les choses doivent être faites. Veuillez me suivre, Ning-xiānsheng.

Elle se détourna et ouvrit la marche vers l'étage.

Lan'xiu sourit en voyant Ning bomber le torse devant le titre de respect que Jia lui avait accordé, même si elle ne se sentait pas très joyeuse. Toutefois, elle laissa échapper un petit hoquet de plaisir à la vue de la belle chambre qui lui avait été attribuée.

Le lit en bois de rose était énorme, posé au milieu de la pièce, pourvu d'un baldaquin et de planches cornières sculptées de dragons et de phénix détaillés. Des peintures à l'huile représentant des champs et des cours d'eau décoraient l'arche du baldaquin, au-dessus du lit. Des rideaux de soie jaune étaient accrochés autour du lit et brillaient à la lueur chaleureuse des lampes à huile et du petit poêle en céramique. Une soie assortie recouvrait les fenêtres et l'édredon douillet couvert de satin vert donnait un aspect confortable à la pièce. Des oreillers moelleux, couleur lavande, paraient le lit. Une coiffeuse en bois de rose, avec sa chaise pourvue d'un coussin jaune, se trouvait près d'une fenêtre. Un tapis épais, décoré de motifs aux tons crémeux, jaunes et verts, avec de petites touches de saumon et de bleu cobalt, recouvrait le parquet.

Jia ouvrit la porte d'une armoire de palissandre qui occupait tout un mur pour montrer que les habits de Lan'xiu avaient été soigneusement pendus à l'intérieur, tandis que les vêtements plus intimes avaient été pliés et placés dans des tiroirs.

Elle rejoignit une porte dissimulée derrière des rideaux, du même côté que le lit et les ouvrit pour révéler une grande salle de bain entièrement équipée.

— La pompe amène l'eau à l'intérieur. Si Ma Dame souhaite un bain, un feu peut être allumé sous la baignoire pour chauffer l'eau.

Jia indiqua la gigantesque cuve en cuivre. La pièce alliait de merveilleux carreaux de céramique et de cuivre et utilisait un appareillage des plus modernes.

Puis elle ouvrit une autre porte sur le mur qui faisait face, menant à une chambre plus petite.

— J'imagine que vous voudrez dormir à portée de voix de Ma Dame, dit-elle en s'adressant à Ning.

Elle n'avait toujours pas regardé la princesse directement.

— Cela conviendra parfaitement, dit Ning. Je suis très satisfait. Vous avez pensé à tout pour que la princesse soit à l'aise.

— Merci, monsieur.

Jia esquissa une révérence et jeta enfin à regard à Lan'xiu, retenant un hoquet en découvrant l'ampleur de sa beauté. Puis la gouvernante se retira en refermant la porte derrière elle.

Lan'xiu et Ning ne bougèrent pas, se contentant d'écouter attentivement. Ning marcha jusqu'à la porte sur la pointe des pieds et l'ouvrit. Le couloir était vide. Il secoua la tête à l'attention de la princesse.

— Je vais aller jeter un œil, dit-il en ramassant l'une des lanternes.

Il fouilla la salle de bain puis la chambre qui lui avait été attribuée, avant de sortir dans le couloir.

Lan'xiu enroula ses bras autour de son corps pour tenter de s'arrêter de trembler, attendant son retour. Ou pire, que quelqu'un n'entre, peut-être recouvert du sang de Ning pour lui annoncer sa mort. Elle n'avait pas réalisé qu'elle retenait son souffle jusqu'à ce que la porte s'ouvre à nouveau pour laisser passer son loyal serviteur, de retour auprès d'elle.

— Nous sommes seuls à cet étage, dit Ning doucement. Le grenier est vide. Je n'ai découvert aucun moyen de nous espionner, mais mieux valait être prudents.

— Prudents ! s'exclama Lan'xiu en riant amèrement.

— Chut, l'avertit Ning. Vous êtes fatiguée. Vous seriez mieux au lit. Dois-je faire couler un bain ?

— Non ! frissonna Lan'xiu. Pas ici ! Pas maintenant. Et tu dois trouver un moyen de sortir. Si aucun de nous ne peut dormir, tu dois t'échapper.

— Je ne vous laisserai pas, ma Dame, dit Ning d'un air peiné.

— Même si on m'a livrée ici pour mourir, il n'y a aucune raison que tu partages mon sort, dit Lan'xiu. Tu ne peux pas me sauver. Tu dois te sauver, toi.

— Vous n'en savez rien, cela ne mènera peut-être pas à votre mort, dit Ning avec espoir.

— Tu as toujours été un optimiste, mon Ning. Pour toi, la théière est toujours à moitié pleine, dit Lan'xiu en riant faiblement. Mais tu connais mon frère. Il aurait préféré me faire jeter d'une falaise, mais en me livrant aujourd'hui, il obtiendra ma mort sans se salir les mains. Tu sais qu'il trouvera un moyen d'utiliser mon assassinat à son avantage.

— Le gouverneur n'a pas choisi de venir à vous, ce soir, souligna Ning. Cela n'est pas habituel pour un guerrier accoutumé à revendiquer tout ce qu'il possède. Peut-être a-t-il déjà une favorite et n'est pas vraiment intéressé par vous. Vous l'avez entendu, pendant l'audience. Il a dit qu'il avait assez de femmes. Peut-être ne viendra-t-il jamais.

— Le Seigneur Qiang Hüi Wei possède un visage intelligent, dit Lan'xiu. Il n'aura pas l'indécence de revendiquer son trophée trop vite. Mais il est aussi trop intelligent pour ignorer l'ambition démesurée de mon frère. Il pourrait me tuer d'emblée sans chercher à savoir si je connais la source de ce complot. Entre eux deux, je ne suis pas en sécurité et, en tant que mon serviteur, tu n'es pas en sécurité non plus, mon cher ami. Il faut que je te sorte de là.

— Peut-être qu'ils me laisseront sortir pour aller vous acheter de la poudre pour le visage, ou quelque chose comme ça, suggéra Ning.

— Peut-être. Et peut-être qu'un des soldats n'est pas assez satisfait de son sort pour refuser une fortune en bijoux. Si seulement je *possédais* une fortune en bijoux, je soudoierais chacun de ces hommes afin de te libérer.

Ning la rejoignit et tomba à genoux, commençant à pleurer légèrement. Il agrippa sa main et l'embrassa, incapable de parler jusqu'à ce qu'il sente son autre main caresser sa tête.

— Si vous deviez mourir, je mourrais avec vous, déclara-t-il.

— Qu'ai-je donc fait pour mériter un ami aussi sincère et loyal que toi ? s'émerveilla-t-elle. Cela me rendrait tellement plus heureuse de savoir qu'au moins tu survivrais, plutôt que de partager mon destin.

— Que ferais-je ? Où irais-je ? se lamenta Ning.

— Qui d'autre pourrait te supporter ? dit Lan, sa voix tremblait légèrement de rire même si des larmes retenues brillaient dans ses yeux.

Ning rétorqua immédiatement :

— Qui vous supporterait, *vous* ? Si Hüi Wei a un cerveau dans la tête, il découvrira bien vite que votre beauté dissimule la piqûre d'une guêpe.

Lan se mit à rire.

— Un point partout, alors. Nous mourrons ensemble.

— Ou peut-être que nous vivrons ensemble, dit Ning en s'essuyant les yeux sur sa manche. Vous étiez une interprète des dieux, ou du moins votre mère vous a-t-elle appris cet art. Êtes-vous sûre que nous allons mourir ?

— Tu sais que l'on ne peut pas connaître ses propres présages, dit Lan à regret. Et depuis la mort de ma mère, les dieux ont refusé de me parler et la voie n'est pas claire. Des nuages obstruent ma vision.

Ning soupira.

— Au moins nous sommes loin des laquais de votre frère et nous pourrons dormir ce soir. Nous monterons la garde tour à tour.

— Si tu me réveilles quand tu piqueras du nez, le réprimanda Lan.

— Ce n'est arrivé qu'une seule fois, j'étais si fatigué que je ne pouvais pas garder les yeux ouverts, protesta Ning.

Lan sourit.

— Je prends le premier tour de garde.

— Je ne peux pas dormir dans votre lit, souligna Ning.

— Il y a une adorable banquette près de la fenêtre, qui est juste à ta taille, dit Lan en indiquant l'alcôve partiellement cachée derrière les rideaux. Je crois qu'il y a un autre édredon dans ta chambre. Tu peux l'amener ici et t'envelopper pour avoir chaud.

Ning bâilla, la bouche grande ouverte comme un chat, sans se donner la peine de couvrir sa bouche.

— Je pense que je vais faire ça, si vous en êtes certaine.

— J'en suis sûre, dit Lan.

Elle observa son ami et servant se précipiter vers la petite antichambre.

— J'aurai tout le temps de dormir lorsque je serai morte.

III

DAME MEI JU se tenait près de la fenêtre et attendait. Parfois, lorsque les neiges de l'hiver apparaissaient ou que les brumes délicates de l'été obscurcissaient la cour, elle arrivait à prétendre qu'au lieu de regarder des maisons identiques, elle était encore chez elle, avec ses parents, ses sœurs et ses frères, avec une vue dégagée sur les champs de riz et les montagnes au-delà.

Cela faisait si longtemps qu'elle n'était pas sortie hors de ces murs qu'elle se sentait vieille. Mei Ju soupira puis gloussa sans bruit. Elle *était* vieille ; du moins plus vieille que les autres concubines. Et elle s'en sentait reconnaissante. Elle était la seule survivante de sa famille, parce qu'elle se trouvait ici lorsque des hordes avaient envahi son village, le rasant entièrement et tuant toute sa famille et ses amis. Cela avait été une époque de rébellion terrifiante, mais son Seigneur Qiang Hüi Wei avait ramené la paix et la sérénité dans la région, au nom du Fils du Ciel, l'empereur de Chine.

Elle essaya d'éviter de regarder son reflet dans la vitre tandis qu'elle attendait cette nouvelle concubine, le cœur lourd. Avant même qu'elle n'ait été désignée première épouse, elle avait su que son seigneur ajouterait des concubines à leur foyer, mais cela lui serrait le cœur à chaque fois. Pendant un temps, il serait distrait ou captivé par sa nouvelle possession et sa lanterne ne s'allumerait plus. Mei Ju connaissait l'amour de son Seigneur pour la conquête et, connaissant les autres femmes, elle se torturait en imaginant que chaque cour et capitulation éventuelle était suivie d'un déroulement différent de ce qu'elle connaissait. Qiang Hüi Wei était un homme très intelligent, connu pour sa maîtrise des stratégies et de son amour pour les batailles. À chaque fois, il finissait par revenir à elle mais Mei Ju savait parfaitement que son cœur ne lui avait jamais appartenu.

La rumeur de l'extrême beauté de la septième concubine avait envahi l'enceinte de la forteresse et Mei Ju avait consciencieusement célébré ce fait en l'honneur de son cher Hüi Wei. Il ne méritait que le meilleur. De plus, la beauté seule n'était pas suffisante pour Hüi. Même si la seconde et la sixième concubine étaient très jolies, elles n'avaient pas réussi à retenir son intérêt très longtemps.

Quand elle aperçut le petit groupe qui s'approchait de chez elle, Mei Ju s'écarta de la fenêtre et frappa dans ses mains deux fois. Son serviteur alla à la porte et, pendant qu'elle écoutait le bruit des ombrelles qui se refermaient et rejoignaient le porte-parapluie, des châles retirés et accrochés pour sécher, Mei Ju s'installa devant le feu et se composa un visage impassible afin de recevoir sa visiteuse.

Sa servante apparut à la porte.

— La princesse Zhen Lan'xiu demande l'honneur de rencontrer Votre Seigneurie.

Mei Ju ne put retenir un minuscule sourire. Sa servante faisait toujours semblant d'être très respectueuse lorsqu'on venait lui rendre visite. C'était un grand contraste avec sa façon de se comporter quand elles étaient seules.

— Je serais heureuse de recevoir la princesse. Vous pouvez l'escorter jusqu'ici.

La servante s'inclina puis se retira.

Mei Ju ne put retenir un hoquet d'étonnement en voyant la Princesse Lan'xiu pour la première fois. Si sa propre peau était blanche, celle de Lan'xiu était pareille à de l'ivoire lustré. Son visage était exquis : des pommettes hautes sculptées à la perfection, la ligne pure de sa mâchoire s'étendant vers un cou long et gracieux. Son nez était peut-être un peu gros, mais il convenait à son visage ; ses lèvres étaient d'un rose pâle et courbées comme les ailes d'un oiseau en plein vol. Ses yeux étaient baissés, comme il se devait, voilés par des cils noirs et fournis. Ses boucles d'oreilles étaient en argent avec de longues pendeloques de turquoise en forme de poire et un bracelet de jade, vert pâle encerclait son poignet gauche.

C'était une femme mince qui bougeait avec grâce, comme un roseau ployé par le vent lorsqu'elle marchait, mais qui se tenait droite lorsqu'elle était immobile. Mei Ju réalisa que si elle se tenait devant elle, elle devrait relever la tête vers la princesse et cela ne convenait pas du tout. La qipao de Lan'xiu, faite de soie couleur lavande et incarnat, se mariait à la perfection à sa beauté, tandis que ses mains étaient cachées à l'intérieur de ses manches, qui était soulignées de turquoise. La combinaison audacieuse des couleurs rappela à

Mei Ju qu'il était peut-être temps qu'elle se fasse faire elle aussi une nouvelle robe. Elle était devenue bien trop à l'aise dans ses vieux vêtements et ne s'intéressait plus à la mode du jour, malgré les supplications de la troisième et la cinquième concubine pour qu'elle se pomponne un peu. Elle utilisait toujours l'excuse de devoir courir après les enfants, que c'était salissant. Désormais, elle pensa qu'elle aurait peut-être besoin de se commander une nouvelle robe finalement

La Princesse Lan'xiu se prosterna au sol et attendit sans bouger, la tête baissée, comme si elle était consciente qu'elle était en train d'être inspectée.

Malgré le grade plus élevé de la princesse dans le monde du dehors, Mei Ju était rassurée par le fait qu'en tant que première épouse, sa position ici était imprenable et cela lui donna assez de confiance pour accueillir son invitée. Soudain, elle remarqua que la Princesse Lan'xiu tremblait et le souvenir de sa propre venue, lorsqu'elle avait été à la même place, lui revint à la mémoire. Sa compassion naturelle surpassa son sens des formalités et elle se leva, s'avançant pour faire relever Lan'xiu et l'accueillir chaleureusement. Évidemment, Mei Ju se retrouva en train de lever les yeux pour pouvoir observer ce visage exquis.

— Princesse Lan'xiu, c'est un plaisir de vous accueillir ici en tant que septième concubine en devenir. Cela doit être très étrange pour vous.

Mei Ju posa sa main sur le bras de Lan'xiu et la mena vers une chaise.

— S'il vous plaît, asseyez-vous, nous allons prendre une tasse de thé.

— Après vous, Ma Dame la Première Épouse, dit Lan'xiu d'une voix douce et musicale, au timbre grave.

Mei Ju s'assit et observa Lan'xiu s'enfoncer dans la chaise face à elle, ses yeux toujours fixés au sol.

— Nos coutumes doivent vous sembler étranges, vous qui venez du Nord.

— Elles sont quelque peu différentes, admit Lan'xiu. Je ne voudrais pas vous offenser par mon ignorance.

En se penchant un peu, Mei Ju toucha la manche de Lan'xiu.

— Regardez-moi, ma chère.

Surprise, Lan'xiu releva les yeux et Mei Ju s'exclama une nouvelle fois en découvrant ses adorables yeux profonds en amande. Quelle beauté ! Puis elle oublia sa propre douleur et fut emplie de pitié. Cette pauvre fille était terrifiée et souffrait d'une indicible agonie. Mei Ju savait qu'elle ne pourrait pas aller au fond des choses pendant leur premier entretien, mais peut-être qu'elle pourrait apaiser un peu sa peur.

— Quel âge avez-vous, Princesse ?

— J'ai presque dix-huit ans, répondit Lan'xiu. S'il vous plaît, appelez-moi Lan'xiu. Je ne suis pas une princesse en dehors de ma propre province et cela me manque d'entendre mon nom.

— Vous êtes pure et chaste, dit Mei Ju avec perspicacité, mais vous ne devez pas craindre mon Seigneur Qiang Hüi Wei. C'est un amant doué et doux. Lorsqu'il vous prendra, il vous causera le moins de douleur possible.

Les lèvres de Lan'xiu devinrent blanches, si pâles que Mei Ju craignît qu'elle ne s'évanouisse et se demanda si elle avait été trop directe. Mais la femme était une concubine ; c'était son destin et cela se passerait ainsi, qu'elle aime ou non. Les hommes étaient faibles, Mei Ju ne pouvait pas imaginer qu'un homme puisse avoir la force de résister à l'envie d'être le premier à cueillir un bourgeon si parfait, quoi que lui disent sa tête ou son cœur à ce sujet.

— Il est mon Seigneur et Maître, dit Lan'xiu d'un air misérable et elle baissa la tête. Cela se passera comme il le veut.

— Pardonnez-moi d'être si directe, mais vous êtes la créature la plus exquise que je n'ai jamais vue, éclata Mei Ju. Une telle perfection n'avait jamais ravi mon regard auparavant. Vous êtes aussi parfaite qu'un ciel d'été.

Elle fut soulagée de voir un minuscule sourire planer sur les lèvres voluptueuses de Lan'xiu. Elle avait commencé à craindre que la jeune femme ne sache pas sourire et désormais elle constata avec regret que son sourire ne la rendait que plus belle. Ses dents étaient comme une série de perles parfaitement harmonieuses.

— Je suis loin d'être parfaite. J'ai appris à cacher mes défauts.

— Je ne peux pas discerner la moindre imperfection, dit Mei Ju d'un air émerveillé.

Lan'xiu soupira.

— J'ai toujours regretté mes cheveux.

Mei Ju examina les cheveux bien lisses, retenus en hauteur et attachés par une barrette en émail décorée d'argent et de turquoise.

— Vos cheveux sont parfaitement adorables.

— À moins que mon servant ne les lisse, ils sont assez ondulés, surtout quand le temps est humide, admit Lan'xiu. Certaines femmes du Nord sont dans le même cas.

— Votre domestique doit travailler dur pour masquer cela, dit Mei Ju catégoriquement. Retirez la barrette, s'il vous plaît, que je puisse les voir.

Lan'xiu tourna la tête et appela :

— Shu Ning !

Un petit eunuque à l'air intelligent apparut rapidement dans la pièce et rejoignit sa maîtresse avant de se prosterner devant Mei Ju. Puis il s'assit sur ses talons.

— Princesse.

— Ma Dame la Première Épouse souhaite voir mes cheveux libres, dit Lan'xiu d'un ton résigné.

Malgré le protocole, Shu Ning jeta un regard vif vers Mei Ju. Elle fut amusée de voir qu'il semblait jauger son intention envers sa maîtresse. Apparemment, il ne discerna aucune mauvaise intention dans son attitude, puisqu'il détacha les cheveux de Lan'xiu de ses mains habiles et les cajola pour les faire boucler.

Mei Ju pencha la tête d'un côté. Elle trouvait les boucles laides mais infiniment fascinantes, tellement différente de ses propres mèches lisses. Lorsqu'ils n'étaient pas tirés, les cheveux sombres de Lan'xiu ondulaient sauvagement, prenant une teinte châtaigne, presque rouge, mais peut-être était-ce simplement dû à la chaleur des flammes qui dansaient dans le feu. Puis Mei Ju soupira. Rien, *rien*, ne semblait gâcher la perfection de cette fille, pas même la laideur de ces boucles. La masse de cheveux ondulés accentuait simplement la délicatesse de ses traits.

— Merci d'avoir satisfait ma curiosité. Shu Ning, vous pouvez recoiffer votre maîtresse comme d'habitude.

Shu Ning tirailla les cheveux de la princesse à l'aide d'un peigne en ivoire. Lan'xiu ne laissa paraître aucune douleur sur son visage ; elle endura simplement jusqu'à ce que ses cheveux soient de nouveau soigneusement coiffés.

— Merci, Ning. Tu peux partir, dit Lan'xiu. Puis elle couvrit sa bouche d'une main et jeta un regard désolé à Mei Ju, consternée par l'insolence dont elle venait de faire preuve en donnant un ordre à l'intérieur de la maison de la première épouse.

Mei Ju rit tandis que Ning fuyait la pièce, sans doute apeuré que sa maîtresse ne soit punie pour sa présomption.

— Nous serons indulgents à votre égard. Hüi Wei ne vous en voudra pas de donner un ordre à votre servant, même en sa présence. Vous avez pris l'habitude d'être une princesse.

— Je m'excuse humblement pour cette transgression.

Quand Lan'xiu esquissa le geste de se prosterner au sol une nouvelle fois, Mei Ju l'arrêta.

— Je ne vous veux pas de mal, mon enfant. Nous sommes des sœurs-épouses. Vous faites partie des nôtres désormais et c'est ma responsabilité en tant que première épouse de vous faire vous sentir la bienvenue et de vous éduquer quant à nos coutumes.

— Je vous remercie, dit Lan'xiu, la voix tremblante et les yeux baissés.

— Ne soyez pas si humble lorsque vous rencontrerez les autres épouses. La deuxième épouse Ci'an aurait dû être nommée « Requin ». La faiblesse est comme du sang dans l'eau pour elle et elle vous chassera sans répit si elle sent la moindre vulnérabilité.

Lan'xiu sembla alarmée.

— Comment pourrait-elle faire ça, gardées et entourées comme nous le sommes ?

— Elle trouverait un moyen, n'ayez crainte, ou elle le ferait si Hüi Wei ne prenait pas soin de fermer nos portes à clef la nuit.

Mei Ju claqua des mains.

— J'ai envoyé chercher du thé et des gâteaux. Il fait froid dehors, mais si nous restons assises près d'un bon feu à l'intérieur, nous devrions passer un bon moment. Vous m'appellerez Première Epouse devant les autres, en particulier mon mari, Hüi Wei, mais mon nom est Mei Ju et j'aimerais que vous m'appeliez ainsi.

— *Beau chrysanthème*, murmura Lan'xiu. C'est un nom charmant.

Mei Ju soupira.

— Oui, nommée d'après un chrysanthème commun, que l'on peut trouver partout. Et ronde comme la fleur.

Elle tapota ses hanches arrondies avec regret.

— Mais les chrysanthèmes sont joyeux et amènent beaucoup de bonheur. Pardonnez une remarque si directe venant de quelqu'un qui ne vous connaît pas, mais le réconfort vous colle à la peau comme un vêtement de soie. Il est impossible de se sentir malheureux en votre présence.

Mei Ju fixa Lan'xiu d'un air de nouveau étonné. Elle ne voyait aucune ruse dans le visage de la femme ; en réalité, elle semblait effectivement plus heureuse que lorsqu'elle était entrée.

— Comme c'est étrange, dit-elle.

— Était-ce une chose étrange à dire ? demanda Lan'xiu d'un air anxieux.

— Non, c'était un beau compliment et joliment tourné. Ce qui est étrange, c'est que c'est précisément ce que me dit mon mari, dit Mei Ju doucement.

Une diversion bienvenue arriva sous la forme de cinq enfants qui firent irruption dans la pièce.

— Maman ! Maman ! Où sont nos gâteaux ? crièrent-ils.

— Taisez-vous, vilains enfants, vous devez être patients et attendre d'être invités, les gronda Mei Ju sans vraiment s'attendre à être prise au sérieux.

Les trois garçons firent la culbute par-dessus le long divan, avant de lutter ensemble jusqu'au sol tandis que les deux petites filles rejoignirent la chaise de Mei Ju et se blottirent dans ses bras, une de chaque côté.

Lan'xiu rit avec joie à leurs singeries et Mei Ju lui offrit un sourire radieux.

— Vous aimez les enfants ?

— Je les adore, dit Lan'xiu, gloussant aux exploits des garçons.

— J'espère que les dieux nous en accorderont beaucoup, dit Mei Ju solennellement.

Un éclair de douleur traversa le visage de Lan'xiu, et après une légère pause, elle répondit :

— C'est très gentil de votre part. Je l'espère également.

Un servant arriva à ce moment-là, portant un plateau avec une théière fumante, des tasses et plusieurs assiettes couvertes d'une variété de gâteaux.

— Des gâteaux aux haricots rouges, dit la plus grassouillette des deux filles d'une voix heureuse. Et au sésame !

— Vous pouvez en avoir un chacun, mais vous devrez attendre que la Princesse Zhen Lan'xiu ait choisi en premier, leur ordonna Mei Ju.

— Vraiment ? Une vraie princesse ? demanda l'autre fille en fixant Lan'xiu.

— Oui, dit Mei Ju, devançant Lan'xiu. C'est la nouvelle femme de votre père. Elle vient juste d'arriver chez nous. Vous pouvez prendre votre thé et votre gâteau puis retourner à la salle de jeux.

— Doivent-ils vraiment partir ? demanda Lan'xiu.

— Il le faut, si nous voulons boire notre thé et non pas le porter sur nos vêtements, dit Mei Ju fermement.

Lan'xiu sourit en regardant les enfants fondre sur le plateau comme des vautours affamés et quitter la pièce en serrant leurs gâteaux. Quand le son des voix enfantines s'estompa, son sourire en fit de même.

— Ils sont tous si beaux. Sont-ils tous à vous ?

— J'en ai six qui sont encore vivants, répondit-elle avec une fierté compréhensible. Mon fils le plus âgé s'entraîne pour devenir un soldat et un diplomate, comme son père. Tous mes fils sont prêts à faire perdurer le noble héritage du Gouverneur Qiang et à servir l'empereur comme lui.

— En effet, vous avez été bénie, dit Lan'xiu.

Mei Ju observa son beau visage. La fille était intelligente, c'était clair. En fait, étant une femme qui aimait parier, Mei Ju était presque déjà prête à la soutenir contre les machinations de la Seconde Épouse Ci'an, même sans savoir ce que pouvait penser cette femme. Avec toute cette intelligence, une douceur innée irradiait de Lan'xiu. Malgré sa misère apparente à être consignée au grade si bas de septième concubine d'un homme avec qui elle n'avait jamais échangé un mot, Lan'xiu semblait sincèrement heureuse qu'elle, Mei Ju, Première Épouse, ait fourni à leur Seigneur et Maître quatre beaux fils en bonne santé et deux magnifiques filles.

Dame Mei Ju était également prête à parier que lorsque Lan'xiu auraient ses propres fils, elle accepterait leur position de fils moins importants et ne lèverait pas le moindre de ses doigts fins pour les faire progresser dans cette maison, même si elle n'avait aucun doute que Lan'xiu pourrait le faire si elle le choisissait.

Seul le fait que la Seconde Épouse Ci'an ait mis au monde une fille unique et malade de surcroît, avait permis à Mei Ju de s'autoriser à quitter ses enfants du regard pendant un instant. Si Ci'an avait donné naissance à un garçon, tous les paris auraient pu être ouverts.

Elle versa une tasse de thé et l'offrit à Lan'xiu.

— Du jasmin. J'espère que vous l'aimerez.

Lan'xiu tendit la main pour prendre la tasse, la sentant délicatement.

— Son parfum est délicieux. Comme une fleur.

Mei Ju baissa les yeux sur ses propres mains, dodues mais bien faites. Les mains de Lan'xiu étaient un peu grandes pour une fille aussi délicate, et la base de son pouce et de ses doigts à la main droite était couverte de durillons regrettables. Un autre défaut. Mei Ju se reprocha de se sentir heureuse de sa découverte.

— Aimez-vous la couture ?

Lan'xiu reposa immédiatement sa tasse et glissa ses mains dans ses manches.

— Hélas, je ne suis pas très douée.

— Je me posais simplement la question à cause de vos mains. Vous devriez utiliser une protection contre l'aiguille, dit Mei Ju.

La couleur envahit le visage de Lan'xiu, comme une rose.

— Je ne couds pas bien.

— La Troisième Épouse Fen, bien qu'elle soit de noble lignée, a été forcée de travailler aux champs avant de venir ici, dit Mei Ju, espérant que cela pousserait la princesse à se confier.

— Sa vie ici doit d'autant plus lui plaire, dit Lan'xiu.

Mei Ju s'apitoya face à son malaise évident.

— Excusez ma curiosité. Ce n'était pas pour mettre le nez dans vos affaires que je vous ai invitée ici. Je vais donc vous parler de votre vie ici et de votre place parmi nous.

— Je sais que je suis la septième et la plus humble concubine, dit Lan'xiu, sa voix ne montrant aucune émotion.

— Je suis la Première Épouse, comme je vous l'ai dit. J'ai vécu ici en tant que femme de Hüi Wei pendant dix ans avant qu'il n'en prenne une autre.

— Il s'agit de Ci'an, la Seconde Épouse, si je me souviens bien, dit Lan'xiu, un petit pli adorable apparaissant entre ses sourcils arqués.

— Quand Hüi Wei a remporté son premier succès sur le champ de bataille, les nobles des états voisins qui n'avaient pas osé l'affronter à la guerre lui ont envoyé des concubines comme offrandes de paix. Ci'an, Fen et Huan sont toutes arrivées presque en même temps et en geste de bienvenue et de courtoisie, j'ai permis qu'elles soient appelées épouses. Elles sont en réalité seulement des concubines. Je suis la seule femme que Hüi ait épousée.

Après un long soupir, Mei Ju ajouta :

— Je vais être franche avec vous et compter sur votre discrétion. Ci'an était une erreur. Hüi Wei a conquis une province au nord-est dirigée par un barbare. Ce fut une bataille difficile et beaucoup de vies furent perdues. Hüi Wei jugea qu'il était préférable de se réconcilier et d'endiguer les flots de sang. Le père de Ci'an, le roi Daji, devait rester à l'intérieur de ses frontières et l'empereur l'autoriserait alors à saccager ce qu'il voudrait. Mais les conditions de Daji furent que l'empereur, ou à défaut Hüi Wei lui-même, prenne sa fille pour épouse.

— Alors Ci'an a été imposée à mon Seigneur Qiang Hüi Wei, demanda Lan'xiu, usant soigneusement du titre dans son entier.

Mei Ju s'éclaircit la voix.

— Hüi était un homme très jeune à l'époque et un feu ardent brûlait entre ses jambes. Ci'an était très jolie ; ne vous méprenez pas. Ce ne fut pas simplement une décision diplomatique de l'accepter. Mais il réalisa rapidement son erreur. Elle partageait l'ambition de son père et sa personnalité cruelle. En fait, il est parfaitement possible que son père ait été tout simplement heureux de se débarrasser de son caractère combatif et compétitif.

Elle aurait peut-être même pu réussir à le destituer si elle avait vécu auprès de lui assez longtemps. Hüi a effectivement jugé nécessaire de lui expliquer par la force qu'il ne l'autoriserait pas à se débarrasser de quiconque se trouvait sur son chemin pour devenir la Première Épouse.

Choquée, Lan'xiu s'exclama :

— A-t-elle essayé de vous faire du mal ?

Mei Ju répondit en hochant la tête :

— Effectivement, elle a essayé.

Après un court silence, Lan'xiu se pencha pour toucher la manche de Mei Ju pour la première fois.

— Je suis heureuse qu'elle n'ait pas réussi.

Mei Ju était satisfaite que Lan'xiu ait réussi à sortir assez de sa coquille pour esquisser un geste, même aussi fragile.

— Hüi a été très contrarié par elle. Je ne pense pas que sa lanterne ait été allumée depuis. En réalité…

Elle inspira profondément avant de continuer, honteuse que la simple pensée du châtiment de Ci'an lui procure encore autant de plaisir.

— Il l'a battue. Avec un fouet.

Lan'xiu pâlit à nouveau.

— Il ne vous traitera jamais de cette façon, s'écria Mei Ju, la prenant en pitié. Vous êtes une dame. Il dit que si quelqu'un se comporte comme une mule, il doit être traité comme tel. C'est un homme très loyal et honorable et il ne peut pas supporter la traîtrise.

Elle observa Lan'xiu attentivement pour voir sa réaction.

Une autre lueur de douleur indicible traversa son ravissant visage.

— Alors mon Seigneur récompense votre loyauté par la sienne.

— Même si je ne peux plus porter d'enfants pour Hüi, ma lanterne est toujours allumée une nuit par semaine, dit Mei Ju doucement.

— Cette lanterne dont vous parlez… Est-ce une métaphore pour quelque chose ? demanda Lan'xiu en rougissant d'embarras.

— Quand Qiang Hüi Wei choisit de visiter une demeure, la lanterne est allumée près de la porte de celle qu'il choisit. Cela permet à l'épouse concernée de se préparer à le recevoir et cela évite les visiteurs importuns.

— Je vois.

Lan'xiu frissonna légèrement et but une gorgée de thé.

— Hüi Wei envoie un serviteur allumer la lanterne pendant la journée. C'est comme cela que vous saurez qu'il choisit de venir vous voir, expliqua

Mei Ju. Vous êtes tellement charmante, je serais étonnée de ne pas voir votre lanterne allumée avant que les étoiles ne quittent le ciel d'ici quelques nuits.

— Cela sera un honneur immérité quand ce jour heureux arrivera, dit Lan'xiu, n'arrivant pas vraiment à supprimer l'effroi qui perçait dans sa voix.

Mei Ju était troublée. Elle ne savait pas comment réconforter cette jeune femme. Elle semblait encore plus apeurée que les autres épouses et elles avaient toutes été vierges en arrivant – à l'exception peut-être de Ci'an, la deuxième concubine. Dur de savoir avec elle.

— Vous êtes la septième concubine en devenir. Si Hüi choisit de ne jamais venir à vous, votre titre restera celui-ci. S'il vous accepte, alors vous deviendrez la septième concubine, ou la Septième Épouse, grâce à moi. Hüi Wei est un homme très important. Parfois, il doit partir au loin et n'a donc pas de temps pour nous.

— Et vous, vous restez toujours à attendre à l'intérieur de ces murs, constata Lan'xiu plus qu'elle ne le demanda.

— En tant que Première Épouse, j'ai accompagné Hüi Wei en diverses occasions dans le monde extérieur, dit Mei Ju avec fierté. Toutes les femmes se voient les unes les autres et nos enfants jouent ensemble jusqu'à ce que les garçons atteignent l'âge d'aller à l'école et de s'entraîner. C'est une vie très plaisante. Tout est fourni pour notre bien-être. Et j'apprécie toujours un bon jeu de cartes ou de mah-jong.

— Mais nous sommes prisonnières de ces murs.

— Pas plus prisonnières que Hüi Wei.

Mei Ju pouvait bien voir que ses mots étaient vides de sens pour la jeune femme.

— Nous portons tous notre propre fardeau dans ce monde et celui à venir. Les hommes sont aussi prisonniers de leur destin que n'importe quelle femme.

— Peut-être.

Lan'xiu ne semblait pas vraiment croire cela.

— Quand vous vous réunissez, cela inclut-il la Seconde Épouse Ci'an ?

— Oui. Elle fait partie des nôtres, même si elle complote et élabore des stratégies pour gagner les faveurs de Hüi Wei. En vain, mais cela nous amuse tous les deux. Les autres épouses ne la tiennent pas en haute estime puisque son grade dépasse le leur.

— Pourquoi cela ?

— Il faut que je vous les décrive. Ci'an, comme je l'ai dit, est une âme cruelle et pervertie. Si quelque chose la retient prisonnière, c'est sa propre ambition. Elle ne peut pas se contenter de son sort.

Mei Ju observa pour voir quelle réaction ses conseils voilés provoquaient chez la princesse, mais le visage de la jeune femme demeura un masque impassible.

— La Troisième Épouse est Fen et la Quatrième Épouse est Huan. Elles sont inséparables.

— De proches amies, dans ce cas.

— Très proches, dit Mei Ju en hochant la tête, satisfaite que Lan'xiu semble comprendre la situation sans qu'elle n'ait besoin de la détailler pour elle. Si vous ne pouvez pas trouver l'une d'elles chez elle, il y a de fortes chances qu'elle soit chez l'autre et… occupée. La Sixième Épouse, Alute est semblable à un fragment de jade parfaitement sculpté. Elle est belle à regarder, mais toutes les lanternes ne sont pas allumées à l'étage. Au moins, elle est d'une nature accommodante. Elle mangerait tout ce que vous placez devant elle.

— Et la Cinquième Épouse ? demanda Lan'xiu.

Le visage de Mei Ju se détendit, amusé.

— J'ai le pressentiment que vous l'apprécierez. C'est notre cas à toutes. Son nom est Bai. Elle est très charmante et drôle, toujours en train de préparer une farce ou une blague. Elle nous fait toutes rire, même pendant les courts jours d'hiver, lorsqu'il fait froid dehors.

— J'ai hâte de toutes les rencontrer, dit Lan'xiu.

— Assurez-vous juste de cacher une dague dans votre manche lorsque vous rencontrerez Ci'an. Je suspecte que vous ne lui plairez pas.

— Je ferai attention, la rassura Lan'xiu. Je vous remercie d'avoir partagé votre sagesse avec moi. C'est très généreux de votre part de daigner accueillir une simple septième concubine.

— Je n'ai pas toujours été la Première Épouse, ma chère. Je sais ce que vous ressentez.

Ce fut au tour de Lan'xiu de regarder la femme plus âgée avec étonnement.

— Mais… Comment cela est-il possible ? Vous *êtes* la Première Épouse. Et vous êtes si gentille. Je n'arrive pas à croire que vous ayez pu tuer six ou sept épouses précédentes comme Ci'an aimerait le faire.

Mei Ju baissa les yeux sur ses mains, encore lisses malgré son âge, ses ongles polis arborant des demi-lunes à leur base.

— Je suis plus vieille que mon mari, Hüi Wei. Il fut un temps où j'étais la concubine de son frère aîné. J'ai porté ses enfants également, mais ils étaient malades et aucun d'entre eux n'a survécu à l'enfance. Je ne l'aimais pas, mais j'ai fait mon devoir. Puis, il a été tué au combat.

— Je suis désolée, dit Lan'xiu de sa voix douce.

— Si Hüi Wei n'était pas l'homme qu'il est, il aurait pu me faire jeter des remparts ou me renvoyer honteusement à mon village ou encore me vendre pour le plaisir des troupes. Au lieu de cela, il est venu me voir quand son frère est mort et il a pris sa suite. Puis, il m'a épousée. J'ai été une bonne épouse pour lui et j'ai porté pour lui six enfants en bonne santé. Je lui ai donné les fils que je n'ai pas pu donner à son frère.

— Il semble être un homme bien, mais pourquoi me dites-vous cela ? se demanda Lan'xiu.

— Je ne sais pas vraiment, dit Mei Ju en laissant échapper un petit rire cristallin. Je voulais vous réconforter. J'ai été dans une position encore plus incertaine que la vôtre, mais mon Seigneur est un homme bon. Quoi que votre frère ait pu comploter en vous envoyant ici, ne craignez pas que Hüi vous punisse pour sa transgression. Il sera patient avec vous.

Lan'xiu plissa le front de nouveau et cligna rapidement des yeux.

— Merci pour toute votre gentillesse envers moi, Première Épouse. Je pensais que la chance m'avait tourné le dos, mais visiblement elle veillait sur moi en me guidant à vous. Je n'oublierai jamais votre compassion.

Mei Ju se releva, en répondant vivement :

— Je ne l'espère pas. Après tout, nous nous verrons tous les jours à partir de maintenant, jusqu'à la fin de nos vies. Je vous souhaite la bienvenue à la cour du Seigneur Général Qiang Hüi Wei et dans notre maison, Princesse Lan'xiu, septième épouse en devenir.

IV

APRÈS QU'ON a aidé la Princesse Zhen Lan'xiu à enfiler sa cape et que Ning ait ouvert une ombrelle pour la maintenir au-dessus d'elle (même s'il devait tendre son bras autant que possible pour s'assurer qu'elle soit couverte et qu'il se retrouvait du même coup lui-même complètement trempé à cause de leur différence de taille), Mei Ju observa le petit cortège disparaître vers la septième maison.

Elle attendit près de la fenêtre dans le crépuscule grandissant jusqu'à ce qu'elle puisse voir un autre serviteur s'approcher sous un parapluie, portant une torche allumée. Comme toujours, elle retint son souffle, tâchant de *forcer* le servant par la pensée à allumer la lanterne près de sa porte. Une petite bulle de jubilation grandit en elle quand il approcha de sa maison et que sa lanterne se mit à briller.

Même s'ils ne partageaient plus le même lit, Mei Ju se précipita à l'étage pour se préparer pour l'arrivée de Hüi. Après avoir vu la belle qipao que portait Lan'xiu, Mei Ju ordonna à sa servante d'aller chercher son plus bel hanfu[2] dans son armoire.

— Mais ce n'est pas jour de fête, ni l'anniversaire de votre mari, objecta la femme.

— Fais ce que je dis, stupide garce, rétorqua Mei Ju d'un ton cassant. Et trouve mes boucles d'oreilles en jade. Et recoiffe-moi. Mon Seigneur me rend visite ce soir.

— Comme vous le désirez, Madame L'Épouse.

---

[2] Le hanfu est le vêtement traditionnel porté par les Chinois Hans avant la dynastie Qing. Vêtement antique porté par les hommes des classes supérieures, remontant peut-être à la dynastie Shang, est constitué d'un *yi*, tunique resserrée aux poignets allant jusqu'aux genoux et tenue par une large ceinture, ainsi que d'un *chang*, étroite jupe allant jusqu'aux chevilles portée avec un *bixi*, pan de tissu atteignant les genoux. On employait sans doute le bleu-noir et des couleurs primaires vives en raison des techniques de teinture de l'époque.

La servante fit une révérence sommaire et il était clair qu'elle pensait que ses espoirs étaient vains.

Mei Ju se résolut à envoyer la femme polir les bronzes de la maison dès le lendemain pour lui faire payer ce manque de respect, mais elle ne voulait pas s'abaisser à se disputer avec elle pour le moment. Même si Lan'xiu était sans aucun doute la plus charmante jeune femme qu'elle n'avait jamais vue, entre Mei Ju et Hüi Wei persistait un certain confort et un respect venant d'une longue relation intime. Elle devait avoir confiance en ce simple fait.

Quand elle descendit pour attendre son bon vouloir, elle était poudrée et parfumée. Elle avait rougi ses lèvres et pincé ses joues pour les rendre plus roses, mais elle ne se rendait pas compte à quel point sa hâte de voir son amant faisait briller son regard. Mei Ju se rappela avec nostalgie qu'elle avait été une belle jeune femme, mais le temps et les enfants avaient ridé son joli visage et avaient arrondi sa silhouette autrefois fine. Elle lissa sa robe sur ses hanches, satisfaite de n'être pas encore grosse. Même si elle aimait les bonbons, elle en mangeait avec modération, souhaitant demeurer agréable à regarder pour son Seigneur.

Elle en fut récompensée lorsqu'il entra dans le salon et que son visage s'éclaira en la découvrant.

— Mei Ju, plus belle que jamais. Il est bon de te voir.

— Vous aussi, mon Seigneur.

Elle se mit à genoux et s'inclina.

— Tellement formelle après toutes ces années, la taquina-t-il, tendant les mains pour l'aider à se relever.

Il embrassa ses joues puis ses lèvres.

— Mei Ju.

Il soupira de contentement et s'assit sur le grand fauteuil, en tendant ses mains vers le feu.

— Me trouvez-vous toujours jolie, Hüi ? demanda-t-elle anxieusement.

— Jamais je ne pourrais te trouver autrement que plaisante à regarder. Tu es la mère de mes enfants. Tu m'as donné cinq beaux fils et des filles aussi jolies que toi.

Hüi l'observa d'un air troublé.

— Ne crains pas de perdre mon attention, peu importe le nombre de concubines qui rejoindront ce foyer.

— Cela me manque d'aller à l'étage avec vous, dit Mei Ju.

Il se leva et la rejoignit, essuyant une larme sur sa joue et passa ses bras autour d'elle.

— Cela me manque également, mais tu sais que nous ne devons pas.

— Peu m'importerait de mourir si je pouvais vous sentir me renverser sur le matelas une nouvelle fois, murmura-t-elle, en s'accrochant à lui.

— Cela m'importerait, à moi, dit Hüi fermement. Je ne veux pas te perdre et mes enfants ont besoin de leur mère. Le docteur a dit que tu ne pouvais pas courir le risque d'une autre grossesse et je ne te mettrai pas en danger, peu importe combien je te désire.

— C'est par ma faute que vous avez amené Ci'an dans ce foyer, dit Mei Ju tristement.

— Ne parlons pas d'elle, dit Hüi. Cela n'a jamais été de ta faute. J'ai besoin de toi ici pour diriger ma maison. Penses-tu que je ne sais pas que tu es la mère de *tous* mes enfants, peu importe quelle épouse les a fait naître ? De plus, j'ai besoin de tes conseils et de la garantie de ta loyauté. Je n'ai personne d'autre à qui faire confiance.

— Sauf le Seigneur Jiang, lui rappela Mei Ju.

— C'est une chose très différente. Il ne pense pas comme tu le fais, étant un homme.

Hüi l'attira jusqu'au divan et passa un bras autour d'elle.

— Dis-moi tout.

— J'espère que vous savez que je n'avais pas besoin que Jiang me rappelle d'accueillir la Princesse Zhen Lan'xiu ici, commença Mei Ju.

— J'espère qu'il ne te l'a pas *rappelé*. Je lui ai simplement demandé de découvrir une information spécifique ; c'est tout. Je ne voulais pas t'offenser en l'envoyant, lui, plutôt qu'en venant moi-même.

— Je comprends.

Et c'était le cas. Tout ce que faisait Hüi était observé et commenté. Malgré la beauté flagrante de Lan'xiu, Hüi devrait attendre le moment judicieux avant de prétendre remarquer son existence car la nouvelle de sa visite serait immédiatement transmise, partout.

— Quoi que son frère, Wu Min, ait eu l'intention de faire en l'envoyant ici, la princesse n'est pas dans le secret de ce complot.

— Tu en es sûre ? demanda Hüi.

— Elle est terrifiée et ne sait pas à quoi s'attendre. J'imagine qu'avant de venir ici, elle n'avait jamais pensé devenir simplement la septième concubine…

— D'un fonctionnaire mineur, ajouta Hüi sèchement.

Mei Ju donna une tape espiègle sur son bras.

— Balivernes. Vous n'avez rien de mineur. La Princesse Lan'xiu ne parle pas beaucoup d'elle-même. Je n'ai même pas réussi à découvrir si elle aimait coudre !

— Tu as sûrement dû découvrir quelque chose.

— Bien sûr, mais pas de ses lèvres. Ma servante a parlé avec son eunuque. Il garde une main discrète sur sa bouche, mais elle sait cancaner et a réussi à le faire sortir de son trou. Les eunuques adorent les intrigues.

— C'est pour cela que je les garde en bas de l'échelle, acquiesça Hüi.

— La province du Nord, Liaopeh, était autrefois dirigée par Wu Chao, qui a donné naissance à Wu Min et à Lan'xiu, mais ils sont nés de mères différentes. Il n'a eu que ces deux enfants : Wu Min, son fils, qui a hérité de son royaume et de sa fille qui est beaucoup plus jeune. La mère de Wu Min est morte jeune pendant l'accouchement, en même temps qu'un enfant mort-né, donc quand Wu Chao a pris une autre femme, elle est devenue Première Épouse. Quand Wu Chao est mort, il y a eu une période de troubles au cœur de la cour. Apparemment la mère de Lan'xiu est morte d'une maladie soudaine et mystérieuse. L'eunuque croit que Wu Min l'a faite empoisonner et que le même destin attend Lan'xiu. Il est férocement protecteur envers elle. Il y a eu des perturbations au sein des quartiers des femmes peu avant la mort de la mère, mais Lan'xiu n'a pas été blessée. C'est alors que Wu Min a commencé à faire campagne pour la marier, en tentant de la vendre à n'importe quel fonctionnaire qui pouvait lui fournir de l'aide.

— Je ne pensais pas que cela aurait pu être une tâche difficile de la marier. Elle a l'air d'être une jeune femme assez jolie, dit Hüi en haussant les épaules.

— Êtes-vous aveugle ? demanda Mei Ju. Je n'ai jamais vu une femme plus jolie de toute ma vie et je vis depuis plus longtemps que vous.

— Tu n'arrêtes pas de t'en vanter, plaisanta Hüi.

— Respectez vos aînés, lui rappela-t-elle. L'avez-vous seulement regardée ?

— Juste un coup d'œil quand elle m'a été présentée la première fois, dit Hüi. Je ne voulais pas donner à l'envoyé de Wu Min le plaisir de pouvoir lui rapporter ma réaction. J'ai laissé des autres présents au sol, là où les servants les avaient déposés.

Mei Ju gloussa.

— J'espère que cela lui est resté sur le cœur. Eh bien, quand vous trouverez le temps de la regarder, je pense que vous serez satisfait. C'est un joyau exquis.

— Je suis bien plus intéressé par la sombre raison pour laquelle Wu Min l'a envoyée ici. La plupart des hommes se préoccuperaient bien davantage du bonheur de leur sœur que de leurs propres ambitions.

— D'après ce que vous m'avez dit de Wu Min, je parierais qu'il a effectivement un plan, mais Lan'xiu n'est pas au courant. Et si ce que ma servante a glané auprès de son eunuque est vrai, Wu Min déteste Lan'xiu et préférerait la voir morte. Peut-être est-ce là sa façon d'amener sur elle le déshonneur.

Hüi réfléchit à cela pendant un instant.

— Comment est-elle ?

Mei Ju le fixa un moment pendant qu'elle réfléchissait à sa question.

— Intelligente. Polie. Elle aime les enfants. Elle est… Très douce.

— Douce ? s'exclama Hüi. Pas comme son frère, alors. Qu'est-ce qui te fait dire qu'elle est douce ?

— Elle m'a remerciée pour ma gentillesse et ma compassion, dit Mei Ju doucement.

— Je vois, dit Hüi en comprenant rapidement. Nous complimentons toujours les autres pour les valeurs que nous apprécions en nous-mêmes, que l'on s'en rende compte ou non. Tu vois ? Il serait difficile pour quiconque de parler avec toi sans rien révéler de soi.

Mei Ju sourit, se rappelant de leur discussion au sujet des défauts de Lan'xiu, mais ce n'était pas quelque chose qu'elle partagerait avec Hüi. Elle n'aurait jamais voulu qu'il la trouve assez mesquine pour souligner les défauts d'une autre épouse.

— Elle n'a pas de fausse fierté par rapport à son rang. Lan'xiu s'adaptera parfaitement à cette maison, sans créer de problèmes.

— Mei Ju, je m'excuse une nouvelle fois de t'avoir imposé Ci'an. Ta vie devrait être confortable et luxueuse, au lieu de cela tu vis aux côtés d'une vipère venimeuse, dit Hüi à regret.

— Allons. Ce n'est pas de votre faute, mon amour.

Mei Ju posa un doigt contre ses lèvres, satisfaite quand il embrassa le bout.

— Dans votre position, il vous fallait faire ce mariage de convenance. Et votre importance est liée au fait d'avoir plusieurs épouses. Il y a longtemps que je m'y suis faite.

— Tu es vraiment gentille et généreuse. Que ferais-je sans toi ? demanda Hüi.

Il la serra plus fort contre lui.

Des heures plus tard, lorsqu'il la quitta, Mei Ju attendit près de la fenêtre pour le regarder s'éloigner. Le cœur de Hüi n'était pas encore pris par Lan'xiu, mais Mei Ju connaissait ses goûts. Elle avait été assez jolie pour retenir son attention lorsqu'ils s'étaient mariés au début, mais elle savait qu'elle n'avait pas capturé son cœur. Son seul réconfort venait du fait qu'elle savait qu'il n'aimait pas ses autres femmes non plus. Et elle avait été alitée si souvent pour donner naissance qu'elle ne pouvait pas lui refuser le droit de trouver du plaisir ailleurs quand elle ne pouvait pas le lui fournir.

D'après les nouvelles que sa servante lui avait apportées après que Ci'an ait été ajoutée à la maison, Mei Ju savait que la relation qu'avait eue Hüi avec elle avait été tumultueuse mais passionnée. Ce n'était que lorsque Ci'an avait montré son vrai visage lors d'une attaque manquée contre Mei Ju que Hüi avait retrouvé ses esprits. Il n'avait jamais partagé le lit de Ci'an depuis, mais à ce moment-là, elle était déjà enceinte de sa fille. Sans l'aide de Mei Ju, cette fille chétive serait morte immédiatement de négligence, en l'absence des soins d'une mère, mais Mei Ju avait amené le bébé dans sa propre maison et l'avait soigné tendrement jusqu'à ce qu'elle décède.

Pour des raisons politiques, Hüi avait accepté en tant que concubines les filles de nobles haut placés qui dirigeaient les provinces qui bordaient la sienne. Même avec l'arrivée de ces autres épouses, Hüi était toujours revenu vers elle, mais Mei Ju savait qu'il ne l'aimait qu'en tant que précieuse amie de confiance. Il arrivait peut-être à se convaincre qu'il s'agissait d'une émotion plus puissante, mais il ne la trompait pas, elle. Elle soupira en pensant à son destin tourmenté, celui d'aimer un homme qui ne l'aimait pas en retour, même si en réalité elle était plus heureuse en mariage que beaucoup.

Et maintenant, enfin, Hüi avait rencontré la femme qu'il aimerait si profondément et si sincèrement que leur passion deviendrait légendaire. Au moins, Mei Ju conserverait un petit morceau de son âme. Peu importe les pouvoirs de la séduction, Hüi ne la bannirait jamais de sa vie.

Elle frissonna et revint à elle. Elle n'avait pas de dons psychiques, mais son amour la rendait profondément sensible à tous les sujets qui touchaient son mari et elle le connaissait bien. Lan'xiu ne pouvait pas le savoir et Hüi Wei pouvait le nier, mais à cet instant-là, Mei Ju vit le futur clairement et elle en *fut* sûre jusqu'au fond de son âme.

— Je pourrais miser de l'argent dessus si j'avais quelqu'un avec qui le faire, marmonna-t-elle.

Son sourire se fit plus espiègle lorsqu'elle se demanda si Jiang serait partant pour ce petit pari.

V

DURANT LA semaine qui suivit, Hüi Wei fit délibérément allumer les lanternes de chacune des maisons de ses concubines, sauf deux. Il n'était pas prêt à confronter Lan'xiu. Et Ci'an pouvait croupir en enfer, il n'en avait cure, le plus tôt serait le mieux. Après son attaque contre Mei Ju, il avait ordonné que des barreaux soient scellés sur les fenêtres de sa maison et on gardait sa porte verrouillée. Quand elle était autorisée à sortir, Ci'an était accompagnée d'un garde armé.

Les autres femmes continuaient gentiment d'inclure Ci'an dans leurs réunions, mais Hüi Wei avait donné l'ordre que les soldats en charge du pavillon des femmes, gardent constamment un œil sur elle. Bien qu'il fasse changer régulièrement les serviteurs, elle avait réussi à se procurer du poison et avait essayé de le glisser dans le thé de Fen lorsque la Troisième Épouse avait rejoint le foyer.

Le médecin de la cour était la seule personne admise chez Ci'an, et seulement lorsqu'elle était malade. En dehors de cela, on la gardait isolée, même de sa propre fille jusqu'à ce que l'enfant meurt.

Hüi continuait à jouir de la compagnie des autres épouses, de temps en temps, en ignorant toujours l'existence de la Princesse Lan'xiu. Et il espérait que ce point soit clairement évident pour tous les observateurs. Il aurait été bien naïf de ne pas croire que des espions se soient glissés partout – même à l'intérieur de sa cour – et un pot-de-vin ou assez de bière pouvait convaincre un homme des plus loyaux de s'adonner à ce qui pourrait s'apparenter à un commérage inoffensif. Hüi était donc certain que Wu Min serait pleinement averti que le cadeau qu'il lui avait fait en offrant sa sœur, était ignoré.

Hüi était déterminé à laisser passer au moins deux semaines avant de rejoindre la septième maison, même si Lan'xiu attisait sa curiosité. Son image restait gravée dans son esprit, même s'il l'avait à peine regardée lors de leur première rencontre. Il se demandait à quoi ressemblait sa voix et si sa peau était aussi douce que de la soie…

À chaque fois qu'il se rendait compte que ses pensées dérivaient vers elle, Hüi se réprimandait vertement et se concentrait strictement sur ses responsabilités avec une vigueur renouvelée.

Il avait entendu les commérages des autres femmes à son sujet lorsqu'il leur avait rendu visite, même si elles ne l'avaient pas encore rencontrée. Hüi en déduisit que, non seulement Mei Ju avait parlé de Lan'xiu, mais que les autres épouses avaient également dû passer du temps à l'observer de leurs fenêtres quand on l'autorisait à se promener dans la cour pour prendre l'air. Fen et Huan avait été saisies par sa beauté et ne pouvaient plus parler d'autre chose. Alute avait dit de son inhabituel ton serein que Lan'xiu portait de jolis vêtements et Bai admirait son rire. Mais après tout, Bai était un peu folle. Elle avait également dit que Lan'xiu portait de petites fées jumelles assises sur ses épaules, une la rendant triste et l'autre la faisant sourire.

Cela amusait Hüi de penser à ce que Ci'an aurait pu dire à propos de Lan'xiu, mais étant donné qu'il refusait de revoir la Seconde Concubine, il y avait de fortes chances pour qu'il ne le sache jamais.

Alors qu'il venait de décider que le temps était venu, une révolte à l'ouest l'entraîna loin de chez lui. Après une campagne courte mais intense, la tête du roi rebelle orna une pique aux portes de sa ville, un nouveau fonctionnaire fut installé pour régner et on lui laissa assez de soldats pour le motiver à rester loyal envers l'empereur et Hüi put rentrer chez lui. Hüi soupçonnait que le frère de Lan'xiu, Wu Min, avait quelque chose à voir dans ce complot, mais le roi déchu avait refusé de confesser quoique ce soit avant de perdre sa tête. Peut-être que la stratégie de Hüi Wei d'ignorer la jeune femme rendait Wu Min impatient. Mais, il avait toujours été du genre à cacher ses mouvements sur l'échiquier du pouvoir derrière un vulgaire pion.

Bien sûr, la première visite de Hüi à son retour fut pour Mei Ju, qui l'enlaça et l'examina pour chercher de nouvelles blessures comme à chaque fois qu'il revenait de guerre. Puis le protocole exigeait qu'il rende visite à chaque épouse tour à tour, pour offrir à chacune le soulagement de le voir indemne.

Il se passa donc un mois entier après l'arrivée de la princesse avant qu'il n'envoie un serviteur allumer la lanterne qui était accrochée à côté de la porte de la septième maison.

— Enfin, tu vas goûter à la beauté de la princesse, le taquina Jiang durant le déjeuner. Peut-être que tu resteras pour la dévorer après la première bouchée.

— L'as-tu vue depuis l'audience ? demanda Hüi d'un ton menaçant.

— Seulement dans mon imagination, où je passe beaucoup de temps ces derniers jours.

Jiang soupira exagérément et afficha une expression rêveuse.

— Je n'oserais pas entrer dans ta cour sans ta permission. La dernière fois que j'y suis allé, c'était suite à ton ordre, pour converser avec la Première Épouse.

— Je sais, s'excusa Hüi. Je ne doutais pas vraiment de toi. Cette princesse est comme une épine dans mon pied et plus vite je l'aurais retirée, mieux ce sera. Je me demande à quel point Wu Min serait insulté si je la lui renvoyais maintenant.

— Sans aller la voir ? dit Jiang, son visage s'illuminant de joie. Je ne peux pas imaginer de pire chose. À moins que tu ne renvoies de petits morceaux d'elle dans plusieurs malles. Mais ce serait vraiment gâcher toute cette beauté. Je pense te connaître assez pour savoir que tu trouveras un moyen de l'utiliser *et* d'insulter son frère.

— Tout le monde n'arrête pas de parler de sa beauté, dit Hüi impatiemment. Ci'an est belle mais dangereuse. Elle m'aurait tué si elle avait pu.

— A-t-elle essayé ? demanda Jiang avec intérêt.

— Oui ! s'exclama Hüi.

— Pourquoi ne me l'as-tu jamais dit ?

— Parce que tu l'aurais tuée et, si tu te souviens bien, nous avons besoin d'elle vivante pour que son père reste docile.

— Comment a-t-elle fait ça ?

— Elle m'a lancé un vase puis a essayé de me poignarder, dit Hüi. Quand elle a découvert que je n'approuvais pas ses tentatives d'assassinat envers mes autres épouses, je lui ai dit que je ne ferais plus allumer sa lanterne et elle est entrée dans une colère noire.

— T'a-t-elle frappé ?

— Bien sûr que non. Je n'ai pas bougé. Les femmes ne peuvent pas frapper ce qu'elles visent. Et il ne restait plus grand-chose de son bras pour lui permettre de me poignarder, non plus.

Les lèvres de Hüi s'ourlèrent d'un air satisfait.

— J'ai bien peur que le médecin n'ait été nécessaire quand j'en ai eu fini avec elle.

— Eh bien, tu ne vivras pas cela avec la Princesse Lan'xiu, dit Jiang.

— Comment le sais-tu si tu ne l'as pas vue ? demanda Hüi d'un air curieux.

— Depuis le petit caprice de Ci'an envers Mei Ju, je garde un œil sur ce qui se passe dans le pavillon des femmes, dit Jiang. C'est ma responsabilité envers la Première Épouse et vos enfants.

— Et je t'en remercie, dit Hüi.

— Et tu devras me raconter comment cela s'est passé quand tu auras essayé ta dernière monture, continua Jiang sans manifester sa gratitude envers ces remerciements qu'il jugeait inutiles.

— C'est indécent de parler de la princesse comme si elle était un cheval, dit Hüi, ayant soudain un peu chaud.

— Je voulais parler de ton cheval, dit Jiang avec une surprise feinte. Ce nouvel étalon que l'on a ramené des fermes la semaine dernière. C'est une vraie beauté.

— Ce n'est pas ce que tu voulais dire, s'exclama Hüi.

Puis il se demanda pourquoi il était aussi irrité. Cela n'avait rien à voir avec la nouvelle concubine. Les femmes étaient toutes les mêmes, hormis quelques détails, comme les couleurs et ce genre de choses et il avait déjà fait de nombreuses acquisitions par le passé. Il n'y avait aucune raison qu'il soit anxieux. C'était leur travail de lui procurer du plaisir *à lui*, pas l'inverse.

— Malheureusement, tu m'as pris sur le fait, acquiesça Jiang. Mais que t'importe une blague grivoise la veille de revendiquer la plus belle femme que tu aies dans ta cour ?

Les lèvres de Hüi se détendirent, laissant apparaître un rictus et il ricana.

— Je dois admettre, je suis assez curieux de découvrir à quoi elle a bien pu penser depuis tout ce temps. Peut-être était-elle soulagée d'être laissée seule ?

— Penses-tu qu'elle te le dira ?

— Non, elle semble être une jeune femme discrète. Même Mei Ju n'a pas pu la faire parler et apparemment elle apprécie ma Première Épouse et la respecte.

— Comme elle se doit de le faire.

Jiang hocha la tête d'un air approbateur puis se pencha pour caresser la joue de Hüi du bout des doigts.

— Tu dois te raser. Tu ne voudrais pas griffer la pauvre fille à mort. Elle ne pourra plus être vue en public pendant plusieurs jours si tu vas la voir ainsi.

Hüi frotta une main sur les poils qui ornaient son visage, qui étaient épais pour un homme de ce pays. Il avait toujours secrètement apprécié pouvoir se laisser pousser la barbe alors que la plupart des autres hommes n'affichaient que quelques poils.

— J'imagine que ce serait la moindre des politesses envers elle.

— Va te préparer, pour recevoir la bénédiction des dieux, lui ordonna Jiang. Puis, ensuite je veux entendre le moindre détail.

Il se frotta les mains lascivement.

— La plus belle fille que j'ai jamais vue.

Hüi se trouvait sur le point de perdre son calme à nouveau mais ne dit rien. Il se releva et se retira dans ses quartiers pour se raser. Peut-être devrait-il se changer pour enfiler un vêtement plus seyant ? Il se demanda si Lan'xiu aimerait qu'il tresse ses cheveux, mais il les gardait relevés pour le combat, pour que ses ennemis n'aient rien à attraper. Quand ils étaient relâchés, ils retombaient sur ses épaules en vagues indisciplinées et il pensait que cela lui donnait l'air féroce et imposant d'un lion.

De nouveau, il dut se rappeler à l'ordre. Il durcissait déjà en pensant simplement à elle. Le simple aperçu de sa beauté sensationnelle avait commencé à le hanter et la flamme du désir s'était lovée dans son ventre, ravivant sa virilité comme jamais aucune autre épouse ne l'avait fait. Pendant sa récente campagne, il s'était caressé jusqu'à en avoir mal, en rêvant de sa beauté.

Il y avait quelque chose de si séduisant et de fascinant à son sujet que cela allait bien au-delà de la simple beauté. Il voulait regarder au fond de ses yeux et y voir se refléter sa propre passion. Hüi fut surpris de se rendre compte qu'il désirait son amour, alors qu'il ne la connaissait pas encore ou ne l'aimait même pas lui-même.

Il y avait quelque chose de spécial au sujet de cette jeune femme, et Hüi se demanda si elle n'était pas quelque peu sorcière et lui avait jeté un sort durant le bref moment où ils s'étaient trouvés dans la même pièce. Il craignait la puissante attirance qu'il ressentait envers elle mais il s'en délectait également.

Il se sentait d'autant plus homme. Un homme conquérant.

Elle lui appartenait désormais et il la posséderait, la revendiquerait et la dompterait pour qu'elle se plie à sa volonté.

Dans cet état, c'était tout ce qu'il pouvait faire pour détourner son impatience avant que la nuit n'arrive. Il était inconvenant pour le Seigneur et Maître d'afficher un tel désir pour la compagnie d'une simple femme, à plus forte raison, une concubine. Il savait que tous l'observeraient lorsqu'il rejoindrait sa maison et il dut se forcer à flâner alors qu'il mourait d'envie de courir là-bas, de défoncer la porte et de la prendre dans ses bras.

Il frappa à la porte trois fois et attendit jusqu'à ce qu'une jeune servante lui ouvre en s'inclinant profondément, avant de reculer pour l'autoriser à entrer.

— Merci, dit Hüi avec courtoisie.

Cela ne se faisait pas de négliger ces simples actes de courtoisie et cela lui valait la loyauté de la plupart de ses sujets.

La femme s'inclina de nouveau mais demeura silencieuse.

L'attention de Hüi fut attirée par l'eunuque qui descendit l'escalier avant de se courber vivement.

— Général Qiang, dit l'eunuque de sa voix légère, ma maîtresse vous attend dans la chambre à coucher.

— Merci, dit Hüi. Tu peux disposer.

La servante se précipita à l'arrière de la maison, sans dire un mot, mais l'eunuque eut l'air misérable avant de se retirer plus lentement. Si cela était arrivé en une toute autre situation, Hüi se serait posé des questions à ce sujet, mais toute son attention était concentrée sur la jeune femme qui l'attendait à l'étage.

À chaque marche, sa tension augmentait. Chaque pas qui le rapprochait d'elle, le rendait plus nerveux que l'idée de faire face à une horde de barbares attaquant du Nord, même s'il ne pouvait pas dire pourquoi. Il était en position de force ici. Si elle ne l'aimait pas, cela ne ferait aucune différence. Il la posséderait contre sa volonté et aussi souvent qu'il en aurait envie. Elle lui *appartenait*.

Le palier était sombre et une seule porte était ouverte. Une lueur chaleureuse émanait de l'intérieur et Hüi se dirigea vers elle.

Il eut un hoquet silencieux de surprise lorsqu'il aperçut la jeune femme. Elle se tenait debout, les yeux baissés, ses mains cachées dans les manches de son hanfu, la peur gravée dans chacune des lignes de son corps. Toutefois, il y avait quelque chose de courageux dans la façon dont elle attendait alors qu'elle était clairement terrifiée et cela éveilla en lui, un petit sentiment de tendresse qui le surprit. Il s'était attendu à de la passion – et elle éveillait en effet chez lui une envie violente, presque terrifiante, de déchirer ses vêtements, de la jeter sur le lit et de la violer – mais il y avait quelque chose de plus complexe qu'une simple attraction sexuelle dans la réaction qu'elle provoquait chez lui.

C'était comme si son cœur bondissait de bonheur d'avoir enfin trouvé son âme sœur et qu'il ne ferait désormais, plus qu'un, uniquement avec elle. Rien à voir avec le contentement calme qu'il ressentait auprès de Mei Ju. Cette émotion était nouvelle, puissante et troublante. Mais ce bonheur était en contraste absolu avec la misère affichée par la jeune femme et il se sentit obligé de la rassurer. Il referma la porte derrière lui.

— Princesse Zhen Lan'xiu, dit-il.

— Mon Seigneur Qiang Hüi Wei, répondit-elle comme il se devait, même si sa voix tremblait.

Il pouvait voir tout son corps frémir, mais le son de sa voix était une agréable musique à ses oreilles. À l'inverse des intonations stridentes de la plupart de ses épouses, la voix de Lan'xiu était grave et mélodieuse et elle prononçait son nom avec douceur.

Ses cils effleurèrent ses joues comme les ailes d'un papillon et il souhaita soudain pouvoir regarder au fond de ses yeux baissés.

— Regarde-moi, commanda-t-il.

Surprise, elle releva la tête et il sentit son âme quitter son corps pour se joindre à la sienne lorsque leurs yeux se rencontrèrent. Elle sembla le ressentir également, car un petit pli apparut entre ses sourcils, comme si elle était surprise par une nouvelle émotion à laquelle elle ne s'attendait pas.

— Mon Seigneur ?

— Tu m'appartiens. Admets-tu que tu m'appartiens ? demanda-t-il.

— Je vous appartiens, admit-elle doucement.

Les coins de sa bouche s'affaissèrent et ses yeux s'emplirent d'un mélange étrange de tristesse et d'envie, comme si un feu brûlait au fond d'eux.

Hüi aurait pu jurer qu'elle ne voulait rien de plus que ce qu'il souhaitait lui-même, joindre leurs corps et les sentir fusionner ensemble. Le doute et la peur brillèrent dans ses yeux tandis que son beau visage demeurait impassible.

— Je n'ai jamais vu de créature aussi exquise, murmura-t-il.

Il se rapprocha et posa la main sur sa joue.

Lan'xiu ferma les yeux et frotta sa joue contre sa main comme un chaton, tremblant toujours.

— Je ne te ferai pas de mal, dit Hüi en baissant les yeux sur elle.

Elle ne répondit pas mais leva une main pour toucher la sienne. Contrairement au contact doux auquel il s'attendait, ce fut une paume rugueuse qui râpa sa peau, à cause d'un durillon qui n'aurait pas dû se trouver sur la main d'une femme. Il fixa le cal dû au maniement de l'épée qui se trouvait sur la sienne, établissant soudain un lien qui semblait impossible. Il plissa les yeux d'un air suspicieux en observant le beau visage. Il était impossible qu'une femme…

Immédiatement, il bondit pour s'éloigner d'elle, agrippant son poignet assez durement pour lui soutirer un cri de douleur.

— Quelle trahison est-ce donc là ? gronda-t-il en secouant sa main et pointant les callosités de sa paume.

— Je ne vous ai pas trahi, mon Seigneur ! s'exclama Lan'xiu d'un air apeuré.

Elle essaya de lui retirer sa main mais il était trop fort pour elle.

Hüi l'attira à plat contre lui, emprisonnant ses deux mains derrière son dos à l'aide d'une des siennes. Elle ne lui résista pas lorsqu'il palpa durement son torse. Il n'y trouva aucune rondeur douce et familière. Il tâtonna entre ses jambes et y trouva quelque chose de dur également. Dégoûté, il la rejeta loin de lui, la regardant au sol, là où elle était tombée.

— Pas trahi, dis-tu ! dit-il avec mépris. Tu n'es pas une femme !

Lan'xiu se releva en tremblant et le fixa fièrement.

— Je ne suis pas une femme, mais cette trahison n'était pas la mienne. Ce n'était pas mon souhait d'être vendu en esclavage, je ne l'ai jamais voulu. Mon frère m'a sacrifié et se sert de moi pour vous trahir aussi.

Hüi tira l'épée qui ne quittait jamais son côté.

— Je devrais te tuer, ici et maintenant.

— Vous ferez ce qui vous semble le mieux, dit Lan'xiu.

Il joignit ses mains, baissa la tête et attendit.

Hüi leva son épée et s'avança vers la belle jeune femme – homme – et agrippa ses cheveux, tirant sa tête vers l'arrière pour exposer sa gorge longue et fine. Il déposa le tranchant de la lame contre la peau de Lan'xiu, faisant apparaître une ligne de gouttes cramoisies, mais le jeune homme n'émit pas un son de protestation. Il attendit simplement, observant Hüi de ses yeux embués.

Quelque chose dans son expression poussa Hüi à relâcher les cheveux de Lan'xiu, remarquant leur douceur semblable à une caresse contre sa paume lorsqu'ils se dégagèrent de sa poigne pour retomber autour du visage du jeune homme, dans un nuage. Il le repoussa.

— Assieds-toi là ! ordonna-t-il, indiquant une chaise.

Il commença à faire les cents pas en gardant l'homme à l'œil tandis qu'il rejoignait docilement la chaise pour s'y asseoir.

— Je peux te tuer maintenant ou dans cinq minutes. J'imagine que cela ne fera pas beaucoup de différence, marmonna Hüi.

Le combat qui faisait rage en lui, l'empêchait presque de bouger. Wu Min avait volontairement envoyé un jeune homme déguisé en femme pour le ridiculiser, mais cela importait peu. Ce qui le dérangeait, était sa réaction envers son otage. D'autant plus que, bien qu'il ait cru que c'était une femme, il désirait toujours ardemment arracher les vêtements du jeune homme et mettre à exécution son plan de le posséder et il n'arrivait pas à comprendre quelles sombres forces le poussaient à faire cela.

— Qui... Qu'est-ce que tu *es* ? demanda-t-il finalement.

— Mon nom est Lan'xiu, dit le jeune homme.

Enfin Hüi comprit le timbre intrigant de la voix de cette femme – de cet homme.

— *Belle orchidée*, dit-il avec mépris. Un nom de femme.

— C'est le nom que m'a donné ma mère, insista Lan'xiu. Mon frère, Wu Min, avait déjà dix-sept ans lorsque je suis né. Elle savait que s'il découvrait que j'étais un garçon, il m'aurait défoncé le crâne avec une pierre et aurait laissé mon corps dans la montagne, en pâture pour les bêtes sauvages. Il était résolu à succéder au trône de mon père et ne pouvait tolérer aucune concurrence.

— Mais tu es le fils cadet. Il n'y avait aucun danger pour lui, dit Hüi. Quelle femme humilierait son fils en le forçant à porter des jupes, même pour sauver sa vie ? C'est ce qui me laisse perplexe.

— Elle ne m'a pas forcé, dit Lan'xiu calmement.

Il caressa la soie de sa qipao d'un doigt.

— J'aime m'habiller ainsi.

— Tu essayes de me duper ! Tu aimerais être une femme ? cracha Hüi.

— Je ne souhaite nullement être une femme, s'exclama Lan'xiu d'une voix frustrée. Vous ne comprenez pas. J'aime m'habiller ainsi. Je me sens joli ainsi.

— Eh bien, tu es assurément joli, dit Hüi avec sarcasme. Assez joli pour faire croire à n'importe qui que tu es une femme. Donc ton frère croit que tu es une femme et t'a envoyé pour occuper mon attention pendant qu'il planifie un assaut contre moi.

Lan'xiu recommença à trembler.

— Il a découvert que je n'étais pas une femme. Il est devenu enragé d'avoir été trompé ainsi et a tué ma mère. Il prévoyait de me tuer aussi, jusqu'à ce qu'il pense à ce stratagème.

— Pas étonnant qu'il ait été enragé, hurla Hüi. Je sais ce qu'il ressent et je ne suis pas clément envers ceux qui me prennent pour un idiot !

La porte s'ouvrit et l'eunuque apparut, l'air inquiet.

— Ning ! Tu peux disposer ! Ferme la porte derrière toi et redescend !

Hüi sursauta au ton sévère de Lan'xiu lorsqu'il donna son ordre. Même si l'eunuque hésita un instant, les yeux rivés à la ligne sanglante sur la gorge de Lan'xiu, il obéit à son ordre.

— Oui, ma Dame.

Observant le général d'un air dur, il recula lentement pour quitter la pièce et referma la porte.

— Né pour commander, hein ?

— Ning est près de moi depuis que je suis enfant et il préférerait que je ne meure pas, dit Lan'xiu d'un air désabusé. Et il préférerait ne pas mourir non plus. Mais nous avons accepté notre destin.

Il joignit ses mains dans son giron, l'exemple même de la résignation.

Hüi continua de faire les cents pas.

— Je devrais te tuer ici et maintenant pour me venger de cet affront. Je pourrais faire savoir que j'ai découvert que tu m'avais trahi avant de te revendiquer.

— Cela jouerait en faveur de mon frère, dit Lan'xiu.

D'une voix calme, il expliqua son raisonnement.

— J'ai eu beaucoup de temps pour réfléchir à cela. Si vous me tuez pour vous avoir trahi, vous vous placez dans la position d'un cocu et vous serez tourné en ridicule. Si vous me mettez dehors par dégoût, mon frère fera savoir à tous que je suis un homme et qu'il a été capable de vous duper pour m'avoir pris en tant que concubine. Si vous me tuez, le sang de ma mort sera sur vos mains plutôt que sur les siennes et cela lui fournira l'excuse nécessaire pour lancer une attaque et venger mon trépas. Une fois qu'il se sera débarrassé de vous, il pourra se tracer un chemin jusqu'à la mer. Il est persuadé que vous êtes la seule personne qui se dresse devant lui et l'empêche de s'emparer de toute la Chine.

— L'empereur serait sûrement en désaccord sur ce sujet. Je ne suis pas la seule barrière entre Wu Min et la mer, dit Hüi.

Il découvrit que sa colère s'estompait progressivement et il s'assit à une distance raisonnable de la jeune femme – du jeune homme.

— Tu sembles assez intelligent. Pourquoi t'es-tu livré à ce complot ?

— Livré ? Quel autre choix m'était-il offert ? Une mort certaine m'attendait dans tous les cas, mais je voulais gagner du temps dans ce monde, aussi longtemps que possible. Chez moi, j'étais étroitement gardé. Si j'avais essayé de m'enfuir, mon frère m'aurait tué alors et il y aurait pris plaisir, frissonna Lan'xiu. Je préférerais une mort rapide et propre par votre épée, plutôt que supporter les tortures douloureuses et interminables qu'il m'a dit avoir inventées pour moi.

— Et ces callosités sur ta main ?

— Mon eunuque, Ning, est un maître du sabre. Il a pensé que je devrais apprendre à me défendre.

— Pour m'assassiner ?

— Les épées ne sont pas dans cette chambre, mon Seigneur. Vous pouvez la fouiller si vous le voulez, vous ne trouverez aucune arme ici.

— Tu les as donc faites entrer clandestinement ici lorsque tu es arrivé.

Hüi se releva et s'avança vers la porte à grandes enjambées en beuglant.

— Ning !

L'eunuque apparut si promptement qu'il était évident qu'il n'avait pas obéi à l'ordre de se retirer.

— Je t'avais dit de descendre, dit Lan en le regardant avec dureté.

— J'étais encore dans les escaliers, en train de descendre, dit Ning sur la défensive, en lui rendant le même regard.

— Aussi lent qu'une tortue en hiver.

— Vous ne m'avez pas donné d'heure spécifique à laquelle je devais être redescendu.

— Tu aurais dû être avocat, dit Lan.

Les lèvres de Hüi frémirent devant l'interaction de ces deux-là. Manifestement, même une mort imminente ne pouvait pas interrompre leurs chamailleries habituelles.

— Amène l'épée de… de Madame, si tu le veux bien.

La bouche de Ning s'ouvrit d'un air alarmé et il jeta un regard vers Lan'xiu pour lui demander conseil.

— Tu as entendu mon Seigneur. Il t'a donné un ordre, dit Lan'xiu.

Ning ressortit puis revint rapidement, en tenant une épée délicatement gravée dans ses mains tendues.

— Donne-la à ta… ton Maître, ordonna Hüi.

Lan se releva et tendit la main. Ning y déposa l'épée puis virevolta pour faire face à Hüi.

— Il faudra me passer sur le corps pour l'atteindre ! dit-il d'un air de défi, les poings serrés.

— Ning, idiot, dit Lan, d'une voix aussi exaspérée que tendre.

47

— Cela ne me posera aucun problème, étant donné que je tiens une épée et pas toi, souligna Hüi.

— Ning, va-t'en ! dit Lan en posant une main sur l'épaule de son eunuque. Si le destin prévoit que je meure ce soir, alors laisse-moi mourir avec honneur. Je ne me cacherai pas derrière toi.

— Oh, Lan'xiu !

La détresse contenue dans la voix de l'eunuque toucha Hüi, et la pitié grandit en lui lorsque Ning tomba à genoux pour embrasser la main de Lan. Puis le jeune homme se releva et s'éclaircit la gorge.

— Battez-vous bien, comme je vous l'ai appris. Ne lui laissez pas tous les honneurs. Laissez votre lame goûter son sang même s'il vous tue à la fin.

— Sors d'ici, petit démon sanguinaire, dit Lan.

Il poussa Ning.

— Pars, maintenant. Va vite. *Tout* en bas des marches.

Regardant méchamment Hüi, Ning le contourna et quitta la pièce, refermant la porte.

Aussi bien Lan que Hüi attendirent que le bruit de ses pas dans l'escalier disparaisse.

— Mon Seigneur, m'accorderez-vous un dernier vœu, que vous me tuiez ou non ? demanda Lan'xiu anxieusement.

— Quoi donc ? demanda Hüi, avec impatience.

— Lorsque vous me tuerez, je vous supplie de laisser vivre Shu Ning. Ce n'est qu'un simple eunuque. Il est venu ici pour me servir, sachant que cela signifierait sa mort autant que la mienne. Peu importe combien j'apprécie sa fidélité, la mort serait une piètre récompense pour sa loyauté.

Hüi réfléchit à cela pendant un instant.

— Très bien. Je ne garantis pas qu'il puisse rester ici, dans ma cité, mais je te fais la promesse de l'épargner.

Puis Hüi releva son épée.

— Quand tu veux.

— Je serai à vous dans un instant.

Inexplicablement, Hüi se prit à souhaiter que cela puisse être vrai, et il observa Lan tandis qu'il reposait son épée et s'attachait les cheveux avant de glisser l'ourlet de son hanfu dans sa ceinture pour libérer ses jambes. Puis le jeune homme ramassa l'épée comme s'il avait l'habitude de son poids dans sa main.

Ils savaient tous deux que Hüi gagnerait inévitablement. Il était plus grand, plus large, plus musclé ; mais Lan avait vraisemblablement une âme d'acier, malgré le fait qu'il portait des vêtements de femme.

Il fit prudemment le tour de Hüi qui fut obligé de rire lorsqu'il réalisa que Lan essayait de le positionner afin que la clarté du feu l'éblouisse. Il interrompit ce plan par une feinte, surpris et satisfait de sentir l'épée de Lan parer fermement.

La joie du combat envahit le visage de Lan, le rendant encore plus beau que lorsqu'il manifestait de la peur. Même s'il savait qu'il pouvait mourir, il était flagrant qu'il voulait bien combattre.

Hüi frappa à bon escient et repoussa Lan. Le jeune homme avait été bien entraîné et réussit à parer et à éviter la majorité de ses coups, mais Hüi était simplement trop fort pour lui. À un moment donné, Lan trébucha sur un repose-pied et le renversa, distrait par l'épée de Hüi qui traversa la soie de sa manche sans le blesser, mais il réussit à retrouver son équilibre.

Hüi le repoussa régulièrement jusqu'à ce que Lan combatte réellement pour sa vie, son dos appuyé contre le mur. Grâce à une ruse, après avoir paré deux fois, Hüi projeta l'épée loin de la main du jeune homme d'un petit coup rapide et pressa son corps contre celui de Lan, le clouant au mur et pressa le bout de sa lame contre son menton.

— Je pense que j'ai gagné ce combat, n'est-ce pas ?

Lan sourit vaillamment.

— Je paierai de ma vie votre savoir-faire supérieur, mon Seigneur. Vous m'avez battu équitablement. Merci de m'avoir donné une chance de gagner ma liberté.

Hüi poussa plus fort contre lui, savourant la fermeté du corps élancé, prisonnier sous le sien et réalisa qu'il frottait sa virilité contre une autre, tout aussi dure.

— Je voulais éprouver mon épée contre la tienne, marmonna-t-il.

— J'aimerais sentir votre épée contre la mienne, répondit Lan d'une voix rauque, son souffle devenant plus rapide, les yeux rivés à ceux de Hüi. J'ai toujours rêvé de…

Il ne termina pas sa phrase et détourna la tête.

— Si vous devez me tuer, je vous en supplie, faites-le rapidement, ajouta-t-il durement.

Hüi jeta un regard vers l'épée, toujours dans sa main, presque stupéfait de l'y trouver encore.

— Je ne souhaite pas te tuer.

L'épée tomba sur le tapis dans un bruit étouffé.

Lan était à bout de souffle, tant Hüi se pressait contre lui.

— Que souhaitez-vous faire, mon Seigneur ?

— Je souhaite prendre ce qui m'appartient ! hurla Hüi d'une voix rauque.

Il souleva le corps élancé du jeune homme dans ses bras et le porta jusqu'au lit avant de le jeter dessus.

Lan resta allongé calmement, attendant ce que Hüi choisirait de lui faire ensuite. Son souffle s'accéléra tandis qu'une lueur de peur et de désir pointaient dans son regard, alors que Hüi récupérait son épée et le surplombait, baissant les yeux sur le jeune homme exquis qui tremblait sur le lit.

Lan plissa les yeux avec crainte mais ne se déroba pas quand Hüi glissa le plat de son épée sous la ceinture de son hanfu. D'un mouvement vif, il souleva son épée, déchirant la soie. Les rebords du hanfu glissèrent dans un soupir, révélant un corselet de soie traditionnel, brodé de fils écarlates sur un tissu vert jade. Lan frémit quand Hüi avança peu à peu l'épée sous le fin vêtement, le découpant en deux pour découvrir de grands mamelons bruns sur un torse plat. Hüi posa l'épée pour pouvoir prendre chaque mamelon entre ses pouces, les massant jusqu'à ce qu'ils deviennent de petits sommets érigés et durcis.

Hüi glissa ses mains sur la peau de Lan, de son torse jusqu'à son ventre doux et imberbe, puis sous la ceinture de ses sous-vêtements de soie dont une bosse déformait l'avant. Lan poussa un cri de surprise lorsque Hüi agrippa la ceinture et déchira le vêtement en deux. Quand il eut entièrement dénudé Lan'xiu, il inspira profondément et examina la beauté qui s'offrait à lui. Ses longs membres étaient gracieusement écartés, exposant le sexe dur, niché au creux d'une toison bouclée entre les jambes de Lan et ses épaules anguleuses surplombaient une taille fine et des hanches plus sveltes encore.

— Tu es si beau.

— Et je suis à vous, mon Seigneur, murmura Lan.

Il tendit les bras pour inviter Hüi à le rejoindre, une lueur de désir dans le regard.

Hüi jeta son épée de côté pour se départir hâtivement de ses propres vêtements. Il retomba contre Lan, s'emparant de sa bouche pour un baiser profond, glissant sa langue entre les lèvres entrouvertes, explorant, goûtant, conquérant. Il put sentir Lan écarter ses jambes et laisser les hanches de Hüi reposer contre les siennes.

Il fit onduler son aine rapidement contre celle de Lan, sentant leurs érections se frotter l'une contre l'autre. Il n'arrivait pas à mettre fin à leur baiser, absorbé par la douceur infinie de la bouche de Lan. Le baiser s'éternisa, tandis qu'Hüi pouvait sentir les bras du jeune homme autour de lui, s'agrippant à lui avec une force et un besoin qu'il n'avait jamais ressentis chez aucune de ses épouses.

Le corps nu et élancé se cambrait sous le sien, s'efforçant de suivre ses moindres mouvements. C'était comme si chacun des désirs inassouvis de son âme se déversait dans une seule et unique explosion fracassante lorsqu'il atteignit l'orgasme, bien trop rapidement. Il arracha sa bouche à celle de Lan et observa son visage transformé par l'extase, tandis qu'ils partageaient le même moment de plaisir exquis, une chaleur moite se déversant entre eux.

Son torse se souleva tandis qu'il cherchait de l'air et Hüi fut enfin capable de s'abaisser pour recouvrir entièrement le corps de Lan. Il devint conscient de ses mains qui erraient sur son dos et du murmure de sa voix contre son oreille.

— Que dis-tu ?

— Simplement que je suis à vous et que je vous appartiens, mon Seigneur, répondit Lan.

Ses yeux brillaient de bonheur lorsque Hüi le regarda.

— Je peux mourir heureux maintenant.

Hüi gloussa.

— Je n'ai pas fait assez d'efforts pour te tuer encore. C'était seulement la première escarmouche de notre bataille.

— Vous avez très bien combattu, mon Seigneur, dit Lan modestement. Je capitule.

— Pas encore, mais tu le feras, je peux te l'assurer, promit Hüi, sa voix rendue soyeuse par sa séduisante menace.

Il s'écarta du jeune homme et traça d'un doigt la ligne de sang séché sur sa gorge.

— Je suis désolé pour cela. Tu pourrais en garder une cicatrice.

— Cela n'a pas d'importance, dit Lan.

Hüi fut amusé. Le jeune homme avait une beauté plus éthérée que celle de n'importe quelle femme qu'il n'avait jamais vue, et – pour une raison qu'il ne comprenait pas lui-même – il aimait s'habiller et vivre comme une femme, mais ce commentaire désinvolte le révéla comme l'homme qu'il était. N'importe quelle femme aurait craint qu'une cicatrice ne vienne gâcher sa beauté. Lan'xiu s'en fichait et cela rendit Hüi encore plus curieux.

51

— Dis-moi ce que tu pensais que serait ta vie.

— Ma mère ne se faisait aucune illusion au sujet de mon demi-frère, dit Lan avec une tristesse réticente. Elle avait planifié de m'envoyer dans un monastère avant de mourir, un endroit où j'aurais pu vivre le restant de mes jours, sous un autre nom. Je n'avais pas d'autre espoir que celui-ci, mais au moins j'aurais bénéficié d'une certaine forme de liberté.

— Mais tu ne rêvais de rien d'autre ? persista Hüi, laissant glisser le bout de ses doigts le long du corps nu de Lan.

Il traça un cercle autour d'un mamelon et observa le torse de Lan se soulever et retomber plus rapidement en réponse à sa caresse.

— Je voulais appartenir à quelqu'un, être aimé, dit Lan. Quelqu'un comme vous.

— Tu es attiré par les hommes ?

Hüi avait déjà été témoin d'hommes aimant d'autres hommes en temps de guerre et le sage commandant fermait les yeux face à un tel comportement. Après tout, un homme avait des besoins, surtout lorsque les femmes se faisaient rares.

— Oui, dit Lan tranquillement. Mais je n'aurais jamais pensé que ce rêve puisse devenir réalité.

La main de Hüi voyagea plus bas, traçant la ligne qui débutait en haut de la cuisse de Lan, contourna ses parties intimes pour caresser sa jambe.

— Il n'est pas encore devenu réalité.

— J'imagine que c'était présomptueux de ma part, étant donné toutes les femmes que vous avez. Mais lorsqu'on m'a envoyé ici, je n'aurais jamais pensé pouvoir survivre tant de jours avant de mourir.

Lan essaya d'avoir l'air joyeux.

— J'imagine que vous allez me tuer maintenant.

— Je ne pense pas le faire, dit Hüi pensivement. Je ne t'ai pas encore possédé et je crois t'avoir promis de le faire. Je te dominerai avant la fin de cette nuit et je te revendiquerai afin que tu ne rêves plus jamais d'un autre homme.

Il prit fermement en coupe les orbes jumeaux de Lan dans sa main et les serra doucement, remarquant que les hanches du jeune homme esquissaient un mouvement en réponse.

Des étoiles brillaient dans les yeux de Lan.

— Je pense que j'aimerais cela, dit-il simplement.

VI

LAN ROULA sur le côté pour observer le visage du Hüi pendant qu'il somnolait. Passer du désespoir le plus profond au paroxysme du bonheur était vertigineux, surtout en quelques heures. Après avoir supporté une journée entière dans la peur, lorsqu'on avait allumé sa lanterne, Lan'xiu s'était résigné, n'espérant pas davantage qu'une mort rapide et clémente. Désormais, les cieux semblaient s'être ouverts pour lui et une chance qu'il n'avait jamais connue l'entourait désormais.

Être tenu par les bras puissants de Hüi jusqu'à ce que la tête lui tourne, sentir ce corps fort et musclé le presser contre le matelas étaient des choses dont il avait toujours rêvé et ses rêves s'étaient révélés bien pâles face à la réalité.

Un des avantages de ses longs cils était que, même les yeux baissés, il pouvait jeter de petits regards furtifs à travers eux et Lan avait été captivé par Hüi dès le premier instant où il l'avait vu. Le Général Qiang Hüi Wei était le plus grand homme que Lan n'avait jamais vu, avec des cuisses puissantes et des épaules larges. Il avait le visage d'un conquérant et ses yeux dissimulaient beaucoup de secrets. Sa confiance insouciante proclamait que Hüi avait gagné beaucoup de combats, pas seulement sur le champ de bataille et Lan avait osé rêver que, peut-être son frère, Wu Min, puisse être vaincu.

Bien sûr, Lan ne vivrait pas pour être témoin de cette défaite, mais cela le réconfortait d'y penser, après les ravages que son frère avait causés au sein de leur famille et de leur province. Au moins la mort de Lan ne serait pas vaine si elle motivait Hüi Wei à se venger de la supercherie dont il avait été victime.

Et maintenant... Lan soupira avec bonheur et laissa glisser sa main sur l'épaule musclée et le bras de Hüi Wei, pressant doucement le biceps dur de l'homme allongé près de lui. Il était impensable que cet homme le désire, lui aussi, mais il ne pouvait pas se méprendre sur la passion qui était née entre eux. Peut-être que pendant un temps, Hüi serait intrigué et alors peut-être s'habituerait-il à Lan, avec la même tendresse vague que l'on pouvait ressentir pour un animal de compagnie ou pour un objet que l'on possédait. Bien sûr, il retournerait finalement vers ses vraies femmes une fois l'attrait de la nouveauté passé, mais peut-être qu'il laisserait vivre Lan par gentillesse.

— Et je garderai ce souvenir pour le reste de ma vie, murmura Lan.

— Tu ferais mieux d'attendre que je te donne davantage de choses à te souvenir, grogna Hüi en retournant Lan sur son dos et clouant ses poignets au lit.

Lan écarta ses cuisses, savourant la sensation des jambes fortes de Hüi entre les siennes, sa virilité durcie frappant son ventre, sa vision tourbillonnant encore alors que Hüi l'embrassait jusqu'à lui faire perdre son souffle.

Sans pouvoir s'en empêcher, Lan se cambra, essayant de s'assurer que tout son corps nu était pressé contre celui de Hüi. Il n'avait jamais apprécié d'être retenu prisonnier par son frère. Il était bien plus agréable de l'être dans ce foyer. Même si les femmes l'avaient traité gentiment pour la plupart, il n'avait pas eu d'autre envie que de prendre la fuite et d'emmener Ning avec lui.

Mais cette expérience était différente de tout ce qu'il avait pu imaginer. Ce qu'il appréciait le plus était le poids de Hüi qui l'emprisonnait, le retenant prisonnier du plaisir de son Seigneur. Il aimait se sentir sans défense face à Hüi. Il appréciait lorsque ses mains le maîtrisaient, l'exploraient, le touchaient selon son envie sans s'inquiéter qu'il aime cela ou non. Il savait que Hüi l'avait rendu esclave de ce nouveau plaisir et Lan ne pouvait rien lui refuser. Même quand les dents de Hüi pincèrent trop fort son mamelon, sa douleur fut un cadeau qu'il offrit à son Seigneur. Il pourrait la supporter et l'apprécier si cela donnait du plaisir à Hüi.

Manifestement, c'était le cas, puisque Hüi alternait entre de petites morsures cuisantes pour ensuite sucer le petit morceau de chair dure. Lan se tortillait sous ce traitement, sentant son membre durcir malgré la douleur.

Tandis que la bouche de Hüi était pressée contre son mamelon, Lan sentit sa main descendre fermement le long de son corps, effleurer sa hanche, presser la rondeur de ses fesses jusqu'à ce que ses doigts se glissent à l'intérieur de la vallée sombre, trouvant et caressant son point le plus intime. Des fourmillements de plaisir parcoururent son entrée, se diffusant dans tout son corps et il écarta davantage ses jambes pour donner un meilleur accès à Hüi.

Souriant, son Seigneur releva sa tête.

— Tu aimes ça, n'est-ce pas ?

Il caressa plus fortement l'orifice arrondi, jubilant des cris de plaisir que Lan ne pouvait retenir.

— Oui ! Oui, j'aime ça ! répondit Lan, pantelant.

Il gémit de déception lorsque Hüi écarta sa main, puis tout son corps, le contact intime lui manquant déjà. Il entendit le bruit d'un tiroir qui s'ouvrait puis Hüi s'allongea de nouveau sur lui.

Il sursauta en sentant un doigt humide glisser en lui et ne put s'empêcher de laisser échapper un petit glapissement de douleur.

Hüi embrassa sa gorge.

— Cela fera un peu mal juste au début. Mais quand je te prendrai, tu m'appartiendras entièrement. Tu seras à moi.

La sensation du doigt qui bougeait en lui était étrange et pourtant Lan l'apprécia une fois la surprise passée. Toutefois, le sentiment qui l'avait parcouru, cette envie de faire tout ce qui ferait plaisir à cet homme qui le possédait entièrement – son cœur, son corps et son âme – l'aurait poussé à accepter, même si cela serait revenu à être coupé en deux.

— Je suis à vous, assura-t-il à Hüi. Je veux vous appartenir.

Les hanches de Lan se relevèrent et il se cambra contre le lit lorsque le doigt de Hüi appuya sur un endroit, lui faisant découvrir un plaisir profondément caché en lui. Un éclair surprenant de plaisir le traversa, l'ébranlant jusqu'aux orteils. Il pensa que rien ne pourrait être plus agréable jusqu'à ce que Hüi ne recommence.

Lan savait que Hüi l'observait, mais il était perdu dans son plaisir. Il savait que ses yeux étaient voilés et que sa bouche était grande ouverte et il espérait sincèrement que Hüi appréciait ce spectacle. C'était comme si son Seigneur avait demandé à posséder non seulement son corps mais aussi l'accès au tréfonds de son âme et qu'il était incapable de résister.

Il sentit ses genoux être relevés contre son torse et sut qu'ainsi, il était totalement nu et offert pour son Seigneur et Maître. Ses jambes furent relevées sur les larges épaules de Hüi et il sentit ses doigts le quitter, le laissant vide et languissant d'être rempli à nouveau, puis quelque chose de plus gros se pressa contre son orifice. Ses yeux s'ouvrirent en signe de protestation, mais Hüi pencha la tête pour attraper sa bouche dans un baiser profond, étouffant tout cri de douleur.

Lan gémit sous ce baiser en sentant l'anneau de muscles se resserrer puis céder sous l'assaut du membre de Hüi. Lorsqu'il glissa entièrement son membre en lui, d'un seul mouvement régulier, cela le brûla et lui fit du mal. Les muscles de Lan se resserrèrent sans qu'il ne puisse s'en empêcher, mais il savait désormais ce que cela signifiait d'être l'esclave du plaisir d'un autre. Il était sans défense, empalé jusqu'à la garde, se contorsionnant sous le poids de son maître, incapable de faire quoi que ce soit contre l'intrus gigantesque qui se trouvait à l'intérieur de lui.

Il releva les yeux pour découvrir Hüi en train de l'observer attentivement et réalisa que son visage était tordu de douleur. Il essaya de sourire pour rassurer l'autre homme mais Hüi secoua sa tête et sourit.

— Nous allons attendre. Cela va aller mieux, je te l'assure. Dis-moi simplement quand ce sera le cas.

Lan sentit ses muscles commencer à se détendre et la douleur s'estompa, lui laissant seulement la sensation plaisante d'être plein. Découvrant ces choses pour la première fois, il tendit la main pour sentir du bout de ses doigts l'endroit où le membre de Hüi le pénétrait, savourant les picotements qui irradiaient de son orifice et la sensation de la verge ferme qui l'emplissait.

Puis Hüi bougea ses hanches, faisant ressortir son membre de l'étroit passage avant de glisser à nouveau à l'intérieur et Lan entoura la verge de Hüi de ses doigts, émerveillé de se sentir empalé. Cette fois Lan put sentir le sexe de Hüi masser les murs de son passage intime et le plaisir s'épanouit en lui.

Une nouvelle fois, Hüi se retira et glissa encore en lui, les mouvements de ses hanches s'accélérant tandis qu'il poussait plus profondément. Lan laissa glisser ses jambes des épaules de Hüi pour les enrouler autour de sa taille, se cramponnant à lui comme si sa vie en dépendait. Hüi se baissa, piégeant le sexe durci de Lan entre eux.

Entre les coups pressants du membre profondément enfoncé en lui et le frottement de leurs ventres contre son érection, Lan fut transporté dans un autre monde. Hüi martelait durement en lui désormais, leurs peaux claquant parfois l'une contre l'autre, noyant les gémissements et les cris de plaisir de Lan.

Il se tortilla et essaya d'atteindre son propre membre, mais Hüi écarta ses mains d'une tape.

— Pas avant que je ne te permette de jouir, dit-il.

— Oui, mon Seigneur, répondit Lan, même s'il savait qu'il ne serait pas capable de se contrôler.

La sensation du membre de Hüi en lui, le caressant et l'étirant lui donnait l'impression qu'il allait peut-être effectivement le déchirer en deux, mais il aimait cela. Il se cambrait d'extase sous les assauts de Hüi, intensifiant son plaisir jusqu'à le rendre presque douloureux.

Puis les à-coups se firent plus courts et plus chaotiques. Hüi s'écarta du corps de Lan et ses hanches s'activèrent, devenant de petits mouvements rapprochés et irréguliers, jusqu'à ce qu'il se fige brusquement pendant une seconde. Lan poussa un cri lorsque la main de Hüi s'enroula autour de sa verge. Deux caresses plus tard, il se répandit entre eux, éclaboussant le ventre de Hüi et le sien.

Hüi s'enfonça plus profondément encore avec un cri rauque de triomphe avant de répandre son essence dans l'étroit passage. Puis il se laissa retomber pour reposer complètement sur Lan.

Lan put sentir ses jambes engourdies glisser jusqu'au matelas et nicha sa tête dans le creux du cou de Hüi. Un sentiment de contentement et de paix qu'il n'avait jamais ressentis avant l'inonda.

— Maintenant tu m'appartiens.

La voix de Hüi était étouffée contre l'oreiller.

— Oui, acquiesça Lan.

— Et je ne te laisserai jamais partir, dit Hüi.

Lan ne s'était jamais senti aussi heureux. Ses fesses étaient encore un peu douloureuses et le membre de Hüi était toujours enfoui en lui. Le poids de son Seigneur l'empêchait de respirer correctement mais Lan ne voulait plus jamais quitter cette position. C'était l'apogée à laquelle il avait toujours aspirée. Si l'envie soudaine venait à Hüi de le tuer lorsqu'il s'éveillerait, Lan savait qu'il se sacrifierait avec plaisir pour payer le prix de ce rêve devenu réalité.

LAN'XIU RESTA éveillé presque toute la nuit, somnolant par moments, mais déterminé à profiter de la sensation de la peau nue contre la sienne, pour la première et peut-être dernière fois de sa vie. Allongé sur le côté, pelotonné contre la masse protectrice du corps de son Seigneur, la faible lumière lui permettant de voir le tendon puissant du bras qui l'encerclait et aimant le souffle de Hüi qui réchauffait son épaule. De petits ronflements occasionnels lui donnèrent envie de rire, mais il ne voulait pas réveiller Hüi, ni hâter son départ. Aussi intime qu'ait été leur étreinte, être tenu dans les bras de Hüi, être allongés ensemble, nus, suscitait chez lui une émotion depuis longtemps refoulée qui le bouleversa comme une lame de fond qui menaçait de tout emporter. Il mourrait d'envie de se noyer dans le plaisir d'appartenir à cet homme pendant les quelques heures de répit qui lui étaient accordées.

Il n'y avait aucun doute dans son esprit que, dès les premières lueurs du jour, Hüi Wei retrouverait ses esprits et se retournerait contre lui, le mettant à mort pour l'avoir humilié. Aucun homme ne pourrait supporter l'idée que les autres sachent que son pavillon des femmes abritait un homme déguisé en femme. Wu Min userait très certainement de ce fait à son avantage lorsqu'il serait connu de tous. Par conséquent, lorsque Hüi Wei prendrait le temps de réfléchir, il serait forcé de mettre Lan'xiu à mort. Quoiqu'envisage son Seigneur pour réduire Wu Min au silence, cela importerait évidemment peu à Lan'xiu, puisqu'il serait déjà mort. La tension qu'il avait subie suite à son existence à l'intérieur de cette cour et la journée passée à attendre sa mort inévitable après la découverte de son secret, aussi gracieusement résigné qu'il ait pu être, avait laissé des traces toutefois. Malgré tout Lan'xiu finit par s'endormir.

Il se réveilla en sentant de douces lèvres mordiller son cou et un membre durci glisser entre la vallée de ses reins, caressant son orifice avec insistance. D'un geste endormi, il se pressa contre lui en réponse, signifiant son accord.

Des doigts humides le préparèrent hâtivement et Lan gémit lorsque l'érection de Hüi les remplaça, entrant en lui assez impitoyablement pour faire protester ses muscles endoloris contre cette invasion brûlante.

Hüi demeura immobile jusqu'à ce que Lan se mette à soupirer.

— Prenez-moi, mon Seigneur.

Il reçut pour toute réponse un grognement inarticulé mais possessif, tandis qu'une main se glissait sous sa cuisse et la soulevait, l'ouvrant plus complètement pour recevoir le plaisir de son Seigneur. La sensation du membre durci poussant brusquement en lui dans une danse rythmique et possessive le rendait heureux d'être capable d'offrir à Hüi quelque chose qu'il désirait visiblement ardemment. Hüi laissa la cuisse de Lan reposer contre son avant-bras et glissa sa main entre ses jambes pour agripper sa verge et la caresser. Seul le spectre de ce qui restait à venir empêchait Lan'xiu de profiter pleinement du plaisir de se faire prendre si parfaitement.

— Allez-vous me mettre à mort ce matin ? hoqueta Lan, en se blottissant dans le creux des bras de son amant.

Hüi suspendit ses à-coups.

— Vas-tu cesser de me demander cela ? s'exclama Hüi. Je t'assure, je te ferai savoir largement à l'avance si je décide de te tuer. C'est moi le Maître, ici, pas toi.

Il avança brusquement ses hanches vers l'avant, empalant Lan encore plus profondément sur sa verge dure.

— Oui, mon Seigneur, dit Lan docilement, bien qu'il halète.

VII

CETTE DEUXIEME fois, lorsque Lan'xiu ordonna à Ning de descendre jusqu'en bas des escaliers, il suivit ses instructions à la lettre. Il trouva Jia, la gouvernante, en train de rôder dans le couloir de l'entrée, écoutant les bruits qui provenaient de l'étage et gloussant, ses mains recouvrant sa bouche.

— Enfin ! Le Maître prend la princesse ! Elle va passer un bon moment, à verser son premier sang !

Furieux, Ning se retourna vers elle, lui aboyant qu'elle devait rester dans la cuisine si elle ne trouvait pas de basse-cour, car là était très probablement sa place ! De préférence, avec les cochons dans la porcherie !

Jia était très compréhensive et pas facilement offensée.

— Difficile de s'attendre à autre chose quand une jeune fille est aussi belle et intacte que la princesse. Cela éveillerait l'animal qui sommeille dans le meilleur des hommes. Vous la servez depuis longtemps mais ne vous inquiétez pas. Elle est jeune et peut supporter la revendication du Maître.

Jia imita deux personnes en train de forniquer, de ses deux mains collées l'une à l'autre, ses paumes faisant un bruit vulgaire lorsque l'air en fut éjecté.

— C'est de bon augure pour cette maison qu'il soit enfin entre ses cuisses. Je me demandais pourquoi il remettait cela à plus tard depuis si longtemps. Elle est aussi juteuse qu'une pêche mûre.

— Tu es dégoûtante ! cracha Ning.

— Ne soyez pas idiot ! Nous sommes un peuple robuste ici et nous profitons du sexe comme d'un cadeau des dieux.

Le bruit d'un meuble qui tombait au sol l'interrompit. Ning se dirigea vers les escaliers mais elle l'attrapa par la manche.

— Je vous demande pardon, Ning-xiānsheng, mais ce n'est pas à vous de vous interposer entre le Maître et sa concubine.

Un cri léger retentit et les rides autour des yeux de Jia se froissèrent de gaieté tandis qu'elle gloussait de nouveau.

— Ah ! La princesse est plus vive que je ne le soupçonnais. Une Dame au salon mais une tigresse dans la chambre ; les hommes apprécient toujours cela. Elle lui offre une bonne chasse avant de le laisser l'attraper.

— Et s'il lui faisait du mal ?

— Il ne lui fera pas de mal… pas trop. Un homme apprécie toujours plus la mise à mort après une bonne poursuite.

Ning ferma les yeux, horrifié. Jia ne pouvait pas savoir combien elle était proche de la vérité. À cet instant précis, Hüi retirait peut-être la lame tranchante de son épée de son fourreau pour la faire goûter au corps de Lan'xiu, observant son âme déclinante, dans une effusion pourpre. Ensuite, son tour viendrait. Hüi ne pourrait pas se permettre de le laisser vivre avec le savoir que renfermait son crâne. Un gloussement aigu le fit ouvrir les yeux et il jeta un regard plein de mépris à Jia.

— Toute vierge qu'elle soit, la princesse semble savoir comment exciter un homme. Ma Dame aura sûrement besoin d'un jour ou deux pour récupérer de la façon dont le Maître l'aura montée. Ah, eh bien, elle apprendra vite à aimer ça.

— Hors de ma vue, avant que je ne fasse quelque chose que nous regretterions tous les deux ! souffla Ning.

Après un autre gloussement, Jia suivit le conseil de Ning et retourna à sa cuisine, pressant le pas en apercevant la main levée de Ning et la colère de son regard.

Il avait cru que rien ne serait pire que de devoir écouter sa précieuse Lan'xiu se faire assassiner par ce soldat furieux, sans rien pouvoir faire, mais cette satanée Jia avait réussi à rendre son tourment plus insoutenable encore. Qiang Hüi Wei était si imposant et fort comparé à la svelte princesse ; Ning n'osait imaginer la violence imposée à sa personne. Savoir utiliser une épée avait ses limites. Lan'xiu avait peu d'expérience d'un vrai combat, ne s'étant entraînée qu'avec lui et il avait toujours pris soin de ne pas trop la blesser. Bien sûr, Ning savait qu'un homme dans la position du gouverneur ne digèrerait pas de s'être fait piéger ainsi, mais il avait espéré une certaine pitié lorsque Hüi Wei découvrirait la vérité. Certainement, *certainement*, comprendrait-il que Lan'xiu ne faisait pas partie du mensonge perpétré par son frère.

Quand ils étaient arrivés pour la première fois dans cette contrée étrange et avaient pénétrés dans la salle d'audience, officiellement en tant qu'invités,

61

mais en réalité prisonniers de leurs prétendus gardes, Ning avait examiné le visage du nouveau Seigneur, sachant que personne n'observerait un eunuque pour voir ce qu'il faisait. Il avait pu voir que l'homme était habile et fort, un homme au pouvoir inné, que l'empereur le soutienne ou pas, mais les rides autour de sa bouche avaient trahis un certain sens de l'humour. Il avait commencé à espérer que Hüi Wei puisse pardonner à Lan'xiu et l'autorise à partir pour se cloîtrer dans un monastère, mais, désormais, tout espoir avait disparu.

Si Lan'xiu n'avait pas dit qu'elle ne se cacherait pas derrière lui, Ning aurait bravé n'importe quel destin pour courir à son secours, peu importe s'il devait mourir avec elle. Impuissant, il fit les cents pas, les poings serrés, mordant ses lèvres pour demeurer silencieux à chaque fois qu'il entendait un nouveau cri.

Il lui vint soudain à l'esprit que même si elle lui avait ordonné de descendre l'escalier, elle ne lui avait pas interdit de les *remonter* ensuite ! Aussitôt dit, aussitôt fait. Ning se précipita à l'étage jusqu'à sa chambre où il avait caché sa propre épée, plus lourde que celle qu'utilisait Lan'xiu. Il se glissa jusqu'à la porte attenante et y posa son oreille pour écouter.

Il faillit laisser tomber son épée en entendant la voix de Hüi Wei. Il ne pouvait pas discerner les mots, mais le ton était certainement celui d'un homme murmurant des paroles affectueuses à une personne aimée, plutôt que la colère d'un homme décidé à semer la justice et la mort.

Ning déposa son épée par terre et se pencha pour regarder par le trou de la serrure. Il ne pouvait pas voir grand-chose mais ce qu'il put apercevoir le fit tomber à genoux dans un bruit à peine audible tant il était surpris. Heureusement, sa chambre était également garnie d'un tapis qui étouffa le son. Après avoir guetté la moindre réaction venant de la chambre adjacente, il conclut que les combattants étaient trop occupés l'un avec l'autre pour remarquer une distraction extérieure.

Prudemment, il s'approcha du trou de la serrure à genoux, regardant attentivement au travers. Il aperçut un tas de vêtements au sol près de la couche et le lit lui-même semblait bouger et trembler.

De doux murmures, des bruissements et une plainte de la princesse qui aurait pu être de la douleur mais qui ressemblait d'une façon suspicieuse à de l'extase rendirent Ning totalement confus.

Il pressa de nouveau son oreille contre la porte. Hüi Wei haussa la voix en un cri triomphant se mêlant aux gémissements essoufflés de la voix familière de la princesse. Ning n'eut pas vraiment l'impression qu'elle avait un besoin urgent d'être sauvée.

Mais peut-être qu'il n'interprétait pas correctement ce qu'il entendait. Peut-être que Hüi Wei la torturait, avant de la tuer. Le général l'avait peut-être dénudée pour vérifier ses soupçons quant à son sexe, expliquant ainsi la pile de vêtements au sol. Si tel était le cas, il était clairement de son devoir d'intervenir pour la sauver. Maintenant, il lui semblait qu'elle pleurait. Ning tâtonna à la recherche de son épée dans l'obscurité mais se figea en l'entendant rire.

La voix de Hüi Wei s'éleva de nouveau, semblant clairement menaçante cette fois. La voix de Lan'xiu se fit entendre assez fort pour que Ning comprenne qu'elle acceptait de se plier à un ordre.

Devait-il entrer ? Ne le devait-il pas ? S'il se trompait, Lan'xiu serait furieuse contre lui et ce ne serait pas bon. Si elle était en colère, Hüi Wei le serait d'autant plus, peut-être même assez furieux pour le faire tuer ! Cela ne serait pas bon non plus. Alors Lan'xiu se retrouverait toute seule ici, en terre étrangère, à peut-être mourir seule, ce qui serait encore pire. Ning avait toujours prié pour qu'elle soit tuée en premier, afin qu'elle puisse au moins voir son visage amical avant de mourir. Mais, manifestement elle semblait apprécier ce qui était en train de se passer dans la chambre.

Le couinement flagrant de la tête de lit contre le mur interrompit les ruminations de Ning et il sourit dans le noir. Lan'xiu avait raison ; il aurait fait un excellent avocat. Il était là, assis dans l'obscurité, à débattre de ce qui était en train de se passer tandis qu'elle et son nouveau Maître semblaient parfaitement se divertir.

Ning s'adossa à la porte et y posa la tête, riant silencieusement. Que Hüi Wei ait déjà apprécié la compagnie d'un homme dans son lit avant ce jour ou non, il était clair que la beauté de Lan'xiu était suffisante pour pousser l'amoureux des femmes le plus engagé à tester des eaux plus troubles.

Sans penser au fait qu'il s'immisçait dans leur intimité, Ning resta où il était, savourant les bruits d'une passion qu'il ne connaîtrait jamais. Même si Hüi Wei décidait au matin que sa fierté avait été si compromise, qu'il ne pouvait autoriser la princesse et son serviteur à vivre, au moins la dernière nuit de Lan'xiu sur cette terre lui aurait donné un avant-goût du genre d'amour dont elle avait toujours rêvé. Ning était heureux pour elle, qu'une telle chose lui soit arrivée.

— Son épée a trouvé un nouveau fourreau.

Ning sourit et ferma les yeux, empli de bonheur, du moins pour le moment.

Le bruit du lit qui se remettait à grincer sortit Ning d'un sommeil profond. Il nota mentalement de réparer le cadre du lit pour la princesse. Au rythme où ils allaient, il semblait que son lit allait beaucoup servir – du moins si Hüi Wei leur permettait de vivre.

Le ciel était encore sombre, mais l'aube approchait. Ning pouvait entendre quelques oiseaux lancer leurs trilles à l'extérieur. Apparemment, le général était un lève-tôt – Ning couvrit sa bouche et gloussa à son jeu de mots involontaire – et avait décidé de faire un peu d'exercice avant le petit-déjeuner.

Cette fois, les murmures et les cris étaient doux et endormis et assez vite le silence retomba dans la chambre d'à côté. Ning étira son cou raidi, d'un côté puis de l'autre, notant une nouvelle fois mentalement d'éviter de dormir appuyé à une porte dans le futur. S'il avait un futur. Il jeta un œil par la fenêtre et lorsqu'une ligne d'un jaune pâle dépassa l'horizon au-dessus des maisons d'en face, il sut qu'il ne pouvait plus remettre les choses à plus tard. Il était temps pour Hüi Wei de partir. Il serait indécent pour ses sujets de savoir que le général avait passé une nuit entière en compagnie d'une de ses concubines. Cela ne se faisait simplement pas.

Ning se releva et frappa doucement à la porte. Il ne reçut aucune réponse. Il frappa un peu plus fort. Toujours rien.

Finalement, il tourna la poignée et entrouvrit la porte. Il marqua une pause, ne sachant pas précisément quoi faire dans une telle situation. Rien dans son apprentissage ne l'avait préparé à cela. Puis il se prit à souhaiter de savoir peindre, afin de conserver une image tangible qu'il pourrait regarder pour le restant de ses jours. Il aurait pu ainsi se souvenir du spectacle des deux amants allongés ensemble.

Hüi Wei dormait sur le dos, tenant Lan'xiu près de lui afin que sa tête soit nichée contre son épaule musclée. Leurs jambes étaient emmêlées, la peau sombre des cuisses de Hüi Wei faisant ressortir l'ivoire de celles de Lan'xiu. Les longs cheveux de Lan recouvraient son visage et son corps nu était détendu, la ligne élégante de sa colonne vertébrale menant à celle de ses reins.

Ning réalisa que Hüi Wei avait ouvert les yeux et le regardait, bougeant une main pour caresser l'épaule nue de Lan'xiu, comme pour le protéger.

— Mon Seigneur, c'est presque l'aube, murmura Ning.

— Merci.

Avec un soin infini, Hüi s'écarta de Lan'xiu, positionnant un oreiller à sa place pour le soutenir. Il sortit du lit et s'étira, sans gêne, exposant sa nudité. Puis il se courba pour récupérer ses vêtements, les récupérant au sol, mélangés au hanfu détruit de Lan'xiu. Une fois habillé, il se pencha vers le jeune homme endormi et déposa un baiser contre ses cheveux éparpillés.

Il rejoignit Ning, une lueur résolue dans les yeux.

Ning leva une main pour l'arrêter.

— Votre épée, mon Seigneur.

Hüi hocha la tête et la chercha vaguement du regard. Ning s'avança en silence et la retira de sous le lit où elle avait atterri, avant de la tendre au général. Hüi Wei ouvrit la marche pour sortir de la chambre et Ning referma doucement la porte.

— Par ici, mon Seigneur, dit Ning.

Il le mena en bas de l'escalier, à travers la maison endormie. Il allait ouvrir la porte d'entrée mais Hüi Wei l'arrêta.

— J'ai décidé de ne pas faire exécuter la princesse pour le moment, annonça-t-il.

Ning dut réprimer un rire malvenu. Ce n'était pas le moment d'offenser cet homme à un instant aussi délicat, mais après avoir été témoin du tendre baiser que Hüi Wei avait donné à la princesse endormie, Ning aurait pu parier que le général était davantage sur le point de déclarer son amour éternel pour elle, plutôt que de la tuer.

— La princesse Lan'xiu sera extrêmement reconnaissante de recevoir cette bonne nouvelle lorsqu'elle se réveillera, j'en suis sûr. Je vous en remercie de sa part.

Hüi Wei le dévisagea, d'un air impassible et doux. Ses lèvres se relevèrent imperceptiblement, comme s'il avait remarqué la gaieté réprimée de Ning et avait voulu s'y joindre, si cela n'avait pas été aussi inconvenant de montrer ses émotions devant un servant.

— Tu sais que la princesse n'est pas…

Ning releva un doigt devant sa bouche et lui fit un rapide clin d'œil.

— Je sais tout ce qu'il y a à savoir au sujet de la Princesse Lan'xiu.

— Tu dis « elle ».

— Cela est plus simple pour toutes les parties concernées, répondit Ning. Avez-vous entendu cela ? Le premier coq se *dresse*[3].

Une nouvelle fois, il dut résister à l'envie de glousser à son propre esprit obscène.

— Merci, Ning.

Hüi Wei posa la main sur l'épaule de l'eunuque pendant un moment, puis partit.

Ning referma la porte et frotta ses mains, empli d'allégresse.

— Je ne sais pas combien de temps il nous reste à vivre, mais c'est enfin mon tour de pouvoir me moquer un peu de Lan'xiu ! Je pensais que ce jour ne viendrait jamais ! Je parie qu'elle va prendre ses repas debout pendant un jour ou deux !

Puis il revêtit à nouveau un masque impassible, pensant à toutes les choses qu'il avait à faire.

— Tout d'abord, je dois découvrir où ces gens gardent leurs poulets. Et je suis sûr que Lan'xiu aimerait un bain quand elle se réveillera.

Ricanant tout seul, Ning rejoignit l'arrière de la maison et descendit l'escalier à la recherche de Jia.

---

[3] En anglais, 'cock' signifie à la fois le coq et le pénis. Ning joue ainsi sur les mots.

VIII

HÜI WEI se dépêcha de quitter la cour avant que le ciel ne s'éclaircisse. On ne l'avait encore jamais vu en train de s'attarder aussi longtemps dans l'une des maisons. En tant que soldat, il ne pouvait se permettre de laisser sous-entendre qu'il pouvait être séduit par les plaisirs de la chair jusqu'à en être trop distrait pour faire son devoir. Hüi avait pris l'habitude de se limiter dans tous les domaines, au nom de la discipline. De plus, afin d'éviter de blesser inutilement Mei Ju, il préférait être parti avant qu'elle ne reprenne son habituelle place à sa fenêtre.

Il l'avait déjà vue garder un œil sur lui avant, quand il rendait visite à d'autres maisons et il se forçait à afficher un visage sérieux et pensif, même s'il ne voulait rien faire d'autre que de crier son triomphe sur les toits. Jamais, avec aucune des femmes qu'il avait déflorées, il n'avait ressenti une telle sensation de conquête, aussi puissante, qu'en prenant Lan'xiu.

Les réactions du beau jeune homme avaient été naïvement sincères ; il n'avait jamais ressenti le tendre contact d'un amant auparavant. Il était pur en rejoignant leur lit, Hüi Wei était catégorique. Prendre sa virginité et lui donner du plaisir la même nuit l'avaient empli de fierté. Lui, un amant accompli, venait seulement d'entraîner Lan'xiu au travers de la première étape de la découverte de l'univers de plaisirs inouïs, qu'ils exploiteraient ensemble et il se sentait dangereusement aventureux. Son membre lui sembla soudain lourd et un nouvel élan de désir rendit la perspective d'un bain et d'un petit-déjeuner insipide.

Il orienta ses pas vers l'écurie. Le palefrenier en chef n'était pas encore là et les garçons d'écurie nettoyaient déjà les stalles. Quand ils le virent, ils se figèrent, la bouche grande ouverte, ne sachant même pas s'ils devaient s'incliner. D'ordinaire, il les aurait corrigés de quelques mots bien sentis, mais il était trop pressé de se mettre en route, le plus vite possible. Il devait réfléchir à beaucoup de choses. Au lieu d'exhorter l'un des garçons stupéfaits à le faire, il sella son propre cheval et se mit au trot, en direction des portes de la ville.

Il fut heureux de voir que ses soldats étaient en alerte et sur leurs gardes. L'un d'eux se précipita pour lui ouvrir le portail en le saluant vivement. Le fracas des sabots de son cheval sur les pavés de la rue se répercutait contre les murs des maisons serrées les unes contre les autres. Hüi Wei s'autorisa un sourire à l'idée d'un des marchands endormis ouvrant sa fenêtre pour hurler son agacement dans la rue et battant en retraite en découvrant que le responsable de ce tapage intempestif n'était autre que le Seigneur gouverneur.

Il engagea sa monture vers l'est, se dirigeant vers le soleil levant. Dans cette direction se trouvait une colline où il allait souvent pour observer la ville et la province qu'il gardait au nom de l'empereur. Par moments, un homme avait besoin d'être seul pour réfléchir.

Lorsqu'il atteignit le sommet de la plus haute colline, Hüi Wei mit pied à terre et autorisa son cheval à paître. Le cheval était bien entraîné pour la guerre ; il ne s'enfuirait pas en l'abandonnant en arrière.

Baissant les yeux sur la forteresse de son palais, Hüi Wei put discerner la septième maison de sa cour, dorée dans la lumière du soleil levant. Il se demanda si Lan'xiu était déjà éveillé et s'il se réveillerait en pensant à lui. Hüi gloussa de fierté à l'idée qu'il avait certainement donné à Lan'xiu de quoi se rappeler de lui, même si ce n'était que des fesses endolories.

Quelques années s'étaient écoulées depuis que Hüi Wei avait fait l'amour plus d'une fois la même nuit et ce score de trois fois était en lui-même une source de fierté pour lui. Il y avait quelque chose à propos de Lan'xiu – bien sûr, il s'était soumis aux désirs de Hüi de manière parfaitement correcte, ne lui refusant rien de ce qu'il demandait – mais il y avait quelque chose de secret et d'intrigant à son sujet.

Sa tête était emplie par la nouveauté d'avoir fait l'amour à un autre homme et il ressentit à nouveau la fermeté des muscles de Lan plutôt que la douceur plus accommodante d'une femme, sa résistance peu importe combien Hüi l'avait durement pris, l'ardeur avec laquelle il avait répondu, sa gratitude étonnée au plaisir que Hüi lui avait donné…

Hüi Wei ferma les yeux pour mieux savourer la vision du délicieux arrière-train rebondi qu'il avait pris, la seule chose douce au milieu de ce corps finement musclé. Sa main s'égara vers la bosse de son pantalon et il se caressa. Si seulement Lan'xiu avait été là, par la grâce des dieux, Hüi l'aurait encore pris !

68

Ses yeux s'ouvrirent vivement à cette pensée. Déjà, toute envie de tuer Lan'xiu ou de le renvoyer avait quitté son esprit. Hüi pouvait à peine supporter d'attendre de le revoir.

Et pourtant...

Il se souvint de sa conversation avec Ning. À quel point serait-il difficile de continuer à garder Lan'xiu dans sa cour et d'éviter que quiconque ne découvre la vérité ? Devrait-il habituer sa langue à faire référence à lui en tant que « elle » ? Et qu'en serait-il des enfants ? S'il continuait à faire allumer sa lanterne, il deviendrait bientôt flagrant pour tous que Lan'xiu était incapable de porter des enfants. Comment expliquerait-il cela ? Non pas qu'il ait besoin d'autres enfants ; il avait eu la chance d'en avoir plusieurs, mais un homme devait penser à sa réputation. S'il ne pouvait pas mettre sa plus jeune femme enceinte, certains mettraient peut-être en doute sa virilité et c'était une position dangereuse lorsque l'on était un général et un gouverneur, en qui on plaçait sa confiance pour garder les frontières nord en toute sécurité, au nom de l'empereur.

La difficulté de garder le secret de Lan'xiu et d'obtenir tout de même ce qu'il voulait, dévorait son esprit. Toute sa vie, il avait mis un point d'honneur à faire passer sa responsabilité envers l'empereur en premier. Maintenant tout son être lui hurlait de prendre ce qu'il désirait le plus ! Il réalisa qu'avant Lan'xiu, faire son devoir avait été facile. Coucher avec des femmes avait été une distraction plaisante au milieu d'un emploi du temps chargé ; faire l'amour à Lan'xiu était une expérience sublime, une dont il avait peur de ne jamais pouvoir se lasser.

Ce n'était pas tant le fait qu'un homme aimant un autre homme était considéré comme immoral dans sa société : prendre un amant masculin, s'il le choisissait – vu qu'il s'était acquitté de son devoir envers l'empereur et ses ancêtres en engendrant des descendants pour continuer à porter son nom – n'occasionnerait aucune censure ni même de commentaires. En fait, pour la première fois, Hüi se rendit compte que beaucoup croyaient sûrement qu'il avait pris Jiang comme amant, puisqu'ils étaient souvent ensemble.

Mais les exigences de sa vie ne lui permettraient peut-être pas de faire ce dont il avait envie, sans prendre ses responsabilités en considération. Il avait toujours été un homme secret et exhiber un amant masculin ne lui ressemblait pas. Cela pourrait être retourné contre lui par ses ennemis et offrirait une autre vulnérabilité à exploiter. De plus, Lan'xiu semblait préférer s'habiller et vivre comme une femme, même si Hüi ne comprenait pas du tout ce besoin. Cette envie créait à elle seule une difficulté qui lui semblait insurmontable.

Le bonheur quitta Hüi Wei lentement et il gémit d'un air misérable. Ce qu'il devait faire, c'était de réaliser le souhait de Lan'xiu et de l'envoyer vivre dans un monastère.

— On ne peut pas tomber amoureux en une seule nuit ! s'exclama-t-il, se réprimandant lui-même. Tu t'es entiché de lui, rien de plus. Cela n'est pas réel. Ça passera.

Mais il savait que ce n'était pas vrai. L'arrivée de Lan'xiu s'était révélée être encore plus capitale que son frère, Wu Min, n'aurait pu l'espérer. Prendre Lan'xiu avait troublé la vie entière de Hüi Wei et pour la première fois, son futur lui semblait obscur. Il ne savait pas quoi faire.

LE CAPITAINE WEN attendait impatiemment que son affectation en tant que commandant de la garde du pavillon des femmes touche à sa fin afin de pouvoir reprendre à nouveau son vrai travail de soldat. Garder la cour n'était pas vraiment stimulant. Située à l'intérieur d'une ville forteresse, à l'intérieur des murs qui entouraient le palais du Général Qiang, à l'intérieur d'une autre série de murs faits de pierre et bardés de métal, il faudrait un homme déterminé et une armée pour s'y infiltrer et emporter l'une des épouses, qui se révélerait être probablement un otage peu disposé et donc difficile à emporter.

Puisqu'aucun étranger ne recevait jamais la permission de voir les concubines, rien ne pourrait motiver une telle attaque, à moins qu'un ennemi cherche à nuire au général en lui créant une détresse émotionnelle. Le Capitaine Wen se permit de sourire légèrement à cette idée. Il ne pouvait pas imaginer que cet homme puisse montrer un quelconque chagrin, même si l'une de ses épouses venait à être tuée. En l'observant traverser la cour, on aurait pu croire qu'il était là pour inspecter une caserne. De plus, il y avait des moyens bien plus simples d'attirer son attention que de s'en prendre à ses épouses.

Étant le capitaine de la garde, Wen connaissait la vraie raison pour laquelle ces hommes étaient stationnés ici. Ce n'était pas tant pour empêcher les gens d'entrer, que pour empêcher celles qui étaient à l'intérieur d'en *sortir*. En particulier, il devait empêcher la Seconde Épouse de s'échapper ou de faire du mal aux autres femmes.

Étant un homme prudent, le Capitaine Wen avait observé la Seconde Épouse puisqu'il avait voulu connaître son ennemie. Sa beauté était trop manifeste à son goût, mais il avait remarqué que certains de ses hommes étaient susceptibles de se faire avoir par les pièges sexuels qu'elle mettait en place pour eux. Quand le Seigneur Jiang avait désigné Wen à ce poste, il lui avait fermement suggéré de changer l'affectation de ses hommes chaque semaine afin qu'aucun d'entre eux ne tombe sous le charme de la Seconde Épouse et ne soit potentiellement tenté de devenir son complice et ne lui permette de mettre l'un de ses plans à exécution. Cela rendait Wen perplexe que ses hommes ne réagissent pas à la beauté plus douce de certaines des autres femmes, au lieu d'être enivrés par la Seconde Épouse, instable mais fascinante.

Par conséquent, Wen avait trouvé le conseil de Jiang judicieux et l'avait appliqué. Grâce à cela, les projets de la Seconde Épouse avaient presque tous été déjoués, mais il trouvait cela fatiguant de toujours devoir anticiper les machinations de cette femme, dont seule la vengeance et les heures perdues occupaient son esprit intelligent. Wen souhaitait être posté en ligne de front après tout cela. Il avait besoin de passer des vacances au milieu d'une agréable guerre reposante.

Il était en général debout avant l'aube, patrouillant dans la cour, à la recherche de toutes traces d'activité au cas où, à tout hasard, la Seconde Épouse serait arrivée à trouver quelqu'un pour exécuter ses missions diaboliques. Wen avait déjà percé à jour une servante en train de passer en fraude une arme à la Seconde Épouse, il avait donc jugé judicieux d'être sur ses gardes aux petites heures du jour.

C'est pour cela qu'il fut stupéfait par les étranges activités de la nuit passée.

D'abord, le Général Hüi Wei était entré dans l'enceinte du pavillon des femmes et Wen avait remarqué le mouvement d'un rideau à la fenêtre de la Première Épouse ; il était connu de tous qu'elle surveillait toujours Hüi Wei lorsqu'il se trouvait à l'intérieur de ces murs pour voir où il allait.

Hüi Wei avait semblé hésitant, ce qui avait surpris Wen, étant donné que son Maître était en général un homme décidé. Enfin, Hüi avait entièrement fait le tour de la cour, comme s'il ne savait pas à quelle maison rendre visite même si la lanterne brûlait vivement à la porte de la septième maison.

Après que Hüi Wei fut entré, Wen ne s'était attendu à rien d'autre d'important et il était retourné à ses quartiers pour faire une sieste, avant de se relever à nouveau après que la cloche de minuit ait sonné pour être témoin du départ de Hüi Wei, comme à son habitude. La lune était haute, bien qu'à peine un simple croissant dans le ciel, mais les étoiles étaient assez brillantes pour voir qu'il n'y avait rien à voir.

Hüi Wei s'attardait dans la septième maison. Du moins le Capitaine Wen le présuma-t-il. Il était possible que Hüi Wei ait simplement rendu une courte visite de courtoisie et soit reparti rapidement, mais Wen avait observé la Princesse Lan'xiu lorsqu'elle marchait dans la cour ou rendait visite à la Première Épouse. Elle était l'une de ces rares femmes dont il pouvait apprécier la beauté. Comme la Seconde Épouse, Lan'xiu était assez charmante, mais malgré son visage joliment sculpté, quelque chose de plus doux semblait émaner d'elle. Malgré sa tristesse flagrante, il n'y avait rien de dur dans son expression.

Pour cette raison, Wen supposait que Hüi Wei avaient trouvé de bonnes raisons de rester à l'intérieur de la septième maison. Le Capitaine retourna à ses quartiers pour faire une autre sieste puisque noter les allées et venues de Hüi Wei ne faisait pas partie de son travail. Quand il se releva pour mener sa première patrouille à l'aube, le ciel accueillait tout juste le soleil, mais il faisait encore presque noir. Un mouvement attira son regard et il fut étonné de voir que Hüi Wei se dépêchait de traverser la cour. Ses soldats ouvrirent la porte pour le général et il se glissa à l'extérieur avant que les premiers doigts brillants de l'aube ne puissent atteindre la cour.

C'était effectivement très intéressant.

L'éclat d'une lumière à deux fenêtres informa Wen que plusieurs des autres occupants du pavillon trouvaient les activités du général tout aussi intéressantes.

Aucune lampe ne brûlait aux fenêtres de l'étage de la maison de Lan'xiu, mais bien entendu elles étincelaient aux cuisines tandis que l'on préparait le petit déjeuner. Wen allait se détourner quand un rectangle doré attira son attention et que l'eunuque de la princesse émergea de la porte de la cuisine, jetant un œil inquiet autour de la cour. C'était exactement ce genre d'activités que Wen était entraîné à surveiller.

En conséquence, il garda son regard rivé sur l'homme svelte, s'attendant à le voir se glisser vers une autre maison, peut-être avec un message ou même une arme. Puisque la princesse et son serviteur étaient encore nouveaux, il était difficile de savoir de quels méfaits ils étaient capables, non pas que Wen ne soit pas à la hauteur de sa tâche. Et l'eunuque était assez séduisant, cela n'était donc pas déplaisant de l'observer.

De toutes les possibilités sinistres qui venaient à l'esprit de Wen, il ne se serait jamais attendu à celle dont il fut témoin. Le serviteur de la princesse se glissa en direction des jardins de la cuisine commune, jeta un regard aux alentours et se glissa dans le poulailler ! Quand il en émergea, tenant un poulet mort par la tête, son corps se balançant dans sa main, Wen éclata presque de rire. Il se réprimanda, puisqu'il s'agissait peut-être d'un complot d'empoisonnement, mais il rit à nouveau ensuite lorsque l'eunuque courut précipitamment vers la septième maison en essayant de cacher le poulet sous sa robe.

Il faudrait qu'il questionne le cuisinier plus tard. Peut-être que cette conspiration tenait simplement au fait que la princesse avait exprimé l'envie d'une soupe de poulet, mais il devait s'en assurer. Wen rit doucement pour lui-même puis soupira. Cela lui ferait du bien de retourner patrouiller près des frontières.

IX

— PORTEREZ-VOUS la jaune pâle, ou la vert jade ? demanda Ning en voltigeant devant la garde-robe.

— Je porterai l'argentée, dit Lan'xiu nonchalamment, observant la pluie obscurcir la vue tandis qu'elle ruisselait contre sa fenêtre.

— La Première Épouse vous a invitée à rencontrer les autres épouses formellement, pour la première fois. Il faut que vous soyez la plus belle possible, gronda Ning. Ce gris est terne, tout juste bon pour rester assise près de la fenêtre un jour pluvieux, voilà tout. Ou pour récurer le sol. Vous devriez la donner à l'une des servantes. Quelle idée de se promener vêtue de la couleur de la boue ou du sable !

— Elle a une doublure violette, dit Lan'xiu.

— Génial ! dit Ning, sa voix lourde de sarcasmes. Vous pourrez la portée à l'envers, sens dessus dessous. Qu'est-ce qui cloche avec vous ? Vous êtes une princesse ; vous *devez* offrir un spectacle digne de votre rang !

— Je ne suis pas une princesse ici, dit Lan'xiu.

Le désespoir qui perçait dans sa voix serra le cœur de Ning. Il savait que même si elle avait peur de rencontrer les autres épouses, c'était le fait que sa lanterne soit restée éteinte les semaines suivant la première visite de Hüi Wei qui la rendait si triste. Cependant, peu importait combien leurs vies étaient désormais liées, ce n'était pas un sujet dont il pouvait discuter ouvertement. N'importe quel servant avait l'interdiction formelle de parler librement du maître.

— Lan'xiu, vous êtes la plus belle princesse de toute la Chine. Si vous portiez un sac de riz et que vous vous promeniez pieds nus, vous éclipseriez toutes ces femmes malgré tout.

— Alors peu importe ce que je porte, n'est-ce pas ? fit remarquer Lan'xiu d'un ton acerbe. Et as-tu examiné chaque princesse personnellement afin de comparer ?

Étrangement, Ning se réjouit de l'entendre si cassante ; au moins elle ne s'enfonçait pas dans un bourbier de déprime si elle était encore capable d'un tel éclat de colère.

— Vous ne rendez pas honneur à votre mari en vous habillant comme une servante. Ni à votre hôtesse. La Première Épouse est des plus généreuses envers vous et elle n'est pas obligée de bien vous traiter. D'ailleurs, vous ne vous faites pas honneur à vous-même en affichant ainsi vos émotions en public. Ce n'est pas ainsi que vous avez été élevée.

— Tu as raison, la Première Épouse a été des plus gentilles, dit Lan'xiu en inclinant la tête.

Le fait que Mei Ju aurait pu la traiter cruellement en toute impunité était vrai ; en tant que Première Épouse, pas même Hüi Wei n'aurait pu la blâmer si elle avait ignoré, maltraité, ou même frappé Lan'xiu.

— J'ai eu tort de me laisser aller. Je porterai la robe turquoise avec les chrysanthèmes en son honneur.

— Un choix des plus propices, Lan'xiu. Et un compliment plein de tact envers la Première Épouse, approuva Ning.

Même s'il ne pourrait jamais l'appeler par son prénom, il savait bien que Mei Ju avait été nommée d'après la fleur. Il retira de l'armoire le hanfu en question, une soie turquoise chatoyante brodée de chrysanthèmes dorés autour du décolleté, de l'ourlet et des manches. Il sélectionna une tunique noire à porter dessous, dont les dessins dorés et verts apparaitraient discrètement sous le décolleté.

Lan'xiu resta debout patiemment tandis que Ning arrangeait sa ceinture de satin vert, brodée de grues porteuses de bonne fortune et accrochait les pièces d'argent et les perles de jade sculptées qui servaient d'ornements à la boucle qui maintenait sa ceinture attachée. Elle s'assit devant le miroir afin que Ning puisse placer des baguettes incrustées de pierres précieuses dans ses cheveux ; ses préférées, surmontées de papillons en émail aux couleurs de l'arc-en-ciel. Leurs antennes délicates, faites en fin fils de fer, frémissaient à chacun de ses mouvements, faisant bouger gracieusement leurs pointes en perles lorsqu'elle inclinait la tête.

Les mêmes boucles d'oreilles longues se balançaient à ses oreilles, une goutte turquoise ornant ses lobes. Ning glissa un anneau qui avait appartenu à la mère de Lan sur le majeur de sa main gauche. Il avait la forme d'une libellule et son corps était incrusté de gemmes. Les ailes étaient presque transparentes, tissées du même fil fin qui esquissait des motifs tourbillonnants pour ressembler aux vraies ailes de l'insecte et assez grandes pour s'étendre sur le dos de sa main.

Il se recula pour juger de son apparence et lissa une mèche de cheveux égarée. Puis il poudra son visage une dernière fois et retoucha ses lèvres déjà rougies.

— Vous êtes belle, comme toujours, Lan'xiu. Les dieux vont rendre les autres femmes vertes de jalousie.

Lan'xiu soupira mais ses lèvres se recourbèrent dans un sourire qui fit mal à Ning, même s'il ne voulait pas gêner Lan avec ses sentiments. Il ne pouvait pas savoir comment elle se sentait après sa nuit passée avec le général. Mais il avait dû être blessant de voir sa lanterne rester éteinte et ses nuits demeurer froides et solitaires, en plus de heurter sa fierté. Et désormais, elle allait affronter la femme qui savait mieux que toutes qu'elle était restée seule depuis la première visite de Hüi.

— Ne les laissez pas voir ce que vous ressentez, dit Ning doucement, la bouche près de son oreille au cas où quelqu'un pourrait les entendre. Cela ne serait pas décent pour une princesse.

— Merci, Ning, dit la princesse de sa voix charmante. Tu fais bien de me rappeler comment l'on doit se comporter.

Il tapota son épaule.

— Vous me rendrez fier. Comme toujours.

Lan'xiu se releva et lissa ses jupes. Elle se jeta un dernier regard dans le miroir et examina minutieusement son apparence.

— Tu m'as rendue le plus présentable possible. Je suis prête.

Ning la suivit en bas de l'escalier où des soldats attendaient pour servir de porteurs. Il n'était pas convenable pour la Princesse Lan'xiu de traverser la pluie torrentielle dans ses chaussons brodés, alors ils la porteraient jusque chez la Première Épouse à l'aide d'une chaise couverte. Ning déploya une ombrelle, résigné à la suivre à pieds.

C'était un court trajet à travers la cour, mais pour une telle occasion, les soldats portèrent la princesse autour du parc sur les pavés de pierre, plutôt qu'à travers celui-ci. Ning était secrètement reconnaissant pour cette attention formelle. Il se faisait déjà assez mouiller et n'aurait pas apprécié de plonger jusqu'aux chevilles dans la boue abondante du parc. Il espérait que la Première Épouse l'autoriserait, ainsi que les autres servants, à descendre à la cuisine pour se réchauffer plutôt que de les laisser frissonner dans le hall d'entrée.

Après avoir aidé la princesse à sortir de la chaise sous la passerelle couverte, l'avoir escortée jusqu'à l'intérieur de la maison et avoir pris son manteau, Ning s'inclina profondément, espérant lui faire comprendre sans mots qu'elle devrait se distraire comme une princesse et ne pas laisser les autres femmes l'éclipser. Puis il suivit avec reconnaissance une servante qui lui indiqua le chemin vers la cuisine en bas des marches.

LAN'XIU MARQUA une pause dans l'entrée, son cœur battant si fort qu'elle avait peur que les autres femmes ne puissent l'entendre et sachent combien elle était effrayée. Elle avait, de nouveau, rendu visite à Mei Ju depuis leur première rencontre, mais avait passé la majeure partie de son temps à jouer avec les enfants, qui l'avaient acceptée sans conteste en tant que compagne de jeux, un peu grande, mais amusante. Les autres épouses examineraient sûrement sa personne, ses vêtements et ses bijoux de leurs yeux vifs et ne seraient peut-être pas aussi gentilles. Lorsqu'elle entra dans le salon, elle se força à sourire et s'inclina profondément, comme il convenait pour la septième concubine, le rang le plus bas de celles réunies ici.

Elle demeura penchée très bas jusqu'à ce qu'elle entende la voix de Mei Ju l'exhortant à se relever.

— Ma chère Lan'xiu, ne restez pas là comme une gourde. Nous ne faisons pas de cérémonies ici. Entrez et venez rencontrer les autres épouses.

Lan'xiu se redressa et avança dans la pièce, qui semblait pleine de belles femmes, mêmes s'il n'y en avait que cinq et que l'une d'elle était Mei Ju, qu'elle connaissait déjà. Elle fut heureuse de porter une jolie robe plutôt que celle plus morne que Ning avait détestée, car elles étaient toutes joliment vêtues de robes de soie chatoyantes.

— Madame la Première Épouse, dit-elle, s'agenouillant pour embrasser l'anneau d'or sur la main de Mei Ju, symbole de son statut plus élevé.

Mei Ju sourit à cette marque de respect.

— S'il vous plaît, asseyez-vous là à ma droite, Princesse Lan'xiu. Je vais vous verser du thé pour vous réchauffer. Le temps est terrible, n'est-ce pas ?

Une des concubines prit la parole.

— Cela est bon pour les fermiers.

Une autre fille éclata de rire.

— Difficile d'oublier tu es la fille d'un fermier, Fen, vu comme tu nous le rappelles si souvent.

— La Seconde Épouse Ci'an est malheureusement tombée malade et ne pourra pas être présente aujourd'hui, expliqua Mei Ju. Fen, qui parle souvent des fermiers, est la Troisième Épouse ; Huan est la Quatrième.

Les deux femmes étaient assises ensemble sur le divan, assez proches pour pouvoir enrouler leur bras autour de la taille l'une de l'autre.

Lan'xiu s'inclina vers elles de sa chaise. Elles hochèrent la tête en retour. Puis Mei Ju indiqua une jolie femme avec un visage rond comme la lune et une expression tranquille.

— Voici Alute, la Sixième Épouse et la créature la plus calme qu'il soit.

Elle indiqua la dernière femme, aussi petite qu'un mogwai [4] et débordante d'énergie.

— Et Bai est la Cinquième Épouse et complètement son opposée. Elle vit avec les fées qui conversent dans sa tête et passe la plupart de ses nuits avec les mogwais. Mais elle nous fait toutes beaucoup rire.

— Même Ci'an, pépia Bai.

Son visage était semblable à celui d'une petite fée, plein d'espièglerie et de lumière – pas vraiment joli mais très charmant.

— Pardonnez-moi de le dire ouvertement, Princesse, mais vous êtes vraiment très belle ! Je n'ai jamais vu de femme aussi adorable que vous !

— Et Bai n'est pas très au fait des bonnes manières, dit Huan d'un air autoritaire. J'espère que vous lui pardonnerez.

— Oh, Huan, tu n'es pas ma mère ! dit Bai en levant les yeux au ciel de façon comique.

— Il n'y a rien à pardonner, dit Lan'xiu de sa voix douce. Je ne suis pas offensée.

— Je suis sûre que vous devez être habituée à être fixée du regard, dit Fen avec envie.

— Là d'où je viens, les femmes vivent à part. Je voyais en général uniquement ma mère et mon serviteur, dit Lan'xiu. C'est vous qui devrez me pardonner. J'ai peur de ne pas être très douée dans les arts de la conversation. Je n'ai jamais été dans une pièce avec autant de personnes.

— Les femmes ne se réunissaient pas comme nous le faisons dans votre pavillon ? demanda Fen. C'est barbare !

Huan intervint :

— Fen a des idées très avancées quant aux droits des femmes.

---

[4] Équivalent d'un lutin dans la mythologie chinoise.

— Le… pavillon… était… différent là-bas.

Lan'xiu ne souhaitait pas expliquer les détails de son ancienne vie. Cela avait été un soulagement de pouvoir laisser sa contrée derrière elle, même si cela voulait dire qu'elle devrait faire face à une mort presque certaine dans cette terre étrangère.

— Si je vous ressemblais, je danserais et chanterais toute la journée, dit Bai. Mais vos yeux sont pleins de tristesse. Et pourtant votre sourire indique qu'il y a du bonheur à l'intérieur. Quelle magie faudrait-il pour pousser votre joie à s'exprimer et venir jouer au grand jour ?

— Tu danses et tu chantes déjà toute la journée, Bai, dit Mei Ju affectueusement. Je n'arrive pas à penser à une seule chose qui te mettrait d'encore meilleure humeur.

— Eh bien, ce serait agréable d'être belle, intervint Alute avec flegme. Et d'être une princesse. Portiez-vous une couronne ?

Lan'xiu se tortilla, mal à l'aise.

— Non, d'ordinaire je m'habillais de façon bien plus simple qu'aujourd'hui, surtout quand je montais mon cheval…

Elle posa une main pour couvrir sa bouche, consternée. Elle n'avait pas voulu en révéler autant.

— Je chevauchais avant, dit Fen. Mais seulement pour aller jusqu'aux champs. Puis je menais le cheval jusqu'à la maison le soir venu, parce qu'il avait travaillé dur et était aussi fatigué que moi.

— On dirait que tu aurais pu apprécier de rentrer aussi à cheval après une journée de travail dans les champs, dit Huan, fixant son amie intensément. Cette vie convient bien mieux à quelqu'un d'aussi jolie que toi.

— Après que j'aie appris les règles de cet endroit, dit Fen en répondant à son sourire. Au début, c'était étrange de ne pas aller aux champs et de me parer de mes plus beaux atours tous les jours.

Elle baissa les yeux et posa un regard admiratif sur ses mains, qui étaient fines et joliment taillées.

— Et maintenant mes mains sont douces, ne sont plus abîmées par le travail. Et je peux laisser pousser mes ongles.

Lan'xiu nota avec intérêt que parmi les femmes présentes, seule Fen portait des griffes de métal pour protéger chacun de ses ongles, qui faisaient malheureusement un peu ressembler ses jolies mains à des serres.

— Quelles règles dois-je suivre ici ? demanda-t-elle soudain inquiète. Je ne voudrais pas vous offenser par mon ignorance.

79

Fen et Huan se regardèrent puis gloussèrent, tandis que Mei Ju semblait à la fois peinée et embarrassée par leur réaction. Alute sembla penser qu'elle n'était pas obligée de répondre à la question tant que les autres étaient là pour le faire, mais Bai ne fut pas aussi timide.

— La Première Épouse passe en priorité dans tous les domaines et gouverne cette cour. Elle règle tous les différends. Traitez les autres épouses comme vous aimeriez être traitée, sauf Ci'an. Il est interdit de sortir en cachette et d'éteindre la flamme qui brûle à la lanterne d'une autre épouse…

— Bai ! s'exclama Mei Ju en protestant. Personne n'a jamais…

— Ci'an y a pensé. Tu le sais, dit Bai. Seule sa porte fermée à clé l'empêche de le faire.

— Je suis sûre que la Princesse Lan'xiu ne penserait jamais à faire quelque chose de si mal élevé, dit Mei Ju, encore choquée.

Bai indiqua Lan'xiu, qui avait caché son sourire.

— Vous voyez ! Un petit peu de bonheur vient de faire surface ! Ce n'était qu'une plaisanterie, Princesse. Je ne suggérerais jamais que vous puissiez faire une telle chose…

— Jamais, répliqua Lan'xiu et elle gloussa à nouveau.

— Je voulais seulement vous voir rire.

Bai joignit ses mains ensemble, un sourire satisfait aux lèvres.

— Tu n'es qu'un mogwai espiègle, la réprimanda Mei Ju, mais elle sourit ensuite. Mais je ne peux pas être en colère contre celle qui arrive toujours à me faire rire. Fais juste attention de bien te comporter lorsque mon mari allume ta lanterne.

— Il aime quand je me conduis mal, dit Bai avec un sourire rusé. Il me donne la fessée. J'aime ça, alors je me comporte mal exprès parfois. Il dit qu'il sait parfaitement comment me rendre sage.

Atterrée, Mei Ju se tourna vers Lan'xiu.

— Ne l'écoutez pas, Lan'xiu. Bai vous taquine simplement. Hüi Wei ne frapperait jamais une femme…

— Oh ho ! Vraiment ? gloussa Bai, savourant le regard choqué qu'Alute lui envoya.

Fen et Huan l'ignoraient ostensiblement, le visage rouge d'embarras.

— Il est trop gentil et doux. Il est le Maître ici. Nous nous efforçons toutes de le satisfaire. Pas besoin pour lui d'utiliser la force, dit Mei Ju sévèrement.

— Je ne l'espère pas, dit Lan'xiu faiblement.

Elle ne savait plus qui croire. Chaque femme semblait voir un homme différent à travers le prisme de sa propre expérience avec Hüi Wei. Elle osa jeter un petit regard furtif vers Bai, qui lui offrit un regard entendu quand leurs yeux se croisèrent et elle frotta ses fesses d'une main comme si elles la piquaient encore.

— S'il vous plaît, reprenez du thé, Princesse, dit Mei Ju, essayant désespérément d'en revenir à l'étiquette.

— S'il vous plaît, appelez-moi Lan'xiu, dit Lan. Je ne suis pas une princesse ici, simplement la plus humble des concubines.

— Eh bien, au moins quelqu'un dit la vérité, au milieu de cette célébration des faux-fuyants et des mensonges, dit une voix cassante.

Lan'xiu sursauta et se retourna pour voir qui avait parlé.

— Oh, grands dieux ! Ci'an a miraculeusement guéri et arrive juste à temps pour se joindre à nous, se lamenta Bai.

Une femme posait à la porte, se donnant des airs, largement aussi belle que Lan'xiu, bien que d'une manière complètement différente. Ses cheveux étaient d'un noir de charbon et brillants comme le pelage d'une panthère, sa peau était d'un blanc cadavérique, ce qui faisait rutiler ses lèvres cramoisies comme des cerises sur de la neige. Ses yeux étaient longs, sombres et brillaient comme de l'onyx. Une expression dure recouvrait son visage, alors qu'il n'y avait pas une once de chair en trop sur son corps, rien de la rondeur réconfortante de Mei Ju ou de la douceur d'Alute. Elle était séduisante plutôt que belle et ses traits étaient presque masculins. Bien qu'encore jeune et attirante, il était presque certain que Ci'an ne vieillirait pas bien. Elle portait une qipao noire brodée de rouge avec une ceinture blanche à motifs et de grandes boucles d'oreilles en or descendaient presque jusqu'à ses épaules. Il n'y avait aucun anneau sur ses doigts.

Lan'xiu se releva et découvrit qu'elles faisaient presque la même taille, ce qui ne fit, bien évidemment pas plaisir à Ci'an. Lan'xiu s'inclina profondément, comme il convenait à la dernière concubine de marquer son respect envers la Seconde.

— Oui, juste à temps pour raviver un peu cette fête. J'ai beaucoup entendu parler de ton arrivée, Princesse de Rien-du-tout, dit Ci'an.

Sa voix bouillonnait de rage et son regard poignarda Lan'xiu.

— Une assez jolie minette, mais tu n'as aucun rang ici et ta lanterne n'a été allumée qu'une fois. Je sais que tu as écarté les jambes pour mon mari, mais il n'est pas revenu pour un second coup. Il a dû être déçu par ta performance. Comme c'est dommage pour toi. J'ai bien peur que tu ne puisses pas être la nouvelle favorite.

Elle agita une main vers Alute.

— Le stupide petit pigeon ici présent porte ce titre pour le moment. Mon mari préfère grandement un trou vide qui n'a pas grand-chose à dire.

Lan'xiu se sentit rougir et se demanda comment cette femme pouvait savoir combien cela lui restait sur le cœur de voir les autres lanternes être allumées tandis que la sienne demeurait éteinte. Il ne lui était pas possible de révéler combien elle désirait ardemment une nouvelle visite de son seigneur, d'être tenue à nouveau dans ses bras forts, de sentir le poids de son corps peser sur le sien. Elle avait pensé que peut-être Hüi Wei avait été aussi captivé par elle qu'elle l'avait été par lui, mais hélas, il ne semblait pas que ce soit le cas. Elle voulait détourner les yeux du regard froid et triomphant de Ci'an mais Princesse de Rien-du-Tout ou pas, elle était encore une princesse et elle n'allait pas laisser cette femme lui faire baisser le regard. Elle se courba de façon pointilleuse avant de se rasseoir.

— Salutations, Seconde Épouse Ci'an.

Mei Ju prit la parole sèchement.

— Hüi Wei est *mon* mari, *Seconde Concubine* ! Tu feras référence à lui en l'appelant *notre* mari comme il convient pour une concubine de second rang ! C'est seulement grâce à ma tolérance que tu portes le titre de seconde *épouse* !

Surprise d'entendre un ton aussi autoritaire venant d'une femme si douce, Lan'xiu garda son regard sur Ci'an pour observer sa réaction.

— Oui, Dame Première Épouse. J'ai osé un instant oublier mon humble et ignominieuse place.

Ci'an parlait d'un ton mordant, marquant chaque mot, comme si elle plongeait ses dents dans de la viande crue et crachait chacun des morceaux sur Mei Ju.

Dans la bataille silencieuse de regards qui s'ensuivit, ce fut Ci'an qui baissa en premier les yeux et Lan'xiu eut un aperçu de combien cela enrageait la femme de devoir se soumettre. Afin de demeurer en sécurité dans sa propre maison, Lan'xiu avait aiguisé sa capacité à lire les lèvres et elle fut capable de discerner les mots que Ci'an marmonna pour elle-même.

— Si seulement j'avais donné vie à un fils…

Un mouvement à la porte attira l'attention de Lan'xiu. Deux soldats étaient venus se poster sur le seuil, leurs regards vigilants fixés sur la Seconde Épouse. Ci'an les remarqua également et alla s'asseoir sur la chaise face à celle de Mei Ju, secouant une main à l'attention des soldats comme pour les congédier.

— Rompez, mes jeunes et séduisants gardiens de prison. Je promets que je n'ai pas amené mon poison ou ma dague avec moi. Je ne suis pas d'humeur au meurtre aujourd'hui.

Ci'an dévoila des dents aiguisées et pointues quand elle sourit.

— Je suis seulement venu jeter un œil à la nouvelle venue. J'ai hâte que Mei Ju nous invite toutes à caresser ton ventre gonflé quand il grossira.

Elle se pencha vers l'avant comme pour parler sur un ton de la confidence, mais elle s'assura que sa voix forte soit audible de tous.

— J'ai entendu dire que tes draps n'étaient pas tachés de beaucoup de sang le lendemain matin. Qui sait combien de poulets ont perdu la vie au nom de ta virginité ? Une rumeur dit que l'un d'eux a disparu le lendemain matin du poulailler.

Les joues brûlantes, Lan'xiu se raidit, le dos encore plus droit. Elle ouvrit la bouche pour rétorquer puis la referma. Si Ci'an semblait incapable de suivre les règles élémentaires de la politesse, ce n'était pas une raison pour qu'elle sombre à son niveau. Au lieu de cela, elle réussit à répondre calmement.

— J'aime particulièrement les beignets de poulets.

Bai éclata de rire.

— J'aime moi aussi un bon dîner de poulet. Avec du riz et des noix de cajou ! Quelle est ta noix préférée, Lan'xiu ?

— J'ai un faible pour les amandes, dit Lan'xiu en se tournant vers Bai en arborant un léger sourire soulagé.

— Non, tu aurais dû dire que tu préférais les *baies* !

La Cinquième Épouse, Bai, gloussa à son propre mot d'esprit.

— Le lait d'amande est bon pour la peau, intervint Alute d'une petite voix

Elle caressa l'une de ses propres joues lisses avec plaisir du bout des doigts. Ci'an leva les yeux au ciel.

— Toujours aussi maligne, n'est-ce pas ? Et Bai va maintenant nous dire que *ses* noix préférées sont celles qui pendent entre les jambes de *notre* mari et Fen va nous faire un cours sur la façon dont les paysans plantent les noix pour l'hiver et nous donner des recettes pour substituer des noix à la viande comme si quelqu'un s'attendait à ce que nous cuisinions nous-mêmes, puis Huan l'applaudira et nous dira encore combien sa chère amie Fen est intelligente et en avance sur son temps.

— Quand as-tu commencé à étudier la gastronomie ? demanda Bai. Mais bon, il est vrai que tu as *tellement* de temps pour étudier.

Elle papillonna du regard et lança un regard fourbe à Ci'an.

Lan'xiu ne pouvait qu'admirer la façon dont Bai laissait couler le venin de Ci'an sur elle sans se laisser atteindre. Rien ne semblait la décourager et cela semblait être une bonne habitude à prendre si l'on était forcé de côtoyer la Seconde Épouse.

Ci'an sembla bouillir de rage, mais elle éclata finalement de rire au lieu de se déchaîner.

— Bai, je jure que tu es bien la seule à savoir comment désarmer ma colère. Si seulement les autres étaient assez intelligentes pour apprendre à en faire de même.

Avec une politesse exagérée, elle s'inclina à l'attention de Lan'xiu.

— J'ai été humblement honorée de vous rencontrer, Princesse Lan'xiu. J'espère que vous serez heureuse ici, prisonnière de cette cage dorée.

Sur ces mots, elle quitta la pièce, renversant une petite table sur laquelle elle avait posé sa tasse de thé en passant, ne réagissant même pas quand elle se fracassa au sol, le thé se répandant partout.

Les deux soldats la suivirent immédiatement et bientôt Lan'xiu put les apercevoir en train de porter des parapluies pour protéger la Seconde Épouse tandis qu'elle retournait chez elle, dans la maison adjacente.

— Lan'xiu, je m'excuse au nom de la Seconde Épouse pour ce spectacle grossier, dit Mei Ju en frissonnant délicatement. Si seulement Ci'an pouvait trouver du réconfort en compagnie des autres épouses. Je crains qu'elle ne soit une femme très malheureuse.

— Ou dérangée, dit Huan d'un ton sec.

— Auquel cas nous devrions prendre quelques dispositions à son sujet. Peut-être devrait-elle être envoyée dans une maison de fous ? dit Fen sérieusement. Qu'en penses-tu, Alute ?

— Oh oui, acquiesça-t-elle vaguement.

Elle était occupée à observer son propre reflet dans le petit plateau brillant sur la table.

— Quelle *sacrée* fête ! cria Bai. Fen, est-ce que je t'ai déjà parlé de la fois où…

Lan'xiu réprima un gloussement. Malgré la façon désagréable dont Ci'an s'était exprimée, elle semblait malheureusement avoir eu raison au sujet de la platitude des fêtes dans cette cour.

X

LAN'XIU ESSAYAIT de ne pas rendre la chose trop flagrante, mais il avait pris l'habitude de rester debout à sa fenêtre pour observer le serviteur qui allumait les lanternes. Il n'avait pas revu Hüi Wei ni n'avait reçu de message de sa part depuis la première et seule nuit qu'ils avaient passés ensemble, lorsque Hüi l'avait défloré. Ce soir, aucune torche n'avait été amenée dans la cour du pavillon et aucune lanterne n'avait été allumée. Il soupira de déception mêlée d'un peu de soulagement. Au moins il n'aurait pas à observer Hüi Wei entrer dans la maison d'une autre épouse et se torturer en l'imaginant faire l'amour à n'importe qui sauf lui.

Il se demanda si, finalement, Hüi ne l'avait pas trouvé répugnant et avait décidé de ne plus jamais revenir le voir. Peut-être que la mort serait préférable à ce rejet. Avoir connu l'amour physique pour la première fois, avoir senti ce corps puissant contre le sien, le prendre... Il frissonna tandis qu'une vague d'émotions le traversait. Leur unique nuit ensemble avait été paradisiaque. Si cette nuit était le seul souvenir qu'il pourrait garder à jamais, il s'en contenterait. C'était plus qu'il n'avait jamais espéré recevoir de sa vie, même s'il était destiné à passer le reste de celle-ci séquestré derrière les murs de cette prison, seul, mais d'une certaine façon, le souvenir n'était pas très réconfortant face à son désir.

Seul, à l'exception de Ning, bien sûr. L'eunuque était réconfortant, mais il était aussi un stimulant : il était entraînant, bavardait avec lui, s'étonnait et s'émerveillait de tout et lui racontait les derniers ragots.

Un peu plus tôt dans la journée, Ning avait décidé que Lan'xiu avait besoin de reprendre son entraînement à l'épée et l'avait laissé essoufflé à la fin de leur session.

— Est-ce moi ou toi qui a besoin d'entraînement ? avait demandé Lan'xiu d'un ton acerbe

— Peut-être les deux. Je ne veux pas devenir gros, dit Ning d'un ton complaisant. Les eunuques ont tendance à prendre du poids, vous savez.

— Et donc tu me tourmentes pour atteindre ton propre but, grommela Lan'xiu.

Ning lui sourit simplement, formant un cercle de son pouce et de son index et glissant son autre pouce en allant et venant.

— Tous les exercices ne sont pas semblables, n'est-ce pas ? Il faut être deux pour…

— Tais-toi ! ordonna Lan d'un ton fâché. Va-t'en. Je veux un bain. Prépare-moi de l'eau chaude.

— Très bien. Je vais faire allumer les feux.

Ning quitta la pièce et Lan'xiu put enfin se débarrasser de son faux sourire. Il espérait que même lui ne puisse pas deviner les terribles pensées qui le hantaient. Dans sa propre maison, avant que sa mère ne meure Lan avait eu l'autorisation de monter son cheval librement, dans les hautes herbes, le vent dans ses cheveux et d'aller où il en avait envie. Lentement, les filets du complot s'étaient resserrés autour de lui et il avait réalisé trop tard le sort que son frère lui avait réservé. Il était désormais ici, pris au piège d'une cour où, si la vérité venait à se savoir, il n'aurait plus le droit de rester, attendant un homme qui l'avait probablement déjà oublié. Lan portait un masque depuis si longtemps que, lorsque Hüi le lui avait arraché, il avait presque oublié qui il était vraiment. Désormais, son corps était vivant, plein d'envies et de besoins et son âme désirait l'amour qu'il avait cru ressentir entre les bras de Hüi.

C'était un maigre réconfort que de se réjouir du fait qu'aucune autre femme ne profiterait non plus de la compagnie de Hüi Wei ce soir, mais c'était la seule chose à laquelle il pouvait se rattacher. Lan se demanda où était son Maître et ce qu'il faisait, lui enviant sa liberté d'aller et venir, selon sa volonté.

La porte s'ouvrit et, s'attendant au retour de Ning, Lan'xiu ne se retourna pas. La terreur l'envahit soudain lorsque des mains plus grandes que celles de Ning l'agrippèrent brutalement, enserrant ses épaules si durement que c'en était douloureux.

On le retourna violemment pour faire face à son agresseur et il lutta faiblement pour se libérer jusqu'à ce qu'il réalise qu'il se tenait devant Hüi Wei. Son sourire accueillant mourut sur ses lèvres en découvrant son regard résolu.

Hüi lui arracha son hanfu, emprisonnant les bras de Lan'xiu et exposant sa gorge et ses épaules. Puis il pencha la tête et mordit vivement le creux de son cou, apaisant tout de suite après la brûlure à l'aide de sa langue.

Puis Hüi enfonça sa langue si profondément dans la bouche de Lan qu'il pensa suffoquer. Lan respira par le nez, laissant Hüi ravager sa bouche, mordre ses lèvres, sucer sa langue si fort que cela lui faisait mal.

— À genoux ! ordonna Hüi d'une grosse voix profonde en rompant le baiser.

Il força Lan à s'agenouiller.

Le jeune homme vacilla, ses bras encore coincés dans son hanfu, son visage à quelques centimètres de la bosse que Hüi se démenait à libérer de son pantalon. Lan pouvait sentir l'odeur musquée de son excitation et la chaleur de son corps contre sa joue.

Hüi libéra sa verge et la poussa contre les lèvres de Lan. Docilement, il ouvrit sa bouche. Il sentit une main se poser à l'arrière de sa tête, le forçant à gober le membre durci. Il détendit sa gorge, respira par le nez pour ne pas s'étrangler, inquiet que Hüi puisse pousser son sexe trop loin.

Hüi s'imposa un rythme, poussant son membre entre les lèvres de Lan, forçant le jeune homme à l'avaler entièrement. Lan essaya désespérément de le presser de ses lèvres et de sa langue, devinant instinctivement ce que son maître désirait. Un démon de luxure semblait diriger les gestes de Hüi et Lan ne le comprenait pas, mais cela le rendait heureux de se sentir ainsi désiré.

Abruptement, Hüi se retira de la bouche de Lan et lui donna un autre ordre.

— Penche-toi. Relève tes fesses en l'air.

Lan lutta pour libérer ses bras mais sentit Hüi pousser son visage contre le tapis et relever ses hanches. Hüi releva les jupes de son hanfu, et il y eut un nouveau bruit de déchirure lorsqu'il arracha le sous-vêtement de soie que portait Lan. Il tressaillit quand une main atterrit durement sur ses fesses et le son de la claque retentit dans la pièce silencieuse.

Il hoqueta à la sensation de quelque chose de chaud et d'humide contre son entrée. Il ne pouvait pas regarder, mais cela devait être la langue de Hüi, le léchant, poussant en lui. Il n'avait jamais rien ressenti de tel. Les mains et la verge de Hüi étaient dures ; cette invasion était douce et voluptueuse, envoyant de douces vagues d'un plaisir inconnu en lui. De douces lèvres commencèrent à le sucer et il frémit. La vibration le rendit presque fou d'excitation. Lan réalisa que son sexe s'était durci, qu'il lui faisait mal et gouttait. Il avait tellement envie de se faire prendre, mais Hüi semblait seulement vouloir l'aguicher. Sa langue dansait contre son orifice qui pulsait lentement, le léchait, puis l'envahissait, glissant sa langue à l'intérieur. Enfin, il ajouta deux doigts, allant et venant dans un rythme régulier.

87

Lan tenta de reprendre son souffle sous cet assaut soudain, mais il en aima chaque minute. Il se laisserait emprisonner avec plaisir pour demeurer captif de son amant de cette façon.

Les doigts se retirèrent et il sentit les cuisses de Hüi presser contre les siennes. Lan se prépara et sentit tout son corps s'affaisser vers l'avant lorsque Hüi poussa durement son membre entièrement à l'intérieur de l'orifice serré de Lan. Il laissa échapper un cri sous la douleur brûlante et gémit quand Hüi se retira entièrement, laissant ressortir son gland de son ouverture avec une lenteur épouvantable.

Lan hoqueta une nouvelle fois sous la douceur délicieuse d'une nouvelle pénétration de Hüi, qui le pénétra avec la même force. Puis Hüi commença à le pilonner, durement et rapidement, à la recherche de son propre orgasme, sans jamais penser au plaisir de Lan. Le jeune homme essaya de libérer une main pour se caresser ; son membre lui faisait mal et il avait atrocement besoin de jouir.

Hüi arrêta de le prendre et se servit de la ceinture de Lan pour lier ses mains dans son dos.

— Pas avant que je ne t'y autorise.

Puis il recommença à pousser en lui, maintenant ses hanches fines en place.

Chaque mouvement secouait tout le corps de Lan et il était incapable de résister à ce balancement. Il profita de ce véritable martèlement, chaque coup augmentant son plaisir, la verge de Hüi le remplissant et le faisant trembler d'émotion.

Des doigts brutaux labourèrent ses hanches et Lan sut qu'il aurait des bleus le lendemain, mais il les désirait. N'importe quelle marque pour lui rappeler cet instant et à qui il appartenait. Les à-coups de Hüi se firent plus courts mais plus durs et, dans une dernière poussée, il s'enfonça jusqu'à la garde.

Lan put sentir la brûlure de la semence de Hüi l'envahir et se réjouit d'avoir répondu aux besoins de son amant, dans ce nouvel état d'esprit. Après un instant, Hüi grogna et, toujours enfoncé entre les fesses de Lan, il se laissa glisser au sol, sur le tapis, entraînant Lan avec lui, le laissant empalé sur son membre encore dur et palpitant.

D'une main, il tira le menton de Lan pour lui faire tourner la tête et envahit sa bouche à nouveau. Quand il le relâcha, sa main s'aventura plus bas pour pincer et triturer l'un de ses mamelons, envoyant un frisson de plaisir jusqu'à son entrejambe. Lan grogna de frustration et se débattit malgré ses liens.

La main de Hüi erra plus bas encore et enfin il enroula ses doigts autour de la verge tendue de Lan.

— Oui ! souffla Lan.

Il sentit le torse d'Hüi se soulever et entendit son rire rocailleux, mais il cracha simplement dans sa main et caressa le membre de Lan, frottant son pouce dans le liquide qui s'échappait du bout pour en revêtir son gland et son prépuce.

Les hanches de Lan ondulaient avec insistance. Hüi le retenait prisonnier contre son torse d'un bras, tandis qu'il le caressait de l'autre. Lan arqua son cou et sentit les dents de son amant pincer sa gorge. Hüi agitait ses hanches, rappelant à Lan qu'il avait toujours un membre fiché en lui, ajoutant à son plaisir. Enfin, dans un cri rauque, Lan explosa comme un feu d'artifice, envoyant des perles de semence sur la main de Hüi. Essoufflé, il s'apaisa enfin.

— Bonjour, mon petit Lan'xiu, dit doucement Hüi contre la peau de la gorge de Lan. Tu m'as manqué.

— Vous aussi, mon Seigneur, souffla Lan. Vous avez oublié d'allumer la lanterne. Je ne vous attendais pas.

— Je n'ai pas oublié. Je me suis faufilé, dit Hüi l'air satisfait de lui-même. C'était plus amusant ainsi.

— Est-ce que vous…

Lan s'interrompit immédiatement. Il ne voulait pas demander ce que Hüi faisait avec les autres.

— Seulement avec toi. Tout est différent avec toi.

Lan sentit les liens autour de ses poignets se desserrer et il étira ses bras.

— Vous aurez bientôt besoin de m'acheter une nouvelle garde-robe. C'est le second hanfu que vous détruisez.

— Et cela en valait la peine. Je t'achèterai un millier de robes s'il le faut, pour le simple plaisir de te les arracher.

Hüi embrassa l'épaule nue de Lan avant de libérer sa verge.

— Si seulement nous pouvions prendre un bain.

— J'ai envoyé Ning en préparer un pour moi. Peut-être que l'eau est prête, dit Lan avec espoir.

— Allons voir.

Hüi se remit sur ses pieds et aida Lan à se relever. En contraste complet avec sa brutalité précédente, il déshabilla Lan tendrement, embrassant la peau de satin lorsqu'il la révéla. Quand il découvrit une cicatrice, blanche sur la peau du dos de Lan, il l'effleura du bout d'un doigt.

— D'où vient cette cicatrice ?

— Un couteau, large mais pas assez profond.

Pour la seconde fois, la voix de Lan s'était faite implacable. Hüi le retourna pour qu'il lui fasse face.

— Qui t'a fait cela ?

— Mon frère. Wu Min.

Lan'xiu ne souhaitait pas parler de cela et Hüi sembla respecter sa réticence.

— Je suis désolé, dit-il.

— Elle ne me gêne plus, dit Lan.

Puis il demanda l'autorisation de déshabiller Hüi à son tour, laissant courir ses mains sur ses biceps fermes, son torse fort et ses muscles saillants.

Alors Hüi prit la main de Lan et ils entrèrent ensemble dans la salle de bain.

— As-tu aimé cela ? demanda-t-il presque timidement.

Lan sourit.

— J'y ai pris beaucoup de plaisir. N'hésitez pas à vous présenter ainsi à tout moment.

— J'aime aussi que les choses soient lentes et douces parfois, dit Hüi en embrassant les lèvres de Lan avec douceur.

— J'aime cela aussi, murmura Lan, ses lèvres contre celles de Hüi.

Se savonnant et se rinçant avant d'entrer dans le bain fut un moment agréable, puisque Lan'xiu eut le droit d'explorer le corps musclé du général. Il frissonna lorsque Hüi fit de même, le nettoyant avec un émerveillement attendri.

Doucement, Hüi souleva Lan et le déposa dans le bain fumant avant d'y entrer lui aussi. Il se laissa glisser pour laisser reposer son dos contre la paroi du bain et attira Lan pour qu'il se positionne entre ses jambes, le dos appuyé contre son torse.

Lan'xiu se détendit contre la chaleur du corps de Hüi, observant l'eau onduler et lécher ses cuisses. Il pouvait sentir le torse du général le soulever légèrement à chaque inspiration, le repoussant hors de l'eau. Il avait sommeil et entendit sa voix comme dans un rêve.

— M'as-tu jeté un sort ? demanda Hüi doucement, comme s'il était perdu dans le même rêve. Es-tu une sorte de sorcière envoyée pour voler mon âme ? Car j'ai l'impression de n'être que la moitié d'un homme quand je suis loin de toi. Lorsque je dors, tu pénètres mes rêves mais je ne peux pas t'attraper. Je tends les bras vers toi et tu disparais comme la rosée du matin, un beau fantôme, parti dès les premiers rayons dorés du soleil.

— Je ne suis pas un fantôme, mon Seigneur. Enroulez vos bras autour de moi, sentez ma peau contre la vôtre. Je suis réel.

— Dis-moi, m'aimes-tu comme je t'aime ?

— Je ne peux le dire, puisque je ne sais pas ce que vous ressentez pour moi. Pour ma part, je peux simplement dire que je ne suis qu'à moitié vivant lorsque vous n'êtes pas ici avec moi.

Lan'xiu tendit le bras pour toucher la joue de Hüi et la découvrit humide de larmes.

— Je n'aurais jamais cru pouvoir ressentir autant d'amour.

— Moi non plus, murmura Hüi. Si tu n'es pas une sorcière ou un rêve, alors je dois remercier les dieux de t'avoir envoyé à moi, un trésor dont j'avais besoin sans le savoir.

Il resserra ses bras autour de Lan'xiu soudainement.

— Oh, Lan'xiu, il faut que j'arrive à manigancer quelque chose afin que nous soyons ensemble plus souvent. Peux-tu être patient avec moi ? Quand je fais allumer les autres lanternes, j'ai l'impression de te trahir, mais nous devons être prudents.

— À cause de Wu Min ?

— Il n'est pas le seul obstacle. J'ai toujours fait attention à ne pas montrer de préférence pour l'une ou l'autre de mes épouses, dit Hüi. De crainte qu'un scélérat ne conspire pour la tuer afin de m'atteindre. Si je devais te perdre maintenant, alors que je viens seulement de te trouver…

Lan'xiu rit joyeusement.

— Ce ne sera pas le cas, mon Seigneur. Cela est aussi de mon intérêt. Je prendrai grand soin de continuer à vivre.

Il sursauta lorsque Hüi Wei se releva, le soulevant en même temps et se retourna pour enrouler ses bras autour de lui, le regardant d'un air interrogateur.

Hüi sortit du bain, tendant la main pour aider Lan'xiu comme s'il était une jeune fille délicate. Ils restèrent debout, ruisselants, leurs corps nus pressés l'un contre l'autre. Hüi embrassa Lan doucement puis attrapa une serviette pour le sécher.

Lan'xiu accepta cette attention puis prit le tissu des mains d'Hüi pour le sécher à son tour.

Tenant la main de Lan dans la sienne, le général l'entraîna vers le lit, le fit s'allonger et l'observa en silence. Il s'empara de l'huile et Lan écarta largement ses jambes. Hüi caressa l'orifice de Lan, en tourmenta l'entrée resserrée jusqu'à placer le bout d'un de ses doigts contre celle-ci avant de le pousser lentement à l'intérieur.

Lan hoqueta et se cambra quand le doigt le pénétra. Laissant son doigt aller et venir en lui pour le caresser, Hüi surveilla le visage de Lan en quête d'une quelconque grimace de douleur. Il n'en trouva aucune, seulement l'expression d'un plaisir divin.

Quand Hüi se pencha pour sucer un téton d'abord, puis l'autre, jusqu'à en ériger les pointes, Lan'xiu se tortilla sur le lit d'extase. La sensation semblait descendre directement jusqu'à sa verge et avec ce doigt entre ses fesses, il était au paradis.

Hüi retira son doigt et s'accroupit entre les cuisses de Lan, les caressant de ses paumes. Il se pencha et prit le membre de Lan'xiu en bouche, maladroitement, comme s'il n'avait jamais fait cela auparavant. Lan posa son avant-bras contre sa bouche pour retenir un puissant cri de plaisir. Il n'avait vraiment pas besoin de l'assistance de Ning à cet instant et ne voulait pas effrayer son servant en exprimant de façon trop enthousiaste le plaisir que lui donnait cette bouche chaude et humide. Soudain, il comprit pourquoi Hüi lui avait réclamé une telle faveur un peu plus tôt.

Hüi le relâcha et essuya sa bouche en souriant de toutes ses dents.

— Je crois comprendre que tu as aimé ça.

Lan gémit et tendit ses bras, inquiet d'être embarrassé plus tard par les gémissements quémandeurs qu'il laissait échapper actuellement, mais pour l'instant, il en voulait plus.

Il pouvait sentir son orifice pulser avidement lorsque Hüi frotta le bout durci de sa verge contre lui. Lan écarta davantage ses jambes et laissa échapper une profonde plainte lorsque Hüi poussa en lui. Le général était toujours à genoux et s'approcha plus près pour se glisser plus profondément en lui grâce à de petits à-coups. Lan n'en pouvait plus d'attendre qu'il le remplisse, même si être étiré ainsi lui faisait à nouveau mal.

Se sentir empli ainsi lui donnait la sensation d'être complètement possédé, d'appartenir pleinement à Hüi. Quand son Maître fut enfoncé aussi profondément que possible, il se pencha et embrassa le torse de Lan, sa gorge et son visage, jusqu'à ce que son corps soit pleinement détendu autour de son membre.

Lan enroula ses jambes autour de celles de Hüi, sentant une main contourner ses épaules pour venir soutenir sa tête précieusement. Hüi ne semblait plus pouvoir s'arrêter d'embrasser sa gorge, alors même que ses à-coups se faisaient plus longs et plus profonds. Ils bougeaient à l'unisson et Lan eut la sensation de flotter au milieu des nuages, propulsé toujours plus haut au cœur de son plaisir, grâce à chacun des mouvements de leurs deux corps liés. Lan sentit l'emprise de Hüi se resserrer sur lui. Il ne pouvait plus bouger ses bras, tant il était enveloppé dans l'étreinte de l'autre homme.

Puis la langue de Hüi fut dans sa bouche, pillant ses profondeurs au même rythme que son membre explorait ses reins. Lan plia sous son poids, sentant le sursaut de sa jouissance quand un orgasme puissant l'ébranla.

Soudain, il fut empli à nouveau de l'essence chaude et merveilleuse de l'orgasme de Hüi et entendit son amant grogner sa délivrance.

Ensemble ils dérivèrent, aux prises d'un état onirique de paresse exquise, leurs corps si pressés l'un contre l'autre qu'ils avaient l'impression de ne faire plus qu'un.

Petit à petit, leurs corps se détendirent et inévitablement, se séparèrent. Hüi attira Lan à lui, le rapprochant tout près pour que sa tête repose contre son épaule. Ils restèrent allongés ensemble, respirant simultanément, n'osant presque pas parler de crainte de briser cette sensation.

Finalement, Hüi soupira à nouveau.

— Pourquoi aimes-tu porter des vêtements de femme ?

Lan'xiu esquissa un sourire cachottier.

— Ils sont bien plus agréables au toucher. Les soieries et les satins. Il y a plus de choix et ils sont faits de jolies couleurs. Leur douceur contre ma peau me donne du plaisir.

Il laissa glisser sa main à l'intérieur de sa cuisse, ravi de voir les yeux d'Hüi s'écarquiller tandis qu'il suivait la caresse du regard.

— D'ailleurs, je me sens simplement… joli habillé comme cela. J'aime ça.

— Tu sais te servir d'une épée. Contre un opposant de ta taille et de ta force, je parierais sur ta victoire, réfléchit Hüi d'une voix émerveillée. Tu as été bien entraîné.

— Il faudra que je me souvienne de le dire à Ning, dit Lan'xiu. Il appréciera le compliment.

— Quand je t'ai pris un peu plus tôt, je n'aurais jamais pu être aussi brutal avec n'importe laquelle de mes épouses, mais cela semblait te plaire d'être l'objet de l'étreinte la plus violente que je n'ai jamais donnée.

— Plus que me plaire, dit Lan'xiu. Ne pouvez-vous pas accepter qu'avec vous, au lit, je suis autant un homme que vous, mais lorsque je sors, j'aime la sensation de porter de jolies robes en soie et me cacher derrière un éventail ?

Hüi se hissa au-dessus de Lan, baissant les yeux sur son regard rieur.

— Et j'aime te regarder et savoir que sous ces robes se trouvent des sous-vêtements de soie…

— Que vous aimez m'arracher…

— Enormément, acquiesça Hüi, baissant la tête pour prendre en bouche l'un des mamelons sombres, appréciant de sentir le petit morceau de chair durcir entre ses lèvres et contre sa langue.

— Le budget pour maintenir cette cour va augmenter si vous continuez à abîmer mes vêtements, ajouta Lan presque hors d'haleine.

— Peut-être devrais-tu porter ceux que tu aimes le moins quand je fais allumer ta lanterne, murmura Hüi. J'ai bien peur que tu puisses compter sur une certaine quantité de dommages. Quand je t'ai vu la première fois…

Il pencha la tête pour mordre durement le mamelon de Lan, savourant le sursaut et le cri qui suivirent, puis le léchant pour atténuer la douleur à l'aide de sa langue.

— Encore, s'il vous plaît, mon Seigneur.

— Encore, dit Hüi d'une voix fière, frottant son membre qui durcissait déjà contre la cuisse douce de Lan.

XI

LE CAPITAINE WEN avait remarqué que l'eunuque, Ning, ainsi que sa maîtresse, la Princesse Lan'xiu, semblaient obsédés par le fait de garder la ligne. Ning et la princesse faisaient chaque matin des exercices dans la cour derrière la septième maison et marchaient ensemble, de temps à autre, autour de la cour intérieure, parfois pendant plus d'une heure.

Ils étaient presque toujours ensemble, mais Wen avait remarqué que parfois Ning courait seul derrière les maisons. Naturellement, Wen n'enfreindrait jamais la règle qui lui interdisait d'approcher une des concubines appartenant au général. Il attendit donc d'attraper Ning seul, surtout que c'était à lui en particulier qu'il souhaitait parler.

Et lorsque Ning commença à trotter derrière les maisons de bon matin, Wen réussit à le surprendre, en surgissant de derrière la dernière maison.

— Salutations, Eunuque Ning. Je suis le Capitaine Wen, de la garde de la cour.

Ning était essoufflé par ses efforts, mais il cacha sa surprise.

— Salutations, Capitaine Wen. Que voulez-vous d'un simple eunuque, d'un serviteur tel que moi ?

Wen fut amusé que Ning semble légèrement sur la défensive et qu'inconsciemment, il posa sa main contre la garde d'une épée imaginaire, même s'il ne portait pas d'arme.

— Je me demandais simplement si ta maîtresse avait un faible pour le poulet.

Le visage de Ning se fit encore plus circonspect.

— Et si c'était le cas ?

— Je me demandais simplement pourquoi tu n'avais pas ordonné à la cuisinière d'aller au poulailler.

Ning ne répondit pas.

— Je suis nouveau ici et…

Sa voix s'éteignit.

— Ne crains pas une indiscrétion de ma part. Je n'ai pas noté toutes mes observations dans mon rapport, dit Wen.

— Alors pourquoi m'accoster dans la rue ?

Ning regarda autour de lui, comme s'il réalisait qu'ils n'étaient pas vraiment dans une rue.

— J'ai remarqué que tu avais l'habitude de t'exercer. J'admire cela.

Wen s'inclina.

— En tant qu'eunuque… commença Ning.

— Je sais, dit Wen avec un sourire compréhensif. J'ai peur de t'avoir interrompu, mais les rondeurs ne risquent pas d'orner ton corps, même si tu t'autorises à parler un quart d'heure avec moi.

— Que voulez-vous de moi ?

La voix de Ning était sévère.

— Je ne veux rien. Je ne te demande même pas le prix du poulet que tu as… euh… emprunté.

Wen sembla un peu embarrassé.

— Je suis venu te dire que j'ai un… Euh… Faible pour le troisième sexe, dit-il comme s'il réalisait seulement maintenant combien son approche était maladroite.

La colère de Ning s'apaisa et il sembla un peu perplexe.

— Un eunuque n'est pas apte aux pratiques sexuelles habituelles.

— Pardonne-moi d'être si cru et direct, mais cela dépend de comment il a été coupé, dit Wen. J'ai passé plus d'un après-midi agréable au lit avec un eunuque.

— Agréable pour vous, sans doute, répliqua Ning d'un ton irrité.

— Cela ne me procurerait aucun plaisir si je ne pouvais pas en donner aussi à mon partenaire, dit Wen. Je me demandais si tu n'avais jamais envisagé…

Il jeta un regard interrogateur à Ning.

— Bien sûr, il faudrait que nous apprenions à nous connaître un peu pour commencer. Peut-être que je pourrais t'apprendre nos méthodes plus traditionnelles pour acquérir un poulet.

— Je vois ! Du chantage ? s'exclama rageusement Ning.

— Calme-toi. Je ne faisais que te taquiner. Tu n'as pas fini d'en entendre parler, peu importe la raison de ce rendez-vous clandestin avec une volaille. Je prends mon tour de garde à quatre heures de l'après-midi, peut-être aimerais-tu prendre le thé avec moi ?

— J'y réfléchirai, dit Ning avec une grande dignité mais une lueur d'intérêt s'alluma dans son regard.

Puis il abandonna sa dignité pour se pencher sur le côté pratique.

— Où allez-vous prendre le thé ?

— J'ai le droit de sortir d'ici, mais comme ce n'est pas le cas pour toi, je suggère que nous prenions le thé dans ta cuisine.

— Mais Jia…

— Jia est une vieille amie à moi. Elle rira peut-être de nous, mais elle ne rechignera pas à nous offrir le thé ou la place, dit Wen.

— Elle rira clairement, dit Ning d'un air sombre.

JIANG AVAIT passé les deux dernières semaines à essayer de coincer Hüi Wei pour pouvoir discuter avec lui en privé. Il avait entendu le bruit de sabots avant l'aube, le jour où Hüi était allé voir Lan'xiu et en regardant par sa fenêtre, il avait découvert quelque chose dont il n'avait jamais été témoin auparavant : Hüi Wei en train de fuir la ville, en pleine déroute. Il s'était demandé si quelque chose n'avait pas été avec la princesse, ou pire, si Hüi avait échoué dans sa virilité. Ou bien encore, s'il avait forcé la princesse à révéler un complot tellement lâche que, choqué, il avait préféré fuir. Pendant un temps, Jiang s'était demandé si le corps sans vie de la Princesse Lan'xiu reposait dans sa maison, non pas qu'il s'inquiète de sa mort si elle avait menacé son ami. Au cours de cette même journée, toutefois, il avait constaté qu'elle vivait encore, ce qui l'avait rendu aussi confus.

Lui seul était au courant en détail des relations que Hüi entretenait avec ses épouses – même si les histoires étaient peu nombreuses car son ami était un grand Seigneur – mais en général, il avait toujours une petite anecdote à partager. Jamais Hüi ne l'avait évité si ouvertement. Par conséquent, il avait commencé à l'observer, essayant de décrypter ce qui se passait dans la tête du général. Il pensa d'abord que Hüi planifiait peut-être une nouvelle campagne ou avait reçu une missive secrète de l'empereur, mais il chassa très vite cette pensée. Hüi comptait depuis trop longtemps sur Jiang pour toutes les questions de stratégie, qu'elles soient politiques ou militaires et il n'avait rien fait pour que cela ne change.

Puis il lui vint à l'esprit que, peut-être, Hüi passait son temps ailleurs que dans sa cour, bien que l'idée le laisse perplexe. Hüi avait toujours été discipliné envers les plaisirs charnels ; il ne buvait jamais avec excès, ne mangeait jamais trop de bonbons. Et Jiang n'avait jamais remarqué que Hüi soit vraiment lubrique ; c'étaient plus de l'affection et son besoin d'engendrer des héritiers qui le motivaient à rendre visite à sa cour, sauf lorsqu'il s'était monté la tête avec Ci'an et cela n'avait duré que le temps d'engendrer une fillette maladive. Elle était la seule pour qui la flamme de son désir avait brûlé pour un court moment, mais les braises s'étaient refroidies depuis bien longtemps.

La beauté seule ne pouvait retenir l'attention de Hüi pendant bien longtemps. Ci'an était superbe, mais ses manigances sournoises l'avaient dégoûté. Mei Ju était de nature affectueuse, mais même si elle était cordiale et accueillante, elle n'était pas assez intéressante pour retenir son attention sur la durée. Après le désastre avec Ci'an, Hüi avait eu la bonne idée de ne prendre des concubines que pour des raisons politiques. Jiang n'aurait pas été surpris d'apprendre – si Hüi avait eu l'indélicatesse de se confier à lui – qu'il ne rendait visite à leurs maisons que pour des questions d'étiquette et de cérémonie. Hüi ne voulait pas redevenir la proie de l'emprise sexuelle d'une autre femme.

Jiang avait commencé à suivre Hüi, se détestant d'en être réduit à cela. Il fallait qu'il sache ce qu'il se passait avec son ami. Bien sûr, avec un soldat aussi alerte et entraîné que Hüi, il n'était pas facile de le maintenir sous surveillance sans le faire de manière trop ostentatoire et il y avait donc des moments où Hüi Wei arrivait à lui échapper. Il lui fallut une semaine entière avant de réussir à faire le jour sur cette affaire et de commencer à l'élucider. Cela arriva lorsque Jiang suivit la piste de Hüi jusqu'à l'échoppe d'un bijoutier au cœur de la ville, qui se trouvait à l'intérieur de la forteresse.

Lorsqu'il remarqua que Hüi disparaissait dans le magasin, Jiang se creusa les méninges pour tenter de trouver la raison pour laquelle son ami fréquentait l'orfèvre. Quand la réponse lui vint enfin, il éclata de rire.

N'étant pas le plus galant des hommes, Hüi n'avait pas pour habitude d'offrir des bijoux à ses épouses. Il s'orientait plutôt vers des cadeaux d'ordre plus domestique, comme des services à thé ou des meubles. Quelque chose devait donc s'être passée pour changer sa façon habituelle de procéder. Jiang prit le risque d'être vu et s'approcha plus près de la porte, essayant d'entendre ce qu'il se disait.

Apparemment, cinq présents avaient été sélectionnés, mais Hüi hésitait entre les mérites comparés des émeraudes et des rubis. Jiang battit en retraite, se demandant s'il devait retourner immédiatement au palais ou continuer à observer son ami.

Jiang commença à avoir une idée de ce qu'il se tramait lorsqu'il suivit ensuite Hüi Wei jusqu'aux magasins de soie, où il choisit plusieurs vêtements de femme.

Il calcula que la seule nouvelle variable qui avait rejoint l'équation était la Princesse Lan'xiu. Puis il secoua sa tête d'un air confus, une nouvelle fois, lorsqu'il remarqua que Hüi se dirigeait vers un ferronnier qui créait des armes. Désormais, cette petite excursion n'avait plus aucun sens.

COMME TOUJOURS, Lan'xiu se prépara au pire avant d'aller s'asseoir avec les autres épouses. Elle savait qu'elles observaient aussi avidement qu'elle le serviteur qui portait la torche lorsqu'il entrait dans la cour et qu'elles savaient parfaitement que sa lanterne n'avait pas été rallumée depuis la dernière fois. L'atmosphère compétitive du pavillon garantissait que certaines se moqueraient sournoisement de son manque de chance afin de souligner la leur. Elle n'oserait pas avouer que Hüi était venu la rejoindre, sans user de la formalité de l'annonce publique habituelle.

Si elles avaient su cela, Lan était certaine que la jalousie aurait été immédiate et dans le cas de Ci'an, potentiellement violente. Si les autres épouses étaient au courant de tout ce qu'il lui avait révélé, cela aurait été encore pire.

Le bon fonctionnement de la cour dépendait d'une certaine franchise gênante et désormais le secret qu'elle devait leur cacher ne concernait pas seulement qui elle était, mais aussi le fait que Hüi était venu la voir en secret. S'il n'était pas prêt à l'accepter telle qu'elle était, cela l'attristait, mais elle pouvait le comprendre. Elle ne pouvait pas se détourner de lui, parce qu'elle savait ce que c'était que de se sentir perdue et incertaine. Comme cela aurait été ironique d'avoir miraculeusement trouvé Hüi, prêt à la comprendre et à l'accepter malgré sa différence, pour être ensuite rejetée par ses épouses outrées.

Elle avait l'habitude de garder son propre secret, mais maintenant qu'elle était responsable de celui de Hüi également, elle se sentait intimidée lors de leurs réunions. Lan'xiu avait acquis la réputation d'être une jeune femme timide et calme, même si elle aurait aimé papoter et glousser avec les autres, discuter de vêtements, de cosmétiques et peut-être même de petits secrets idiots sur la façon de satisfaire leur mari.

Seul Ning pouvait la préparer à faire face à ses sœurs-épouses, même si elle lui disait souvent qu'elle y allait simplement pour échapper à ses taquineries incessantes.

Lan'xiu avait pris l'habitude de porter ses robes les plus simples quand elle fréquentait les autres, espérant minimiser sa beauté afin de ne pas attiser leurs envies ou attirer leurs attentions. Elle utilisait l'excuse d'aimer jouer avec les enfants. Étant une jeune femme modeste, elle ne pouvait pas savoir que rien ne pouvait la rendre laide ; au contraire, le hanfu simple de soie ambrée qu'elle portait ce jour-là mettait en valeur le satin brillant de sa peau.

Comme toujours, Mei Ju l'interpella pour l'accueillir quand Lan'xiu entra chez elle.

— Viens ici, Lan'xiu, assieds-toi à côté de moi et dis-moi ce que tu penses de la nouvelle robe que j'ai confectionnée.

Lan'xiu lui offrit l'un de ses rares mais adorables sourires.

— Vous avez l'air très élégante, Première Épouse. Ce rose est une jolie couleur pour vous.

C'était le cas, mais la qipao était tellement enjolivée et ornementée à l'extrême, qu'elle donnait malheureusement à Mei Ju l'air énorme.

— Regarde ce que m'a donné mon mari, dit Mei Ju, tendant son poignet dodu.

— C'est très beau, dit Lan'xiu, admirant consciencieusement le bracelet avec un petit soupir.

Elle portait sa seule paire de boucles d'oreilles, comme toujours, et son bracelet de simple jade. Elle avait mis de côté la bague qui appartenait à sa mère, ne souhaitant pas entendre les commentaires de Ci'an à ce sujet.

Le nouveau bracelet était fait de morceaux de jade recourbés, dans diverses teintes de vert, rose et blanc, liés ensemble par des breloques porte-bonheur en argent. Mei Ju observa le bracelet et caressa d'un doigt l'un des morceaux de jade.

— Hüi m'a donné beaucoup de choses, mais ce bracelet a plus de valeur à mes yeux que tous les autres. Vois-tu, il y a une breloque pour chacun des enfants que je lui ai donnés.

Ses mots poignardèrent Lan'xiu en plein cœur, puisqu'elle ne pourrait jamais offrir d'enfants à son Seigneur et que sa stérilité lui serait préjudiciable, à elle comme à lui. C'était désormais son tour d'être déçue que Hüi ne soit pas revenu lui rendre visite, mais une dame n'étalait pas ses déceptions devant les autres, surtout devant la femme qui avait été si gentille à son égard.

— Votre mari a beaucoup d'amour pour vous, Mei Ju, c'est flagrant. Voici un beau bracelet et un beau sentiment.

Lan'xiu se releva et s'inclina, demeurant debout comme il convenait à son rang inférieur, tandis que Mei Ju restait assise afin de recevoir les autres dames, chacune d'elle embrassant sa main et s'inclinant. Lan'xiu fut écartée lorsque la Cinquième Épouse Bai bondit dans la pièce, arborant son habituel sourire joyeux.

— Oh, suis-je en retard ? Je suis en retard, n'est-ce pas ?

Elle laissa échapper un rire aigu.

— Je suis toujours en retard !

— Mais tu amènes toujours le soleil avec toi, ma chère, dit Mei Ju en répondant à son sourire.

Les mots pincèrent le cœur de Lan'xiu ; Mei Ju était toujours gentille envers elle, mais elle n'était pas aussi amusante que Bai, ou aussi débonnaire qu'Alute, aussi satisfaite que Fen et Huan. Elle était consciente que garder son secret la dévorait au point d'offrir peu de choses aux autres épouses en retour pour leur amitié, aussi frivole fut-elle. Elle était tellement anxieuse de ne pas les offenser, qu'elle en était devenue à peine plus visible qu'un terne papier peint, attirante mais pas vraiment étincelante.

L'isolement avait lié les épouses du pavillon entre elles, peu importe combien c'était difficile et elle était une intruse, autant que Ci'an l'était, malgré leurs efforts pour l'inclure. Comme Lan'xiu se décidait à essayer de faire davantage d'efforts pour se rendre agréable, un silence s'abattit sur les femmes en train de discuter. Elle sortit de sa rêverie tandis qu'elles se retournaient toutes vers la porte.

C'était la Seconde Épouse Ci'an, dont la manière préférée de faire son entrée semblait être d'arriver en retard et d'entrer furtivement pour espionner les autres.

Ses mains étaient cachées dans ses manches quand elle entra et ses lèvres se relevèrent sarcastiquement.

— Salutations, sœurs-épouses. C'est *si* bon de toutes vous revoir.

— Seconde Épouse Ci'an, dit Mei Ju, l'accueillant formellement. J'espère que vous allez bien. Je suis inquiète pour vous, le médecin est si souvent chez vous.

— Et alors ? répondit Ci'an d'un ton sec.

— Je voulais simplement dire que j'espère que vous êtes en bonne santé en ce moment, dit Mei Ju doucement.

Lan'xiu se demandait comment elle pouvait être aussi gracieuse envers cette femme arrogante.

— Oh, vous n'avez pas besoin de commencer à planifier mes funérailles pour le moment, ricana Ci'an. J'ai bien l'intention de vous survivre, Première Épouse.

De là où elles étaient assises ensemble, sur le divan, Fen et Huan détournèrent les yeux ostensiblement. Le visage sage de Mei Ju demeura impassible, mais Alute sembla peinée par cette insulte.

Bai vint à la rescousse.

— Ci'an, tu es trop belle et démoniaque pour mourir de sitôt. Tu dois avoir fait un pacte avec les démons pour être aussi jolie alors que tu souffres si souvent d'étranges maladies.

Lan'xiu fut discrètement amusé de constater que cette franche déclaration de la part de Bai contrecarra Ci'an tout en la faisant quand même rire.

La Seconde Épouse Ci'an s'avança dans la pièce. En cette occasion, elle portait une robe faite d'une soie couleur mûre des plus fines, avec un large pan brodé qui barrait sa poitrine et soulignait toute la longueur de la robe à l'ourlet. Les manches étaient décorées de la même façon, de même que le petit col droit. De vraies perles avaient été utilisées comme boutons et une grande coiffe recouverte de riches ornements en or, en forme de fleurs et d'oiseaux, couronnait ses cheveux, qui étaient coiffés en hauteur, s'élevant à au moins vingt centimètres de sa tête. Il était presque dommage qu'elle ait choisi ce jour-là pour éclipser Lan'xiu, habillée de sa robe simple.

— Si je devais choisir l'une d'entre vous à tuer aujourd'hui, tu serais la dernière, Bai. Tu m'amuses. Tu m'insultes d'un côté et de l'autre tu dis que je suis belle, dit Ci'an.

— Je suis née lorsque les Gémeaux étaient hauts dans les étoiles.

Bai écarta ses mains de chaque côté et leva d'abord la droite puis la gauche.

— Les caractères jumeaux possèdent mon âme et s'équilibrent. Je suis parfois bonne et parfois très, très mauvaise.

Elle laissa échapper un petit gloussement que toutes les autres épouses comprirent, il indiquait clairement que c'était avec leur époux qu'elle choisissait d'être très vilaine.

— Notre Seigneur Hüi Wei a dit qu'il ne savait pas s'il devait me battre ou…

Elle sourit d'un air dément puis se tourna vers Lan'xiu.

— Venez-vous asseoir près de moi, Princesse Lan'xiu.

— Oui, vas t'asseoir avec Bai la Folle, Princesse de Rien-du-Tout, acquiesça Ci'an. Bien sûr, peut-être qu'elle te demande de t'asseoir près d'elle parce que son adorable qipao éclipse la tienne, qui est plutôt ordinaire et terne.

— Ne l'écoute pas, Lan'xiu, dit Bai en riant. La dernière fois que j'ai porté cette robe, Ci'an m'a informée qu'il s'agissait d'une horrible guenille.

Lan'xiu rejoignit le divan où Bai était assise et s'installa près d'elle.

— Je pense que c'est une très jolie robe.

— Tu n'es clairement pas bien placée pour juger de la mode, vu ce que tu portes. Bai, je me suis trompée quand je t'ai dit ça. Je pense que la robe de Lan'xiu fait paraître la tienne comme le summum de la mode.

Ci'an sourit d'un air satisfait, ses yeux fixés sur les lobes des oreilles de Lan'xiu.

— Tu dois adorer ces boucles d'oreilles en turquoise. Tu les portes tellement souvent.

— Je les aime, en effet.

Lan'xiu releva une main pour toucher l'une des gouttes de turquoise. Elle avait failli commettre l'erreur d'admettre qu'elles étaient la seule paire qu'elle possédait.

— Elles appartenaient à ma mère.

— Elles sont simplettes. Et donc parfaites pour *toi*.

Ci'an attendit que Lan'xiu réalise l'insulte, mais lorsqu'elle ne répondit pas, elle continua.

— Elles sont plutôt ennuyeuses avec cette robe, mais quand on n'a pas de quoi se vanter, à part d'un titre fallacieux…

Elle haussa les épaules, dévisageant Lan'xiu dédaigneusement.

— Si tu joues bien ton jeu, peut-être qu'un jour quelqu'un te donnera un joli petit peigne laqué par pitié.

— Ce n'est pas par pitié qu'on a offert son nouveau bracelet à Dame Mei Ju ! dit Bai en riant. Ni sa jolie robe.

— Ah, oui, le bracelet de fécondité. Pas aussi élégant qu'on aurait pu le souhaiter. C'est un achat sentimental à la mode parmi les classes marchandes, du moins c'est ce que j'ai entendu dire.

Ci'an bailla à outrance et s'assit, attirant sa chaise désagréablement près de Lan'xiu.

— Très certainement adéquat pour quelqu'un qui a donné naissance à une portée de petits bâtards.

Mei Ju se mit en colère et se déchaîna contre Ci'an.

— Ce bracelet a beaucoup d'importance pour moi et mon mari, Seconde Concubine. Il célèbre tous les enfants en bonne santé que nous avons créés ensemble. Bien *plus* que ce que *tu* n'as réussi à produire.

Ci'an rougit lorsqu'on lui rappela qu'elle n'avait pas de fils. Peut-être qu'elle se souvenait de la façon dont Mei Ju l'avait réprimandée durant la fête précédente et ne voulait pas courir le risque que cela se reproduise, ou peut-être qu'elle n'en avait pas fini avec les autres épouses, mais elle se mordit la lèvre en silence avant de se retourner vers Lan'xiu, se penchant pour lui donner un coup de coude dans les côtes.

— Vous autres, pauvres innocentes, n'avez aucune idée de la façon de garder l'intérêt d'un homme. Si vous en avez envie, je pourrais partager quelques secrets pour raviver les flammes avec Hüi. La première nuit après qu'il m'ait quittée, je n'ai pas pu m'asseoir de la journée suivante. Mes draps étaient rouges de sang.

Elle jeta un regard lourd de sous-entendus à Lan'xiu et cligna d'un œil à ses mots.

— J'ai remarqué qu'il fait drôlement sombre de ton côté de la cour. Maintenant que Hüi t'a rendu sa première visite rituelle par politesse, il ne prévoit visiblement pas de faire quoi que ce soit d'autre avec toi. À la place, je suis sûre que tu pourrais faire passer le temps en trouvant un gentil petit flirt, comme l'ont fait Fen et Huan.

Ci'an secoua une main vers le siège où les deux jeunes femmes étaient assises ensemble comme toujours.

— Vous ne pouvez pas plaider l'innocence bien longtemps, à moins que vous ne soyez trop stupides pour comprendre de quel côté le soleil se couche ? Choisis un gentil jeune homme de la garde. Certains des soldats en poste pour nous surveiller sont assez virils et ne sont pas obnubilés par leurs responsabilités au point de ne pas pouvoir utiliser leurs compétences martiales à un autre effet. N'est-ce pas, Liang ?

Un des deux soldats qui accompagnaient Ci'an partout devint rouge vif mais il continua à garder ses yeux dans le vague sans commenter.

— Ou peut-être que tu préfères la compagnie d'eunuques ? J'ai vu que tu en avais même un apprivoisé à ton service.

— La plupart des eunuques sont d'excellente compagnie, dit Lan'xiu.

Elle ne pouvait pas défendre Ning en vantant ses prouesses à l'épée, mais elle commençait à être fatiguée par le flot ininterrompu de méchancetés de Ci'an.

— Peut-être que vous devriez apprendre à en connaître un ou deux avant de les insulter.

— Oh non, ma douce innocente. Ils sont parfaits pour servir les épouses sans cervelle, heureuses de s'allonger sur le dos et d'écarter leurs jambes…

— Seconde Concubine !

Mei Ju se releva de toute sa hauteur – qui n'était pas très grande – mais elle était impressionnante d'indignation.

— Tu ne fais honte qu'à toi-même avec tes divagations grossières. Je t'ordonne de quitter ma maison immédiatement ! Vous ! Gardes ! Rendez-vous utiles et escortez cette femme chez elle. Ci'an, j'espère qu'une période de réflexion solitaire pourra te rendre ton humour !

Ci'an lança un clin d'œil à Lan'xiu et s'extirpa de sa chaise.

— Demande à ton eunuque de te fournir de la pornographie, *avec* des illustrations, Princesse de la Stupidité. Tu as beaucoup à apprendre si tu veux retenir l'attention de notre mari. Tu aurais l'air adorable les pieds au-dessus de la tête et le visage tout rouge tandis qu'il te pilonne, j'en suis sûre.

Lan'xiu sentit le rouge lui monter aux joues, humiliée que Ci'an puissent implanter de telles images dans l'esprit des soldats qui se tenaient là, en train d'écouter, mais elle ne répondit pas, jugeant inutile de s'impliquer dans cette querelle verbale. Lorsqu'elle répliquait avec une dague, Ci'an la mettait à terre avec une hache.

Même Bai ne daigna pas répondre à cette moquerie et Ci'an fut escortée hors de la pièce dans un silence glacial. Être congédiée ne sembla pas la troubler ; au contraire elle sembla assez amusée d'être chassée par les autres épouses, comme si cela lui donnait un quelconque avantage.

Mei Ju se rassit et se pencha vers l'avant pour toucher la manche de Lan'xiu.

— Ma chère, ne laisse pas cette sorcière t'importuner. Tes boucles d'oreilles sont très jolies.

Sans savoir pourquoi, ce commentaire donna envie à Lan'xiu de rire alors qu'elle se trouvait au bord des larmes, mais elle ne voulut pas donner l'impression de se moquer de la Première Épouse. Mei Ju était une âme tendre et Lan pouvait deviner sans mal ce que cela lui coûtait de tenir tête à Ci'an.

— Je tiens beaucoup à ces boucles d'oreilles.

— Peu importe ce que tu portes, ajouta Bai. Tu pourrais porter une qipao en coton bon marché et aucun bijou et tu nous éclipserais toujours toutes.

— Je n'ai pas envie de… commença à s'exclamer Lan'xiu.

105

— Tu ne peux pas t'empêcher d'avoir le visage que tu as. Tu es comme les étoiles et les dieux t'ont faite, dit Bai, l'air pour une fois sérieuse. D'une beauté surnaturelle, comme une étoile brillant dans un ciel nocturne.

— Je pense que tu es très jolie et tes boucles d'oreilles aussi, dit Alute placidement. Ci'an est juste méchante.

— Merci, dit Lan en clignant rapidement des yeux pour chasser les larmes qui menaçaient de tomber.

Pour la première fois, elle eut vraiment l'impression d'être devenue l'une d'entre elles, même si elle n'en avait jamais été plus éloignée en même temps.

Mei Ju leva la théière.

— Puis-je vous servir du thé, mes chères ?

XII

JIANG S'INSTALLA à la table du petit déjeuner du général et se servit une tasse de thé, bien décidé à intercepter Hüi. Le riz gluant et les fruits semblaient particulièrement délicieux ce matin, mais peut-être était-ce seulement parce qu'il savourait l'opportunité de taquiner son ami au sujet de sa nouvelle concubine.

Son commandant, le Capitaine Wen, lui avait rapporté la visite de Hüi Wei à la Princesse Lan'xiu la nuit précédente, ne réalisant peut-être pas qu'il s'agissait d'une rencontre clandestine. Hüi n'avait pas fait allumer sa lanterne, il n'était peut-être donc pas allé se régaler de son corps. Peut-être lui avait-elle confessé un complot.

Quand Hüi ne fit pas son apparition au petit-déjeuner, Jiang sut que son ami l'évitait toujours clairement et décida qu'il devrait donc le confronter dans un endroit où Hüi ne pourrait pas lui échapper.

Il savait parfaitement où commencer ses recherches et ordonna qu'on selle son cheval. Une fois qu'il fut hors des limites de la ville, il remarqua Hüi au loin, en haut de sa colline préférée. Apparemment, il n'était pas blessé, mais il faisait les cents pas de telle manière que l'on pouvait deviner sa profonde confusion.

Étant donné qu'un guerrier comme Hüi serait difficile à surprendre, Jiang n'essaya même pas. Il approcha à découvert par l'avant de la colline et salua son ami.

— Bonjour, Hüi.

— Jiang. Tu n'aurais pas dû venir ici, s'exclama Hüi sèchement.

— Si je ne le peux pas, qui aurait pu ?

Jiang mit pied à terre et attacha les rênes de son cheval à l'arbre le plus proche.

— Allons, Hüi. On dirait que tu as été torturé la nuit dernière. Pas que tu as profité des charmes de la plus belle créature que tu possèdes.

— En effet, mon cheval est charmant, dit Hüi en tapotant l'encolure du cheval, s'en servant peut-être comme excuse pour détourner la tête.

— Je ne voulais pas parler de ton cheval, ajouta Jiang sévèrement. Je m'attendais à ce que tu sois heureux, satisfait, triomphant, ou excité d'avoir couché avec la princesse. Au lieu de cela, tu la rejoins en secret, et maintenant tu t'isoles en haut de cette colline, pour broyer du noir. Quelque chose s'est-il mal passé ?

— Rien du tout.

Hüi recommença à faire nerveusement les cents pas.

— Est-ce que la princesse s'est refusée à toi ?

— Elle ne pourrait pas, dit Hüi. C'est une concubine. C'est son destin de m'obéir.

— La princesse n'était-elle pas pure lorsque tu l'as prise la première fois ?

— Si, intacte, répondit Hüi laconiquement.

— Alors que s'est-il passé ? Est-ce que Lan'xiu est stupide ou difforme ou dégoûtante ou vénale…

— Il n'est rien de tout cela ! rugit Hüi avant de se figer, le visage choqué et consterné de s'être trahi aussi facilement devant la ruse de son ami. Je veux dire « elle ».

— Tu veux dire « il », reprit Jiang calmement.

— Ne me fait pas croire que tu savais… tu *savais*… que cette princesse est un… un…

— Homme. Oui, je le soupçonnais, depuis le début.

Hüi s'assit brutalement au sol.

— Pourquoi ne m'as-tu rien dit ? demanda-t-il d'une voix blessée. Tu es mon ami, pourquoi ne m'as-tu pas mis en garde ?

Jiang s'assit près de lui.

— Je ne le pouvais pas. Et si j'avais eu tort ? Tu aurais pu tuer cette pauvre femme, s'il s'était bien agi d'une fille et tout cela pour une simple supposition ? Je ne pouvais pas faire cela.

Hüi secoua la tête.

— Je ne comprends pas. Je ne comprends plus rien. Pourquoi, après toutes les femmes que j'ai culbutées, pourquoi est-ce que je me sens maintenant attiré par quelqu'un du même sexe que moi ?

— Pourquoi pas ?

Jiang haussa les épaules.

— Aussi simplement que ça ?

— Aussi simplement que ça. Il est très beau. Je n'ai jamais vu quelqu'un qui puisse se comparer à lui. Il tenterait n'importe qui.

Hüi fut de nouveau en colère.

— Es-tu venu te moquer de moi parce qu'on m'a envoyé un homme pour jouer le rôle de ma concubine ?

— Je suis venu parce que je sais que tu es troublé et que je veux t'aider.

Jiang marqua une pause, observant les traces de colère gravées sur le visage de Hüi.

— Parce que tu es mon ami.

— Et que crois-tu qui me trouble, exactement ? demanda Hüi en ricanant.

— La manière de préserver son secret. Tu veux garder Lan'xiu, mais tu ne veux pas qu'il y ait de commérages à ton sujet ou à propos de tes affaires.

Hüi sembla s'affaisser tandis que la colère le quittait. Jiang en reconnaissait les signes.

— Le pire était de faire en sorte d'éviter que tu ne l'apprennes. Nous avons toujours tout partagé.

Il remarqua le regret gêné qui envahit le visage de Jiang.

— C'est le cas, n'est-ce pas ?

Jiang détourna le visage.

— J'ai honte d'admettre maintenant qu'il y a une chose que je ne n'ai pas partagée avec toi. Pourquoi ne me demandes-tu pas comment je savais que la Princesse Lan'xiu n'est pas ce qu'elle semble être ?

— Comment le *savais*-tu ? Elle est la perfection même : son corps, son visage, ses manières, sa démarche ! Elle a fait croire à Mei Ju qu'elle était une femme et cela n'est pas facile…

Hüi marqua une pause quand il prit soudain conscience de quelque chose.

— Tu es… comme ça… toi aussi ?

— Je n'ai jamais aimé les femmes, dit Jiang doucement. Je suis un adepte de la passion de la manche coupée[5].

_____

[5] Cette appellation fait référence à une célèbre anecdote concernant l'homosexualité en Chine, celle de «la manche coupée» dont le nom est resté pour qualifier les amours masculines. Elle remonte à la dynastie des Han, qui a gouverné la Chine de 206 avant J.-C. à 220 après J.-C. et raconte qu'un jour, l'empereur Ai-ti (de l'an 6 avant J.-C. à l'an 1 après J.-C.) et son "favori" Tong Hsien s'étaient endormis l'un contre l'autre,

— Est-ce pour cela que tu ne t'es jamais marié ?

— Je n'ai jamais épousé de femme. J'ai un camarade… un partenaire. Nous nous aimons depuis plus de dix ans désormais.

— Est-ce que je connais cet homme ?

Jiang rit.

— Tu devrais. Il est l'un de tes commandants les plus hauts gradés, Zheng Guofang.

— Je comprends mieux pourquoi tu es toujours à me chanter ses louanges, mais il a un grade moins élevé que le tien, mon ami.

Hüi donna une tape amicale sur l'épaule de Jiang.

— Un homme bon ! Tu as bien choisi, mon ami. Je m'étais demandé… mais cela n'a plus d'importance !

Sobrement, Jiang observa Hüi.

— Le seul regret de ma vie est d'avoir dû garder ce secret et d'éviter que toi, mon ami le plus proche, tu ne le découvres.

Hüi émit un petit son peiné.

— Tu ne me faisais pas confiance ?

— Tu ne me faisais pas confiance *non plus* ! souligna Jiang, puis il soupira. Ce n'était pas simplement une question de confiance. Lorsque j'ai découvert la vérité à mon sujet, je n'ai pas osé te le dire. J'étais tombé amoureux… de quelqu'un dont je n'aurais pas dû....

— C'était de moi, dit Hüi, réalisant soudain l'évidence.

Il se couvrit les yeux d'une main.

— Oh Jiang. Je suis tellement désolé.

— Ne le sois pas. Ce n'était qu'une amourette d'adolescent. Cela m'est passé, dit Jiang. Cela n'aurait jamais marché.

— Pas pour ça. Quelle tragédie que tu aies dû me cacher ce secret toutes ces années ! dit Hüi tristement. C'est un échec pour moi. Je n'étais pas un assez bon ami pour que tu puisses me faire confiance avec ta véritable identité.

— Nous étions tous les deux trop réticents. Peut-être que nous avions tous deux beaucoup à apprendre avant de pouvoir en parler librement, suggéra de Jiang. Nous avons partagé tous nos secrets maintenant.

Il agrippa la main de Hüi et leurs doigts s'entrelacèrent fermement.

Tong Hsien dormant étendu sur la manche de son empereur. Lorsque celui-ci voulut se lever, il préféra couper la manche de son propre vêtement plutôt que de réveiller son amant.

110

— Occupons-nous de ce qu'il se passe maintenant. Est-ce que tu l'aimes ?

Hüi secoua la tête, perplexe.

— Je ne sais pas. Je pense. Peut-être qu'il est trop tôt, que l'attrait de la nouveauté ne va pas durer…

— Tu as besoin de temps pour apprendre à mieux le connaître, dit Jiang.

— Ning dit que nous devons l'appeler « elle »…

— Qui est Ning ?

— L'eunuque de Lan'xiu, son serviteur. Ning parle toujours de Lan'xiu au féminin. Il dit que c'est plus prudent ainsi.

— Très bien, il est sans aucun doute habitué depuis longtemps à garder son secret. Nous en parlerons donc en tant que « elle ».

— Merci, soupira Hüi.

— Tout d'abord, que vas-tu faire au sujet de son frère ?

— La nuit dernière…

— Tu ne peux pas résister à tout me raconter en détail, hein, cher ami ?

Jiang envoya un coup de coude dans les côtes de Hüi, soulagé de voir l'expression de son ami s'éclairer.

— Je n'allais pas partager ce qu'il s'est passé entre moi et Lan'xiu, annonça Hüi avec une grande dignité.

Un sourire béat s'étala sur son visage tandis que son regard glissait de sa forteresse à la cour intérieure qui accueillait le pavillon des femmes, s'arrêtant encore sur la septième maison.

— Je suis sûr que beaucoup de choses se sont passées entre vous, ricana Jiang, grivois.

— Moque-toi, tu le mérites bien.

Hüi rit aussi.

— Je ne t'ai jamais vu réagir à une nuit de plaisir de cette façon, avec aucune autre de tes épouses, fit remarquer Jiang.

— C'est en partie ce qui me trouble, confessa Hüi. Lorsque j'ai découvert la première fois qu'elle était un homme, je l'ai menacée de mort. C'est alors que Lan'xiu m'a informée que si son frère venait à savoir que je l'avais tuée par rage, à juste titre, après avoir découvert qu'elle était un homme, cela fournirait à son frère une bonne excuse pour attaquer. Si je la renvoyais, Wu Min la tuerait de la façon la plus lente et la plus retorse possible. Il aime ce genre de choses. Si je la jetais simplement dehors, son frère se chargerait d'informer l'empereur que j'avais été dupé par un homme habillé en femme. Aucune de ces options ne jouait en ma faveur et que je devais les éviter si je pouvais.

— Il est rare qu'un pion soit conscient des façons dont il est utilisé, dit Jiang. Bien sûr, elle souhaite aussi sans aucun doute continuer à vivre, il est donc de son plus grand intérêt de t'indiquer tout cela. Es-tu sûr qu'elle n'est pas là pour espionner pour son compte ?

— Un jour, il faudra que tu parles avec elle, dit Hüi avec une expression lointaine. Elle attendait, pensant que j'allais la tuer quand je découvrirais son secret. J'ai admiré son courage lorsqu'elle m'a fait face et ai admis la vérité.

Curieux, Jiang demanda :

— Comment t'a-t-elle convaincu de l'épargner ?

— Nous nous sommes battus, dit Hüi avant de rire devant l'expression de doute de Jiang. Avec des épées. Elle a été bien entraînée.

— Je suppose que tu as gagné, puisque tu n'es pas mort.

— Bien entendu. Même si elle se bat bien, je suis plus fort et j'ai plus d'expérience.

— Ce n'est pas seulement sa beauté qui t'attire ?

— L'âge dérobe la beauté de la jeunesse et un jour elle aura peut-être disparue. Il y a une autre beauté et une innocence en elle qui poussent mon âme à la désirer ardemment. Quand tu la rencontreras, regarde-la dans les yeux et tu me diras ce que tu en penses.

Satisfait, Jiang hocha la tête.

— Concernant son futur, est-ce que l'un de vous deux a pensé que si tu la gardais en tant que septième concubine, tu couperas l'herbe sous le pied de Wu Min ? Il sera dérouté par ton absence de réaction si elle continue à demeurer dans le pavillon sans faire de commentaire.

— Voilà qui est très intelligent de ta part, Jiang.

— Et *voilà* pourquoi tu me gardes en tant que bouffon à tes côtés.

— Visiblement, l'eau ne passera pas sous ce pont non plus, on dirait, dit Hüi. Si je fais ça, il saura que j'ai… J'ai couché avec un homme ! s'exclama-t-il soudain.

— Ou que tu l'as acceptée dans ta cour et que tu l'ignores, une insulte très étudiée envers lui si tu résistes à cette beauté, souligna Jiang. Tu pourrais l'autoriser, elle ou n'importe quelle autre concubine, à vivre dans le pavillon sans l'utiliser.

— Tu sais tout comme moi qu'il y a des espions partout. Même lors d'une discussion innocente, la servante parle à la blanchisseuse, qui parle au boucher, qui parle au colporteur et la nouvelle arrivera à la cour de Wu Min dès que j'allumerai la lanterne à la maison de Lan'xiu.

— Peut-être que tu pourrais mentionner en public, à mon attention combien tu aimes jouer aux jeux de hasard avec elle, suggéra Jiang. Donne l'impression qu'elle ne t'attire pas, même si cela est peut-être au-delà de tes capacités, vu comment tu es fou d'elle. Tu ne veux pas que la cour entière se cache derrière sa manche pour rire devant tes mensonges. Combien de fois prévois-tu d'allumer sa lanterne ?

Un sourire lubrique s'étala lentement sur le visage de Hüi Wei.

— Jusqu'à combien sais-tu compter ?

Jiang éclata de rire.

— Pas aussi loin que toi, mon ami. Maintenant, parle-moi de tous ces bijoux que tu as commandés. Est-ce que tout est pour Lan'xiu ?

XIII

— LAN'XIU !

— Que se passe-t-il, Ning ? demanda Lan en relevant les yeux de son livre.

— Le général a envoyé son serviteur. Votre lanterne a été allumée.

Lan reposa son livre et se précipita vers sa fenêtre pour jeter un œil vers la porte, mais le toit de tuiles obstruait sa vue.

— Vraiment ?

Ning se tenait devant lui mais il lui fit un grand sourire.

— Ne trahissez pas votre impatience en vous précipitant en bas pour vérifier. Je ne vous taquinerais pas sur ce genre de choses. Et Jia me cause déjà assez de souffrances avec ses plaisanteries grivoises au sujet de la première visite d'Hüi ; si vous courrez jusqu'en bas comme une enfant sur le point de monter un cheval pour la première fois, je devrais la bâillonner.

— Qu'est-ce que je dois porter ? Mes cheveux ! Ils sont complètement ébouriffés ! Et Hüi Wei a dit…

Lan s'interrompit, réalisant la fâcheuse révélation qu'il venait presque de faire.

— Heu… étant donné l'usure récente de vos vêtements, je suggérerais le hanfu bleu pâle avec des grues brodées en turquoise et en vert sur la jupe. Au moins il est en un seul morceau, dit Ning en traversant la pièce jusqu'à l'armoire, ouvrant la porte. Espérons que le général se souvienne de vous faire envoyer de nouvelles robes.

— Tais-toi, Ning, dit Lan en pressant ses mains contre ses joues brûlantes.

L'eunuque avait sans aucun doute raison et il ne voulait pas donner à la gouvernante une raison de jouer les commères.

— Il me reste encore beaucoup de jolies robes.

Il se dirigea vers le tiroir et sélectionna un corselet rose pâle et une culotte brodée de fleurs de pommier, ainsi qu'une robe d'un bleu profond à porter sous le hanfu céruléen pour l'assortir à sa doublure.

Ning passa la ceinture autour de la taille fine de Lan et l'attacha, gloussant follement.

— Qu'est-ce qui est si drôle, sale petit démon ? demanda Lan même s'il craignait de commettre ainsi une erreur.

— Je me demandais si je devais serrer cette ceinture. Peut-être que vous ne la porterez pas assez longtemps pour que l'effort en vaille la peine.

— Jia n'est pas la seule à aimer se moquer de moi à mes dépens, dit Lan d'un ton fâché. Vous faites bien la paire. Les boucles d'oreilles en argent et turquoise et les épingles à cheveux en argent avec les phénix.

— J'aimerais que vous ayez plus de bijoux, dit Ning en ouvrant la boîte presque vide. Notre seigneur a déjà vu tout ce que vous possédiez, même si je suppose qu'il ne vient pas pour faire l'inventaire de vos bijoux.

— Ces bijoux sont tout ce que j'ai pu sauver du coffre de ma mère lorsqu'elle est morte, dit Lan tristement. Ils sont plus importants pour moi que les plus précieux des bijoux.

— Mais vous n'avez rien de nouveau à montrer lorsque vous rencontrez les autres épouses et bientôt elles réaliseront que vous portez les mêmes boucles d'oreilles encore et encore, se plaignit Ning. Comment sauront-elles que vous êtes la nouvelle favorite ?

Lan ne fit pas remarquer que la Seconde Épouse Ci'an avait déjà réalisé cela, tandis qu'il enfilait les boucles d'oreilles et inclinait la tête pour les regarder se balancer. Il se sentait heureux et trouvait qu'il était plutôt mignon dans cette robe.

— Comparé à la mort, ne pas avoir beaucoup de bijoux n'est pas vraiment une souffrance. Viens, Ning. Arrête de soupirer et occupe-toi de mes cheveux.

Ning vint se poster derrière Lan, ses mains agiles lissant les boucles indisciplinées et se servit des épingles pour relever ses cheveux.

— Vous devriez adopter le phénix comme porte-bonheur. Vous vous êtes relevée des cendres pour recommencer une nouvelle vie ici. Souhaitons qu'elle soit longue.

— Merci, Ning. Je souhaite la même chose pour toi.

Leurs yeux se croisèrent dans le miroir.

— S'il te plaît, nettoie tout cela puis laisse-moi, tu seras gentil.

— Oui, votre Altesse, dit Ning, utilisant cette appellation qu'il n'avait plus employée depuis que le frère de Lan, Wu Min, l'avait faite interdire.

Il raccrocha la qipao que Lan n'avait pas choisie et referma les tiroirs. Puis il ferma la porte de l'armoire et tira les rideaux pour s'assurer qu'il ne restait aucune fente par laquelle on aurait pu l'espionner. Il alluma les lampes et le feu, s'inclina vers Lan'xiu et se retira, ayant pour une fois, le tact de demeurer silencieux.

Lan'xiu s'assit sur le banc au bout de son lit pour attendre son Seigneur et Maître. Ses pieds reposaient sur le sol, ses jambes et ses genoux joints. Son dos était droit et il plaça ses mains sur ses genoux. Après la visite secrète de Hüi Wei, Lan avait compris que pour une raison quelconque, il ne voulait pas admettre son attirance envers lui. Sinon, pourquoi dissimuler une visite à une concubine qu'il possédait et avait tous les droits d'utiliser pour son bon plaisir ?

C'était le destin de Lan, lorsqu'il avait choisi de vivre comme il le faisait et il ne s'attendait pas à ce que Hüi partage le fardeau de ce choix. Il aurait été satisfait de recevoir des visites discrètes et occasionnelles de son Seigneur et de les garder secrètes, supportant les railleries des autres épouses lorsqu'il serait devenu flagrant qu'il n'avait pas captivé l'intérêt du général.

Mais aujourd'hui, sa lanterne était allumée. Hüi Wei l'avait choisi, *lui*, en sachant tout de lui et il annonçait publiquement son acceptation du petit monde secret de Lan'xiu. Aussi douloureux que cela serait de voir une lanterne allumée ailleurs le lendemain, ce soir Hüi le voulait, lui, Lan'xiu, pour partager sa soirée.

À cette pensée, il sentit ses paumes devenir moites. Il ne savait jamais à quoi s'attendre lorsque Hüi apparaissait. La dernière fois, il lui avait arraché ses vêtements et il l'avait pris brutalement, utilisant sa robe en lambeaux pour le retenir prisonnier. Plus tard, il lui avait fait l'amour aussi tendrement que si Lan avait été vierge.

Il était trop tôt pour que Lan puisse reconnaître les humeurs de cet homme ; peut-être étaient-elles trop nombreuses pour qu'il ne soit jamais capable de les anticiper. Jusqu'à maintenant, il avait savouré tout ce que Hüi avait choisi de lui faire – et c'était son rôle d'attendre et d'accepter.

Son manque d'expérience le rendait inquiet, il craignait de ne pas posséder suffisamment de savoir-faire pour satisfaire Hüi, mais il était hors de question de poser des questions à une autre épouse, surtout après les moqueries cruelles de Ci'an. Il devrait compter simplement sur Hüi pour le guider et lui indiquer ce qu'il aimait.

Son membre durcissait, pressé contre la soie de sa culotte. Il pouvait sentir un peu de liquide remonter et humidifier l'étoffe. Il bougea ses épaules pour sentir les broderies de son corselet caresser ses mamelons. Lan aimait cette sensation également et cela ajoutait à son impatience de revoir Hüi.

Son souffle devint plus court et son cœur se mit à battre plus fort lorsqu'il entendit le cliquetis de la porte qui s'ouvrait. Lan releva la tête sans se rendre compte que son visage arborait une expression d'empressement joyeux.

POUR HÜI, Lan'xiu était l'image même d'une soumission magnifique tandis qu'il attendait au pied du lit, semblant suggérer qu'il était prêt à rester assis pour discuter ou à être jeté sur le matelas pour se faire prendre aussi violemment que Hüi Wei le souhaiterait.

On pouvait dire ce qu'on voulait sur l'obéissance des femmes, Lan'xiu possédait une force qui rendait sa soumission encore plus savoureuse pour Hüi. C'était un homme fort et il était désagréablement conscient que sa passion pourrait lui faire perdre le contrôle de lui-même. Avec Lan'xiu, il n'aurait jamais à s'inquiéter de lui faire mal.

La rudesse de leur dernière rencontre lui était souvent revenue à l'esprit. En fait, au lieu de rendre visite à une autre de ses épouses pour qu'elle s'occupe de ses besoins, il avait préféré rester seul avec ses souvenirs et ses fantasmes jusqu'à ce que son envie ne devienne trop forte pour y résister.

Parler avec Jiang et obtenir son approbation envers ce choix différent l'avaient calmé. Il ne venait pas voir Lan'xiu pour le dévaster cette fois, mais pour le ravir. Tous ses plans quittèrent son esprit quand il vit le beau jeune homme en train de l'attendre, visiblement tout aussi impatient que lui.

— Lan'xiu !

— Mon Seigneur, répliqua Lan et il esquissa le geste de se relever et de s'incliner.

Hüi releva une main et fit signe à Lan de rester assis.

— Lorsque nous sommes ensemble, en privé, appelle-moi Hüi.

Il traversa la pièce et s'assit sur le banc près de Lan'xiu, qui se décala légèrement pour lui faire de la place sur le coussin.

— Tu m'as manqué, dit Hüi comme il l'avait fait la dernière fois qu'ils s'étaient vus.

— Vous aussi, Hüi, dit Lan avec un sourire timide.

Ils s'observèrent sans parler, comme si la faim était trop forte pour qu'ils puissent bouger.

Lentement, Hüi passa un bras autour de Lan, caressant son épaule du bout des doigts. Lan'xiu répondit à son geste en s'appuyant contre lui. Le général put sentir son parfum, mélangé à une odeur douce de propreté. Et sous tout cela, la nuance à peine perceptible d'une excitation masculine.

En se contrôlant, Hüi glissa son autre main le long de la cuisse de Lan et fut récompensé en sentant ses jambes s'écarter imperceptiblement. Hüi releva sa main jusqu'au torse de Lan, s'insinuant entre les couches de satin de la robe d'apparat et sous celle qu'il portait en-dessous. Il sentit la soie plus douce du corselet et le renflement d'un mamelon pressé contre le satin. Hüi fit glisser son pouce sur celui-ci, savourant la sensation du torse plat et ferme sous le tissu soyeux et la pointe durcie saillant sous la soie lorsqu'il le pinça doucement.

Le torse de Lan se souleva et retomba rapidement, ses respirations semblables à de doux soupirs près de son oreille, mais il ne fit pas d'autre bruit. Hüi bougea sa main à la recherche de l'autre téton, le tirailla tandis qu'il abaissait ses lèvres pour embrasser le creux de la gorge de Lan, suçant sa peau assez fort pour y laisser une trace. Il put sentir Lan rejeter sa tête en arrière pour lui permettre d'arriver à ses fins.

Il retira sa main de la robe pour étreindre Lan et l'attirer plus près de lui. Il sentit ses bras l'enlacer, s'agripper à lui. Il embrassa la ligne élégante de la mâchoire jusqu'à rejoindre ses lèvres, y insérant sa langue pour explorer la bouche qui s'offrait à lui.

Sa main s'immisça plus bas, s'activant entre les bords des robes de Lan jusqu'à trouver la peau douce de l'intérieur de sa cuisse. Le bout de ses doigts glissa doucement sous la soie, y trouvant l'érection pressée contre la culotte soyeuse. Il caressa doucement son membre dur, entendant le souffle de Lan s'accélérer.

Passant son pouce contre la soie humide, Hüi glissa son autre main pour agripper l'une de ses fesses rebondies, la pressant en rythme tandis qu'ils s'embrassaient. Il rompit leur baiser, le souffle court contre les cheveux parfumés de Lan.

— Es-tu déjà monté à cheval, mon Lan'xiu ?

— Oui, mon Seigneur, répondit-il dans un murmure.

— Je veux que tu me chevauches, dit Hüi, ses grandes mains emprisonnant Lan lorsqu'il le sentit bouger imperceptiblement, comme si le jeune homme avait l'intention de se relever. Non, ne te déshabille pas.

Il plaça ses deux mains sous les fesses de Lan et le releva à bras-le-corps, satisfait de le sentir relever une jambe comme s'il enjambait un cheval et s'asseoir à califourchon sur lui, ses genoux sur le banc, lui faisant face. Lan le regarda d'un air interrogateur, mais avec un petit sourire.

Immédiatement, Hüi captura ses lèvres rosées dans un autre baiser, ses mains glissant sous les jupes de Lan jusqu'en haut de ses cuisses fermes. Il put sentir le membre durci presser contre son ventre quand il glissa ses doigts à l'intérieur de la culotte de soie, trouvant enfin la vallée sombre entre les courbes de ses fesses, son doigt venant tourmenter l'orifice qui palpitait déjà.

Lan'xiu se cambra contre lui, enroulant ses deux bras autour de son cou et bougeant doucement comme s'il montait un cheval. La sensation de leurs aines se frottant l'une contre l'autre fit gémir Hüi de plaisir et de frustration à cause des épaisseurs de tissu qui se trouvaient entre eux. C'était frustrant, mais cela intensifiait en même temps la sensation d'interdit de cet acte.

— Je veux vous sentir en moi, murmura Lan, son souffle chaud contre l'oreille d'Hüi.

— J'en ai envie également, répliqua Hüi.

— Comment pouvons-nous faire cela ?

— Un bon général se tient toujours prêt, dit Hüi.

Il retira une de ses mains des robes de Lan et récupéra la petite flasque d'huile qu'il avait placée dans sa poche, afin qu'elle soit facile d'accès.

Lan gloussa quand il ouvrit la petite bouteille et aida Hüi à humidifier ses doigts.

— Une stratégie des plus efficaces, mon Seigneur.

— Tu fais ressortir ce qu'il y a de mieux en moi, répliqua Hüi.

Les yeux de Lan se refermèrent et il inspira vivement quand un doigt huilé trouva son orifice et pressa contre celui-ci.

— Un bon général sait… comment revendiquer… ce qui lui appartient.

Hüi ne savait pas ce qui était le plus savoureux : observer l'expression de plaisir teinté de douleur passer furtivement sur le visage de Lan'xiu ou la sensation de glisser ses doigts dans cet endroit chaud et serré, passer au-delà de l'anneau de muscles qui en gardait l'entrée, pour pouvoir sentir ce chemin intime et doux se resserrer autour lui.

Tandis que ses dents agrippaient sa lèvre inférieure, Lan chevaucha ses doigts, ses hanches ondulant à chaque mouvement.

Voir l'effet intense qu'il lui faisait rappela à Hüi que sa propre verge lui faisait mal, qu'elle était dure et avait un besoin pressant d'attention.

— Libère-moi, murmura-t-il à l'oreille de Lan.

Il soupira à la sensation des mains de Lan tâtonnant sous sa veste longue, trouvant l'ouverture de son pantalon, le déliant et en sentant sa peau glisser enfin contre la paume de Lan.

Gardant ses doigts à l'intérieur du passage étroit, Hüi exhorta Lan à s'agenouiller et releva la barrière de vêtements entre eux pour lui laisser le champ libre. Enfin, il écarta la culotte de soie sur le côté, aussi loin que possible et retira ses doigts.

— Et maintenant, ma beauté, chevauche-moi et je vais t'emmener faire un tour de galop.

LES CUISSES de Lan tremblaient sous l'effort tandis qu'il se maintenait au-dessus des jambes de Hüi. Le général positionna le bout de sa verge contre l'orifice palpitant et Lan put sentir la protestation familière de ses muscles serrés. Il se laissa retomber alors que Hüi relevait ses hanches vers le haut et le gland le pénétra, envoyant un éclair de douleur vive au travers de son corps. Il hoqueta à cette souffrance soudaine mais sut qu'elle s'estomperait bientôt.

Hüi était patient, il le retenait contre lui, en l'air, ses mains enveloppant ses fesses, patientant jusqu'à ce que Lan se remette à respirer. Le jeune homme sentit ses muscles se détendre lorsque la douleur s'atténua et, tout à coup, il eut la sensation que tout son corps aspirait la verge de Hüi en lui. Il se retrouva complètement empalé quand il glissa sur la longueur du membre imposant, ses fesses pressées contre le pantalon rugueux de Hüi.

Si quelqu'un était entré à cet instant dans la chambre, il aurait été inconvenant de surprendre les deux amants dans une étreinte si intime, mais leurs vêtements les couvraient entièrement. Personne n'aurait pu savoir que Hüi était enfoui au plus profond du corps de Lan, si l'on exceptait les soupirs voluptueux qui emplissaient l'air.

Les mains de Hüi se resserrèrent sur ses fesses et le soulevèrent. Lan se redressa puis retomba sur la verge qui le remplissait complètement. Il se sentait entièrement et pleinement possédé, envahi par ce corps et il avait, enfin, la sensation de lui appartenir. Quand Hüi le souleva de nouveau et qu'il se laissa glisser sur ce membre palpitant, la délicieuse sensation sembla se répercuter à travers tout son corps.

Puis Hüi le releva encore et le soutint ainsi quelques secondes, sans bouger, à quelques centimètres de ses hanches, poussant à son tour durement en lui.

— Tu es à moi, grogna-t-il, ses hanches bougeant de plus en plus vite.

Lan eut l'impression qu'il allait être déchiré en deux, mais si son bien-aimé désirait le prendre ainsi, il était d'accord. Sa soumission aux plaisirs de Hüi ne faisait qu'accroître les siens.

Enfin, Hüi s'enfouit en lui trois dernières fois avant que sa semence brûlante n'inonde le passage intime de Lan. Les mains qui agrippaient ses fesses détendirent leur emprise et il vint se reposer, pantelant, contre le cou de Hüi, même s'il n'avait pas joui lui-même. Mais cela n'avait pas d'importance. Tout ce qui importait était Hüi et son plaisir.

Ils demeurèrent ainsi, l'un contre l'autre, quelques minutes tandis que le souffle de Hüi se calmait. Puis Lan sursauta en sentant l'une de ses mains quitter ses fesses, effleurer son corps sous ses vêtements pour agripper son érection à-travers sa culotte de soie.

— Dois-je te donner du plaisir maintenant, mon Lan'xiu ? murmura Hüi, caressant légèrement la chair brûlante et ferme cachée sous les replis du tissu, du bout des doigts.

— Si cela vous fait plaisir, mon Seigneur.

— Cela me fait plaisir. Il me plaît de te faire attendre et de te soumettre à mes désirs. J'aime voir la douleur que je te cause, s'afficher sur ton visage, savoir que tu t'y soumets parce que je le veux. J'ai plaisir à voir cette douleur se transformer en plaisir, à savoir que tu la supporteras pour moi à chaque fois que j'entrerai dans ton corps tendre. J'ai plaisir à sentir tes fesses se resserrer tellement sur mon membre, à savoir que tu as besoin de cela autant que moi.

Lan'xiu convulsa sans pouvoir s'en empêcher, jouissant dans ses sous-vêtements tandis que Hüi le caressait, son membre encore enfoui en lui, se sentant utilisé mais pourtant également précieux et aimé, même si Hüi n'avait prononcé ces mots qu'une seule fois.

Il reposa sa tête contre l'épaule de Hüi et dériva au cœur de cette plénitude rêveuse qui suivait toujours son orgasme, le bras d'Hüi le soutenant tandis qu'une main était toujours enroulée autour de son membre redevenu flasque.

Enfin, il sentit Hüi commencer à trembler.

— Que se passe-t-il, mon Seigneur ?

— Il va falloir que tu descendes de moi. Je commence à avoir une crampe à la jambe et je vais finir par m'écrouler de toute façon.

Lan gloussa et comme ses muscles se desserraient, le membre de Hüi s'échappa. Il se releva, le corps raide, aidé de Hüi.

— Je devrais me laver.

— Non, ordonna Hüi, le fixant attentivement. J'aime l'idée de savoir que ma semence inonde ta culotte, goutte hors de toi tandis que nous sommes là, assis à discuter.

— Très bien, mon Seigneur.

Lan lui offrit un sourire sage et s'installa près de lui sur le banc à nouveau pendant que Hüi rajustait ses vêtements.

— Est-ce que tu aimes ça également ?

— Oui, dit Lan doucement. J'aime tout ce qui me donne l'impression de vous appartenir. Lorsque vous laissez des marques sur mon corps, je les touche le lendemain et je me rappelle…

Sans un mot, ils se fixèrent une nouvelle fois, jusqu'à ce que Lan'xiu soupire à regret. Il était sûrement temps pour Hüi Wei de le laisser.

— Aimeriez-vous prendre le thé avant de partir ?

Lan esquissa le geste de se relever pour sonner Ning.

— Attends, mon amour.

L'air embarrassé, Hüi tendit à Lan'xiu un petit paquet enveloppé de soie rouge.

Il était étonnamment lourd dans la main de Lan. Quand il le déballa, il hoqueta en découvrant des diamants et des rubis étincelants.

— Ils sont si beaux ! Sont-ils… pour moi ?

— Je les ai fait faire exprès pour toi, dit Hüi presque timidement. J'ai remarqué que tu n'avais pas beaucoup de bijoux, même si ceux que tu possèdes sont très jolis…

Il s'arrêta de parler, confus, mais se détendit au sourire ravi qu'arborait Lan.

— Il te faut quelque chose d'aussi beau que toi, quelque chose qui attire l'attention vers ton visage exquis, ajouta-t-il rapidement.

— Merci, dit Lan en soulevant les boucles d'oreilles pour les admirer à la lumière. Ces rubis sont comme du feu ! Et ces diamants brillent comme les étoiles la nuit.

— Mets-les pour que je puisse les voir sur toi, suggéra Hüi.

Lan retira les boucles d'oreilles en turquoise et courut vers sa coiffeuse pour les ranger dans leur boîte. Il accrocha les nouvelles boucles d'oreilles et inclina la tête pour regarder les bijoux se balancer gracieusement, dans le miroir.

Un lys de diamant surmontait un rubis ovale et une chaînette unissait le tout à un médaillon central en forme de cloche. Un grand rubis en occupait le centre, entouré de diamants ronds ou en forme de poire. Deux perles pendaient du bas de la cloche, tandis qu'au centre, une autre chaîne menait à un ornement en forme de coupe, incrustée de diamants. La coupe était à l'envers et son fond était encerclé de petites perles de rubis sur toute sa circonférence.

Il se tourna pour laisser Hüi juger du résultat.

Hüi sourit avec ravissement.

— Les diamants éclairent ton visage et le rendent joyeux.

— Ce ne sont pas les diamants qui me rendent heureux, répliqua Lan, baissant les yeux, tremblant de s'être montré si effronté.

— Qu'est-ce que c'est, alors ?

Hüi se releva et rejoignit Lan'xiu pour le prendre dans ses bras.

Pendant quelques minutes interminables, Lan fut heureux de rester simplement entre les bras forts qui l'encerclaient. Il pouvait sentir les battements du cœur de Hüi et réalisa que le sien suivait le même rythme. Ses émotions menaçaient de le submerger et il ne savait que dire. Qu'il était heureux d'être avec Hüi ? Que Hüi ait voulu lui offrir un cadeau ?

— Vous, répondit-il finalement. Vous me rendez heureux.

— Tout comme tu me rends heureux, mon Lan'xiu, répondit Hüi.

Lan posa sa tête contre l'épaule large de Hüi, oubliant complètement les boucles d'oreilles. Son Seigneur était heureux avec lui, le reste n'avait plus d'importance en cet instant.

Hüi pris son menton en coupe et obligea Lan à le regarder.

— Je ne veux vraiment pas te faire de mal. Ce que j'ai dit avant, au sujet de la douleur sur ton visage, je ne te ferais jamais vraiment de mal. Je ne sais pas pourquoi j'aime ça.

Doucement, Lan dit :

— Moi oui, mon Seigneur. C'est grâce à cela que vous pouvez mesurer mon désir pour vous. Je sais que cela me fera mal et pourtant je ne peux pas m'en empêcher ; mon besoin d'être possédé par vous surpasse la douleur.

— Oui. C'est ça.

Hüi soupira, satisfait.

— Tu me comprends mieux que personne ne l'a jamais fait. Et me laisseras-tu voir cette expression exquise lorsque je commencerai par te faire mal pour te donner du plaisir ?

— À chaque fois que vous en aurez envie, Hüi, répondit Lan, l'amour brillant dans son regard. J'aime vous appartenir.

— Je te crois, dit Hüi. Tu ne m'as jamais demandé de bijoux, plus de pouvoir ou d'argent. Je ne peux pas te donner d'enfant. Tu n'as besoin de rien de ma part.

— À part de votre amour.

— Que tu possèdes déjà, mon Lan'xiu. Tout ce qui est en moi t'appartiens, dit Hüi en tenant Lan serré contre lui. Les autres attendent tous quelque chose de moi. Et je fais de mon mieux pour le leur donner, mais avec toi, j'ai la sensation que ce que je suis est suffisant pour toi.

— Je ne m'étais jamais attendu à trouver quelqu'un qui m'aimerait comme je suis, murmura Lan'xiu en retour, s'accrochant aux larges épaules d'Hüi. Je pensais que je rejoindrai la tombe puis l'au-delà en demeurant méprisé et raillé, comme quelqu'un d'anormal...

— Chut, mon beau Lan, dit Hüi. Nous avons trouvé quelque chose à fêter entre nous et c'est tout ce qui importe. J'aime te faire l'amour, plus que je n'ai jamais aimé le faire à une femme. Je t'aimerai jusqu'au jour de ma mort.

— Je vous aime comme je n'ai jamais aimé quiconque, dit Lan.

Ils demeurèrent assis à s'étreindre, jusqu'à ce que Lan'xiu se mette à bâiller.

— Je t'ennuie déjà ? dit Hüi en riant.

— Non, vous êtes... très vigoureux, mon Seigneur, dans vos ébats amoureux.

Lan gloussa et bâilla une nouvelle fois.

— Resterez-vous avec moi ?

— Est-ce tout ce que tu attends de moi ?

— J'aime dormir entre vos bras. Quand je suis seul, j'enroule mes bras autour de moi-même et je prétends que c'est vous, mais c'est un maigre réconfort comparé à vos étreintes.

— Alors je resterai, dit Hüi.

Lan frotta sa joue contre celle de Hüi.

— Allons-nous coucher.

124

XIV

QUAND NING entra dans la chambre aux premières lueurs du jour pour réveiller le général, il découvrit que Hüi Wei était déjà parti. Anxieux, il examina la pile de vêtements de Lan'xiu au sol. Ils avaient besoin d'être lavés, mais à part cela, ils ne portaient aucune trace de déchirure comme Hüi avait tendance à laisser derrière lui lors de ses visites.

Lan'xiu dormait, un sourire heureux sur le visage. Ning s'approcha du lit pour relever les draps, afin de cacher ses mamelons découverts et se figea en découvrant l'éclat rouge mêlé à ses cheveux.

Des boucles d'oreilles magnifiques, en rubis et en diamants, brillaient à ses oreilles. Il faillit crier de triomphe et, à la place, secoua ses poings dans l'air en silence, ne voulant pas la réveiller. Enfin ! Ci'an, ce serpent venimeux, en avalerait ses bijoux de rage quand elle verrait ces boucles d'oreilles et il espérait que les pierres précieuses écorcheraient sa gorge au passage, au point de la faire saigner.

Même si, à son avis, le général aurait pu se permettre d'offrir à Lan'xiu une deuxième paire de boucles d'oreilles. Deux était un nombre misérable pour la plus belle des concubines de toute la Chine – non ! Pas seulement de la Chine, du reste du monde aussi...

— Qu'est-ce que tu fais, Ning ? demanda une voix endormie.

Se rappelant soudain sa place et l'endroit où il se trouvait, Ning reprit un visage impassible.

— J'admire vos nouvelles boucles d'oreille, Lan'xiu. Il semblerait que *quelqu'un* ait gagné les faveurs du maître.

— Va-t'en.

Lan'xiu roula sur le côté et couvrit ses oreilles de ses mains, ce qui lui permit d'ignorer les couinements de Ning lorsqu'il fit la découverte suivante.

125

Il avait trouvé un paquet sur le banc au pied du lit, soigneusement noué dans un morceau de tissu imprimé. Lorsqu'il l'ouvrit, il y trouva de nouveaux sous-vêtements en soie, délicats et brodés de fleurs de cerisiers, presque transparents et deux nouvelles qipaos. La première était d'un rouge éclatant, la couleur parfaite pour mettre en valeur les nouvelles boucles d'oreilles en rubis, avec des dragons blancs et pourpres brodés sur les manches et l'ourlet. Du tissu doré bordait l'encolure et les ourlets et des vagues dorées séparaient les dragons, donnant l'impression qu'ils émergeaient d'un océan doré.

L'autre robe arborait toutes les couleurs d'un paon : d'un vert, chartreuse et d'un bleu cobalt brillant. Des bandes or et noir décoraient les rebords et les boutons étaient des saphirs sertis d'or. Un paquet plus petit tomba sur le pied de Ning, suffisamment lourd pour lui faire mal. Il l'ouvrit pour découvrir des boucles d'oreilles ornées de paons en émail, dont les queues se balançaient gracieusement, serties d'émeraudes et de saphirs.

Un dernier paquet enveloppé se trouvait sur le banc et Ning l'examina pour y trouver une dague fine et joliment gravée, avec une poignée incrustée de pierres précieuses, enfermée dans un fourreau qui pouvait s'attacher au poignet ou à la jambe ; un cadeau des plus appropriés pour une belle jeune femme, une guerrière, qui aurait à affronter la jalousie au sein du pavillon.

Il fixa l'étalage de cadeaux, si stupéfait qu'il était réduit au silence, ce qui ne lui était pas coutumier.

— Laissez place à la nouvelle favorite, murmura-t-il.

Il fixa Lan'xiu, endormie, se demandant ce qui s'était passé entre les deux amants la nuit précédente.

CE JOUR-LÀ, Lan'xiu prit plaisir à enfiler la nouvelle robe rouge que Hüi lui avait offerte. Quand elle s'était réveillée, encore sous l'emprise des dernières langueurs de sa nuit d'amour, elle avait touché ses nouvelles boucles d'oreilles avec un petit sourire secret.

Elle avait été choquée lorsque Ning lui avaient montré les deux nouvelles qipaos, le joli corselet et les sous-vêtements que Hüi lui avait offerts. Lan ne comprenait pas pourquoi il ne lui avait pas donné le tout avec les boucles d'oreilles, mais peut-être était-ce sa façon de procéder. Puis les boucles d'oreilles en émeraudes et la dague la laissèrent sans voix. Elle n'arrivait pas à décider ce qu'elle préférait.

Lorsqu'elle passa la nouvelle qipao rouge, Lan'xiu resta un moment silencieuse, satisfaite à l'idée de ce que penserait Ci'an quand elle verrait les nouvelles boucles d'oreilles de rubis. Après les commentaires méprisants de la Seconde Épouse au sujet de son unique paire, Lan savait que la femme ne manquerait pas de les remarquer, si elle décidait d'honorer Mei Ju de sa présence. Pour Lan, Ci'an semblait être en parfaite santé, ne montrant aucun signe de faiblesse nécessitant l'attention d'un médecin. Elle spécula que ce devait être l'ennui plutôt qu'une mauvaise santé qui était la véritable raison pour laquelle Ci'an se faisait excuser lors de ces rencontres.

Par prudence, Lan'xiu demanda à Ning d'attacher la dague à son bras, sachant que les manches dissimuleraient l'arme. Elle se sentait un peu plus en sécurité en la portant sur elle.

Mais aujourd'hui, elle décida d'arborer les nouvelles boucles d'oreilles que Hüi lui avait offertes. Elle les avait portées, alternant entre l'une et l'autre paire, chaque jour depuis qu'il lui avait fait ces cadeaux, mais seuls Ning et elle-même les avaient admirées. Même si elle savait qu'elles attiseraient l'envie des autres épouses, elle ne pouvait pas s'en empêcher, elle se trouvait si belle et si aimée en les portant et la sensation des rubis contre son cou lui donnait l'impression que les doigts et les lèvres d'Hüi la caressaient en public.

Le seul regret que Lan éprouvait, était la douleur que cela risquerait de causer à la Première Épouse, Mei Ju, de voir que Hüi lui avait donné un bijou aussi magnifique, surtout lorsqu'elle se rappela du bracelet de jade. Même s'il était joli, il n'y avait aucune comparaison possible.

Mais Lan'xiu avait assez d'esprit de compétition pour apprécier la perspective de prouver à Ci'an que leur mari avait beaucoup d'estime envers elle finalement.

Ning s'assura de bien la couvrir, étant donné que des couches épaisses de neige recouvraient désormais le sol. Lan'xiu fut transportée autour de la cour dans une chaise à porteurs, mais Ning dut trotter derrière elle et Lan envisagea de demander une paire de bottes pour lui. Les chaussons qu'il portait seraient certainement détrempés.

Un bavardage excité accueillit Lan'xiu quand elle entra dans le salon chez Mei Ju et elle découvrit que chacune des autres épouses arborait de nouveaux bijoux et qu'elles se les montraient impatiemment l'une à l'autre.

Le doux visage rond de Mei Ju irradiait sous une nouvelle coiffe incongrue, décorée de multiples breloques en or et Bai portait autour du cou une rangée de perles qui descendait jusqu'à sa taille. Alute portait un bracelet de corail avec un fermoir en argent émaillé, tandis que Fen et Huan portaient chacune dans leurs cheveux des peignes incrustés de pierres précieuses, finement sculptés et assortis, l'un en ivoire, l'autre en ébène.

Lan'xiu fut amusée par la stratégie astucieuse d'Hüi. Afin de camoufler son cadeau à son égard, il avait également offert quelque chose à chacune de ses épouses, concentrant leur attention sur leurs propres présents. Mei Ju n'arrêtait pas de toucher sa coiffe et de secouer la tête pour faire tinter les ornements, à tel point qu'elle ne remarqua même pas les magnifiques boucles d'oreilles de Lan.

Bai, toutefois, les vit immédiatement et hocha la tête pour marquer son assentiment. Lan'xiu jeta un regard à ses perles et lui sourit en retour, heureuse d'avoir gagné l'amitié de cette jeune femme mignonne et un peu folle, qui lui fit un clin d'œil et tapota l'un de ses lobes d'oreilles, sans même une trace d'envie.

La tête haute, Lan'xiu s'apprêta à profiter de cet agréable rassemblement, grâce à la confiance que sa nouvelle robe et ses boucles d'oreilles lui procuraient. Elle préférait ses présents et, étonnamment, se sentit plus en sécurité en réalisant que Hüi l'avait protégée en préparant un cadeau pour chacune de ses épouses. Cela ne la rendait même pas jalouse ; après tout, ces femmes étaient là bien avant qu'elle n'arrive. Hüi connaissait chacune d'entre elles, mais elle ne pouvait pas mettre en doute le fait qu'elle et Hüi partageaient quelque chose de spécial après ce qu'il lui avait dit et le ton de sa voix lorsqu'il le lui avait avoué.

Tandis qu'elle se rappelait rêveusement la dernière nuit qu'ils avait passée ensemble, Lan'xiu sursauta et se leva d'un bond en entendant la voix stridente de Ci'an. Après cette réaction, elle se dépêcha de rejoindre la fenêtre, se dissimulant à moitié derrière le rideau, espérant que le froid hivernal qui émanait de la vitre rafraîchirait son visage bouillant. Toute sa confiance retrouvée la quitta pour laisser place à la terreur, sachant que Ci'an trouverait un moyen d'attirer l'attention sur ses nouvelles boucles d'oreilles.

Lorsque la Seconde Épouse entra dans la pièce, elle put voir que Ci'an était recouverte de tellement de bijoux qu'il était presque impossible de deviner la couleur de sa robe. Lan'xiu sut intuitivement que la nouvelle des cadeaux de Hüi était parvenue aux oreilles de Ci'an, d'une façon ou d'une autre. Étant donné ce que Mei Ju lui avait dit, Lan devina que Ci'an n'avait rien dû recevoir de la part du Maître, et qu'il s'agissait là d'une tentative désespérée d'exhiber sa fortune et de faire un pied-de-nez au reste des épouses.

— Ne reste pas là, cachée dans l'ombre, Lan'xiu. Sors de là que l'on puisse te voir. Tu es tellement jolie à regarder, appela Bai de manière inopportune.

— Oui, autant nous laisser t'admirer, acquiesça Ci'an. Tu ne dis jamais rien d'intéressant à écouter. Comme notre petite Alute ici présente, n'est-ce pas ?

Elle se pencha pour pousser Alute du doigt et celle-ci s'écarta craintivement, l'air malheureux d'être mise en avant.

— Est-ce un nouveau bracelet que j'aperçois ?

— Arrête, Ci'an, l'implora Alute en repoussant la main de l'autre femme.

Lan'xiu traversa la pièce pour s'asseoir près d'Alute, espérant détourner l'attention de la Seconde Épouse de la jeune femme.

— Salutations, Seconde Épouse, dit-elle, s'inclinant bas en marque de respect avant de s'asseoir.

Satisfaite de la réponse craintive d'Alute, Ci'an tourna son attention vers Lan'xiu, son sourire triomphant s'évanouissant quand elle aperçut les boucles d'oreilles en rubis.

Le corps de Ci'an se raidit et elle trembla presque de rage, mais contrôla sa réaction, se forçant à sourire.

— Ah, mes sœurs-épouses, je vois que vous avez toutes gagné votre place avec votre maître, mais à en juger par les apparences, la Princesse de Rien-du-Tout a décroché le gros lot. Est-ce que ce sont des diamants et des rubis que je vois pendre à tes oreilles ?

Bravement, Lan'xiu essaya de répondre sans rancœur.

— Tu as dit que tu n'aimais pas mes boucles d'oreilles en turquoise, je ne voulais pas t'ennuyer en les remettants une nouvelle fois.

— Hüi Wei ne s'ennuyait jamais quand il venait à moi. J'ai parfois griffé son dos jusqu'à ce qu'il saigne, mais il a toujours quitté mon lit entièrement satisfait.

Ci'an sourit à Lan'xiu d'un air triomphant.

— Ce n'est que le début pour toi, stupide gamine. La nouveauté plaît toujours, au début, mais tu n'as aucune saveur et tu perdras bien vite de ton charme. Quelle province t'a troquée en échange de sa sécurité ? Qui t'a vendue pour un petit bijou aussi dérisoire ?

Elle se pencha pour tenter de donner une pichenette à l'une des boucles d'oreilles, mais Lan'xiu para son geste.

— Je n'ai pas dit d'où venaient ces boucles d'oreilles. Elles sont à moi et je les aime.

Lan'xiu réalisa trop tard que les yeux vifs de Ci'an avaient aperçu la lueur de la dague dans sa manche.

— Qu'est-ce que c'est que ça ? Elle est armée ! C'est une espionne, envoyée pour tuer notre mari !

Ci'an bondit sur ses pieds et tira la manche de Lan'xiu pour révéler le fourreau.

— Je ne suis pas une espionne ! cria Lan en se relevant d'un bond, se libérant de la main de l'autre femme.

Elle vit les autres femmes la regarder fixement, choquées et réalisa qu'elles n'étaient plus sûres de rien, stupéfaites par l'accusation de Ci'an.

— Si j'avais été envoyée pour tuer le général, alors pourquoi ne l'ai-je pas encore fait ?

— Pour détourner les soupçons ! claironna Ci'an d'un air triomphant.

— Les soupçons de quoi ? rétorqua Lan'xiu sans pouvoir retenir son rire. Quelle meilleure opportunité aurais-je pu avoir que lors de la première visite du général ? Et pourtant, il vit encore et m'a offert cela.

Lan toucha les bijoux qui tremblaient à ses oreilles.

— Et cette dague était aussi un cadeau de sa part.

— Pourquoi dissimuler une dague dans ta manche, alors ? demanda Ci'an, les yeux plissés.

Une inspiration soudaine s'empara de Lan'xiu.

— La Première Épouse m'a conseillé de toujours venir armée aux rendez-vous où vous seriez présente, Seconde Épouse.

Ci'an chercha une insulte pour ne pas perdre la face.

— Et pourtant, ton ventre reste plat, même si notre mari n'arrête pas d'essayer de te mettre enceinte ! Cela fait des mois et quand il découvrira que tu es stérile, il cessera de faire allumer ta lanterne et alors, il ne te restera que cette jolie dague froide à glisser entre tes jambes pour te consoler.

— Je suis certaine que tu parles en connaissance de cause, étant donné que ta lanterne est restée froide et éteinte depuis bien longtemps.

Bai hoqueta de surprise à la réplique cinglante de Lan, avant d'éclater de rire. Mei Ju sembla étonnée mais dissimula sa bouche derrière sa main, toussotant d'une façon qui ressemblait à s'y méprendre à un gloussement. Alute recula légèrement derrière Lan'xiu, comme pour se rendre invisible.

— On dirait que la petite souris a la langue aussi aiguisée qu'un serpent, dit finalement Ci'an.

Lan'xiu pensa distinguer une note d'admiration involontaire dans la voix de Ci'an.

— Et je pique, aussi.

Elle aurait aimé oser sortir sa dague, car elle était certaine qu'elle aurait éprouvé un grand plaisir à en transpercer Ci'an, mais on ne tolérerait jamais qu'elle se batte avec une femme désarmée, surtout au milieu du salon bien rangé de Mei Ju.

— Je ne suis pas une espionne, répéta Lan, en se tournant vers Mei Ju.

— Je sais que tu ne l'es pas. Tu es une jeune femme très douce et innocente, dit Mei Ju en jetant un regard plein de mépris à Ci'an. Seconde Épouse, je me rends bien compte que vous avez un faible inexplicable pour les drames et les tragédies, mais vous venez de perdre tout contact avec la réalité. Regardez la princesse. Elle est mince et petite. Hüi Wei la désarmerait sans aucun problème si elle le menaçait. Je suis sûre que s'il ne souhaitait pas que Lan'xiu possède une dague, elle n'en aurait pas.

— Elle pourrait le tuer dans son sommeil, dit Ci'an d'un air boudeur, mais toute tension quitta son corps et elle s'assit.

Les autres épouses gloussèrent à ce commentaire grossier. Même si Ci'an était souvent vulgaire, elles appréciaient les blagues osées. Hüi Wei ne *dormait jamais* lorsqu'il leur rendait visite.

— Oh, tais-toi, Ci'an. Tu as assez semé le trouble pour aujourd'hui, dit Bai. Pourquoi ne te comportes-tu jamais correctement ?

— Ce serait barbant, dit Ci'an d'un air provocant, ses lèvres se relevant, mais elle prit soin de ne pas regarder Lan'xiu.

Lan s'installa près d'Alute et bâilla délicatement. Bai rit en se moquant subtilement de Ci'an.

— Peut-être que tu pourrais nous surprendre un jour en agissant agréablement. Tes caprices ont tendance à devenir trop habituels.

Se détournant brusquement, Ci'an demanda :

— Personne ne va donc m'offrir à boire ?

— Je viens tout juste de faire infuser du thé au jasmin… commença Mei Ju, tendant la main vers la nouvelle théière en bronze et en jade que lui avait offerte Hüi Wei en même temps que sa nouvelle coiffe.

— J'ai besoin de quelque chose d'un peu plus fort que ça, annonça Ci'an. Toi ! Un de vous autres, soldats à la porte, désignés pour m'empêcher de tuer l'une de ces jolies dames ! Cours jusque chez moi et rapporte la bouteille de *huáng jiǔ* sur le buffet. Et garde toi d'en boire une gorgée, je connais le niveau de la bouteille, conclut-elle sèchement.

Le second soldat hésita jusqu'à ce que Mei Ju hoche la tête pour indiquer son consentement.

Il sembla à Lan'xiu que les femmes dans la pièce retenaient leur souffle jusqu'à ce que le soldat ramène la bouteille indiquée.

— Maintenant nous pouvons nous saouler et jouer à des jeux d'argent, annonça Ci'an. Mei Ju ?

— Tu sais bien que je ne bois jamais d'alcool, mais je n'ai rien contre un bon jeu de hasard, répondit Mei Ju.

Elle ordonna à sa servante d'aller chercher des coupes.

— Peut-être qu'ensemble nous pourrons gagner ces nouvelles boucles d'oreilles que la princesse porte ou nous emparer du bracelet qui orne le poignet d'Alute. Ces deux belles idiotes ont clairement dû écarter les jambes à bon escient si notre mari achète leurs faveurs de façon aussi extravagante. On pourrait croire que leurs parties intimes sont faites en or pour qu'il s'en empare aussi avidement.

— Ci'an ! Surveille tes manières ou retourne chez toi ! Souviens-toi que tu es une invitée dans cette maison ! la réprimanda Mei Ju.

— Mes manières ? Eh bien, n'ai-je pas d'assez bonnes manières puisque j'offre de partager ma meilleure boisson ? demanda Ci'an, un sourire malicieux relevant ses lèvres rouges. En veux-tu un peu, Bai ?

— Oh non, je n'ai pas besoin de m'intoxiquer pour être de bonne humeur, répondit Bai allègrement. J'ai rendez-vous avec la lune pour danser ensemble un peu plus tard et je dois être à mon avantage.

— Seigneur, quelle lunatique ! Que peut bien voir Hüi en toi ? Fen et Huan ? Je suis sûre que vous arriverez à prendre une décision *ensemble* puisque vous faites *tout* ensemble.

Ci'an rit à sa pique sournoise. Comme aucune des deux femmes ne répondait, elle ajouta :

— Vous m'ignorez toujours, je vois. Cela ne vous fera aucun bien. Vous ne pouvez pas me faire disparaître en prétendant que je ne suis pas là.

Elle tourna les yeux vers le grand fauteuil que partageaient Alute et Lan'xiu.

— Il ne reste donc que les deux adorables idiotes. Oh, pardon, une adorable et une idiote. Peut-être qu'un peu de liqueur déliera ta langue, Alute, même si je doute que tu trouves quelque chose d'intelligent à dire.

— Oui, merci, dit Alute désespérément, comme si elle espérait faire taire Ci'an.

Elle accepta la coupe de liquide doré et le garda dans sa main.

— Et toi, Princesse de Rien-du-Tout ? Tu dois avoir envie de noyer ta peine. Pas encore enceinte et tu n'as même pas pu utiliser cette dague sur moi.

132

Elle leva son gobelet comme pour les saluer et le vida d'un trait.

— Pour le moment.

— Merci pour ton offre généreuse. J'en prendrai un peu, dit Lan'xiu avec une dignité discrète, même si la remarque la toucha au plus profond d'elle-même.

Elle pouvait sentir la rage et la jalousie émaner de cette femme froide et se demanda comment elle avait pu réussir à porter un enfant.

— Tu penses que je suis très cruelle, n'est-ce pas ? À me moquer de toutes ces *gentilles* innocentes.

Ci'an remplit son gobelet à nouveau et l'agita à l'attention des autres femmes.

— Je pense que tu es très malheureuse, dit Lan'xiu.

Ci'an demeura bouche bée, sous le choc et fixa Lan'xiu, sans trouver quoi répondre, pour une fois.

— Je suis désolée. Je n'aurais pas dû dire quelque chose de si personnel, dit Lan'xiu.

— Mes sœurs, ce n'est pas ainsi que nous devrions nous comporter, dit Mei Ju, chagrinée. S'il vous plaît, ne pourrions-nous pas, pour *une fois*, simplement être polies et passer un après-midi agréable ?

— Je suis désolée, Première Épouse.

Lan'xiu s'inclina dans sa direction.

— Je ne voulais pas dire toi ! s'exclama Mei Ju, exaspérée.

Ci'an déglutit difficilement. Elle sembla faire un grand effort pour se reprendre.

— Je m'excuse également, dit-elle d'une voix plus calme. Alute, Princesse Lan'xiu, joignez-vous à moi pour un remerciement envers notre gentille hôtesse et je vous promets de bien me conduire pour le restant de l'après-midi.

— Un jour à marquer d'une pierre blanche ! s'exclama Bai, levant sa tasse de thé et en renversant une partie du contenu sur le tapis. Ci'an s'excuse ! Cela devrait être gravé dans la pierre et placé au centre de la cour, car ce jour marquera certainement l'Histoire.

La pièce devint de nouveau silencieuse un instant, attendant la réaction de Ci'an. Elle serra les dents mais offrit un sourire dangereux et éclatant.

— Je suis née pour marquer l'Histoire, d'une façon ou d'une autre.

Elle vida son second gobelet et Lan'xiu se demanda comment elle arrivait à supporter une boisson aussi forte. Si elle avait avalé sa coupe de la même façon, elle se serait effondrée sous la table.

L'étiquette ordonnait qu'Alute et elle boivent également. Lan fit tinter son gobelet contre celui d'Alute et le leva à ses lèvres, même si elle ne buvait jamais. Mieux valait ne pas perdre le contrôle de soi-même quand sa survie dépendait de sa capacité à garder un terrible secret, mais elle laissa la liqueur toucher le bout de sa langue.

Elle était si jolie dans la coupe, dorée comme du miel liquide, mais ce goût ! Lan'xiu recracha précipitamment la petite gorgée qu'elle avait prise, espérant que personne ne remarquerait qu'elle ne l'avalait pas.

Alute ne sembla pas particulièrement affectée et tendit le bras vers Ci'an pour qu'elle remplisse à nouveau sa coupe. Lan'xiu s'étonna de l'air sournois et triomphal qui envahit le visage de Ci'an lorsqu'elle s'exécuta.

Quand elle fut certaine que personne ne la regardait, Lan'xiu versa le restant de son gobelet dans le pot en jade d'une plante. Elle rougit lorsqu'elle réalisa que Mei Ju avait remarqué son geste, mais la femme plus âgée lui sourit et acquiesça pour marquer son approbation. Lan'xiu lui sourit en retour et rejoignit Mei Ju pour une tasse de thé, espérant qu'il débarrasserait sa bouche de ce goût amer.

XV

SHU NING s'était disputé gentiment avec Jia dans la cuisine après avoir rapporté le plateau de nourriture que Lan'xiu avait à peine touché, attribuant son manque d'appétit au choix du plat. Tandis qu'il remontait l'escalier, il entendit des plaintes misérables en provenance des appartements de Lan'xiu.

Ning se précipita à l'intérieur, trouva la chambre vide et courut jusqu'à la salle de bain où il découvrit Lan'xiu, au sol. Il se pencha sur elle, alarmé.

— Lan'xiu, que se passe-t-il ? Vous n'êtes jamais malade.

Il tira ses cheveux vers l'arrière et les tressa rapidement en une natte simple.

Lan'xiu haletait au-dessus de la cuvette dans laquelle elle venait de déverser le contenu de son estomac. Elle se sentait gelée, mais la sueur collait des mèches de cheveux à son visage. Ses entrailles se tordaient, à l'agonie et elle tremblait tant elle se sentait faible.

— Poison, arriva-t-elle à marmonner. Ning, tu dois porter un message à Hüi Wei.

— Vous pensez qu'il viendra à vous ?

— Pas à moi. Il doit aller… chez Alute ! Elle a bu deux gobelets ! Cette satanée…

Une nouvelle crampe s'empara d'elle et elle eut un nouveau haut-le-cœur.

— Quoi ? Que s'est-il passé ? Qui a empoisonné qui ?

Épuisée, Lan'xiu tomba sur le sol, posant sa joue brûlante contre la pierre polie.

— La Seconde Épouse Ci'an. Elle a apporté du vin empoisonné à la fête. Alute en a bu beaucoup plus que moi… Appelle un docteur…

— Vous ne pouvez pas voir de médecin ici ! s'exclama Ning.

— Je sais ! Il faut l'envoyer… voir Alute ! Dis-le à Hüi Wei ! Ou Mei Ju ! Elle saura…

Lan'xiu recommença à vomir.

Ning se tordit les mains, ne sachant quoi faire. Il avait toujours secrètement craint qu'un jour Lan'xiu ait besoin d'un docteur, ce qui signifierait une mort certaine, dans tous les cas. Si ce dont elle souffrait ne la tuait pas, la révélation de sa supercherie mènerait sûrement à de nombreuses difficultés. Jusqu'à maintenant, elle avait été en excellente santé, mais désormais…

Lan'xiu releva la tête.

— Ning, qu'attends-tu ! Vas-y ! Il n'y a pas de temps à perdre ! Alute ne doit pas…

Elle s'affaissa de nouveau mollement au sol.

Ning vida la bassine et la rinça, avant de la replacer près d'elle. Puis il lava son visage brûlant à l'aide d'un tissu humide.

— Lan, j'y vais, m'entendez-vous ? J'y vais et je reviendrai aussi vite que possible.

Lan semblait s'être évanouie et il n'aimait pas la laisser ainsi mais cela était nécessaire. Une autre chose était également nécessaire, même si cela le peinait de le faire. Ning décida de l'enfermer à double tour à l'intérieur de la pièce. Ainsi, peu importe le bruit qu'elle ferait en souffrant, les domestiques ne pourraient pas l'atteindre pour l'aider… ou découvrir son secret.

Il descendit l'escalier en courant, sans une pensée pour sa propre dignité et ouvrit la porte d'entrée à la volée, heurtant Hüi de plein fouet et rebondissant contre son corps massif.

— Ning, qu'est-ce qui ne va pas ? demanda Hüi, alarmé.

— Mon Seigneur Qiang, dit Ning, s'inclinant hâtivement. Lan'xiu est malade mais je n'ose pas faire venir le docteur pour elle. De plus, elle dit que la Sixième Épouse, Alute a été empoisonnée. Elle a besoin d'un docteur immédiatement ! Je vais retourner avec Lan'xiu, et vous, allez chercher de l'aide pour Alute ! Allez-y ! Vite !

Réalisant à peine que lui, un humble eunuque au service de la plus modeste des concubines, venait de lancer un ordre à leur Seigneur et Maître, Ning n'attendit pas de voir la réaction de Hüi. Il se sauva à nouveau dans la maison et vola jusqu'en haut de l'escalier pour rejoindre Lan'xiu.

Lorsqu'il déverrouilla la porte, il put entendre ses râles de douleur. Elle était à nouveau malade et les gémissements qui s'échappaient de sa gorge le firent grincer des dents de compassion. Il la rejoignit et l'aida à se rasseoir, la laissant enchaîner les haut-le-cœur vides au-dessus de la bassine. Plaçant un tissu mouillé à l'arrière de son cou, il commença à chanter pour elle la berceuse qu'elle aimait lorsqu'elle était petite fille. Cela sembla la calmer puisqu'après un moment elle s'apaisa, ne demeurant plus qu'un poids mort entre ses bras.

— S'il vous plaît, ne mourrez pas, Lan'xiu, s'il vous plaît, ne mourrez pas. Nous avons parcouru tellement de chemin ensemble ; ce n'est pas encore votre heure. Votre âme est ici. Le général est venu pour vous. S'il vous plaît, ne mourrez pas.

Ning ne remarqua pas les bruits de pas derrière lui, mais il sursauta lorsqu'une voix masculine et étrangère l'interpella.

— Qu'a-t-elle donc ?

Il se retourna vivement et découvrit le Seigneur Jiang, les yeux baissés sur eux, avec inquiétude.

— Ce n'est r... rien. Elle... elle doit avoir mangé quelque chose qui ne passe pas, bégaya-t-il.

— Les gens ne meurent pas d'une simple indigestion, en général, dit Jiang sévèrement.

— Elle a été empoisonnée, dit Ning abruptement, ses larmes se mettant à couler.

Jiang écarta Ning et prit le corps flasque de Lan'xiu de ses bras.

— Princesse Lan'xiu, m'entendez-vous ?

Ning vit les paupières de Lan'xiu papillonner et elle hocha la tête presque imperceptiblement.

— Je connais votre secret, Lan'xiu. Vous n'avez rien à craindre de moi, dit Jiang avec douceur.

Un frisson parcourut le corps de Lan'xiu avant qu'elle ne se laisse de nouveau tomber, parlant d'une voix rauque.

— Mon Seigneur...

— Hüi s'est confié à moi, dit Jiang. Le plus important, désormais, c'est de vous guérir. Je ne suis pas docteur, mais j'ai un peu d'expérience acquise lors des combats. Ning dit que vous avez été empoisonnée. Comment et quand ?

— Et qui ? marmonna Ning.

— Ci'an... a amené... le vin... était amer... murmura à grande peine. J'ai juste pris... une gorgée. Alute... elle en a pris beaucoup plus...

— Hüi Wei est allé chercher le docteur pour l'emmener voir Alute. Ne vous inquiétez pas pour elle pour le moment.

Jiang se tourna vers Ning.

— Cours aux cuisines. Demande à ta gouvernante de trouver de l'eau de moutarde. J'ai aussi besoin de blancs de plusieurs œufs frais. Dépêche-toi !

— Oui, Monseigneur !

Ning s'enfuit au rez-de-chaussée et s'agita jusqu'à ce que Jia exécute tous ses ordres.

— Quel est le problème avec la maîtresse, Ning-xiānsheng ? Est-ce qu'elle perd le bébé ? pleurnicha Jia.

— Quel bébé ? demanda Ning, trop distrait pour réaliser ce qu'il disait.

— Tout le monde sait que la princesse attend un enfant, mais c'est une jeune femme délicate. J'ai entendu dire que cette diablesse de Ci'an lui avait donné une liqueur dangereuse à boire et que maintenant elle était en train de faire une fausse couche !

Jia se lamenta et recouvrit sa tête de son châle, se balançant d'avant en arrière, en vagissant.

Plus tard, Ning se demanderait comment une telle rumeur, sans fondement, avait pu devenir un fait de notoriété publique, mais dans l'immédiat, il saisit cette opportunité, sachant qu'il ne pourrait pas expliquer un empoisonnement qu'il ne comprenait pas lui-même et que la nouvelle d'une fausse couche engendrerait non seulement beaucoup de compassion envers Lan'xiu mais lui servirait également à renforcer son secret.

— Espérons que le docteur arrive à temps, dit-il.

Puis il courut à l'étage avec l'élixir.

— Fais appeler le Capitaine Wen.

Jiang souleva Lan'xiu contre son épaule et lui fit, impitoyablement, avaler le vomitif.

Elle fut malade une nouvelle fois, instantanément, vomissant du sang cette fois-ci. Lorsque les haut-le-cœur diminuèrent, Jiang lui administra les blancs d'œufs crus. Ning grimaça en l'observant avaler la mixture visqueuse, mais celle-ci sembla l'aider.

— Je prie les dieux d'avoir pu l'aider, marmonna Jiang. Puissent les dieux la laisser vivre.

— Elle *doit* vivre, dit Ning, intensément.

Jiang lui jeta un regard perspicace.

— Elle inspire un amour profond. Je veux qu'elle vive, pas seulement pour son bien et le tien. Je crains pour Hüi Wei si elle venait à mourir.

Ning n'était pas aussi inquiet pour le général, mais ce n'était pas le moment d'exprimer son opinion sur ce sujet.

— Pensez-vous avoir agi à temps ?

— Je ne sais pas, dit Jiang d'un ton irrité. Depuis combien de temps était-elle malade ? Quel poison lui a-t-il été administré et combien en a-t-elle pris ? J'espère au moins ne pas lui avoir fait plus de mal.

Ning s'installa au sol, adossé contre la baignoire de cuivre, pour attendre avec Jiang. Tous deux fixèrent le visage livide et inconscient du regard, écoutant le souffle laborieux de Lan'xiu se calmer peu à peu. Les ombres s'opacifièrent et Ning commençait à penser à allumer une lampe lorsque la porte s'ouvrit. Il sauta sur ses pieds, prêt à chasser les serviteurs s'ils essayaient de les déranger, mais s'arrêta en voyant qu'il s'agissait de Hüi Wei.

— Est-ce qu'elle va bien ?

— Elle se repose maintenant. Je lui ai administré un vomitif et de quoi l'apaiser, dit Jiang. Quelles sont les nouvelles concernant Alute ?

— Elle est morte.

— Lan'xiu a dit que Ci'an, la Seconde Épouse, aurait bu aussi de ce vin, dit Ning.

Hüi s'assombrit.

— Ci'an a ri quand je lui ai dit qu'Alute était morte, mais elle n'a voulu répondre à aucune de mes questions. Elle m'a donné la bouteille de vin, mais je suis sûr qu'elle l'a échangée avec une autre. Elle me l'a donnée trop volontiers. Elles ont toutes bu à la même bouteille et Ci'an en a pris encore plus…

— Nous devrions mettre la princesse au lit, dit Jiang.

— Laissez-moi d'abord lui donner un bain, dit Ning.

En silence, les trois hommes retirèrent les vêtements de Lan'xiu. Malgré son inquiétude, Ning remarqua combien Jiang semblait stupéfait par la beauté du corps de Lan'xiu : chaque ligne était gravée si élégamment, ainsi que chacune des courbes de ses muscles, la délicatesse de ses os… Ning était tellement habitué à penser à Lan'xiu d'une certaine façon que de le voir à travers les yeux d'un autre homme lui fit soudainement prendre conscience à nouveau du corps masculin de Lan. Ning épongea la fine pellicule de sueur de son corps et le sang sur ses lèvres, espérant que le général réalisait combien il était chanceux.

Ning enveloppa Lan'xiu dans une chemise de nuit et Hüi lui-même souleva le corps inanimé du jeune homme et le porta jusqu'au lit.

Lan'xiu semblait dormir avec plus de facilité désormais, son visage pâle reposant contre les oreillers. Avec la couverture relevée, son corps fin soulevait à peine les draps. Ning installa une lanterne sur le coffre près du lit et s'assit.

— Je vais veiller sur elle, dit Hüi. Va dîner, Ning. Il faudra que tu restes éveillé auprès d'elle toute la nuit.

Ning marcha jusqu'à la porte, à contrecœur, puis une idée le frappa. Il se retourna.

— Mon Seigneur !

— Oui ?

— Les femmes en bas croient que Lan'xiu a perdu votre enfant.

Hüi et Jiang se dévisagèrent. Jiang hocha la tête.

— Tu peux leur dire que c'est la vérité.

— Merci, mon Seigneur.

Ning se retira, satisfait. Pas besoin d'expliquer les choses, à aucun de ces deux hommes ; ils étaient tous deux assez intelligents pour reconnaître une opportunité et la saisir, l'utilisant à leur avantage et à celui de tous ceux qui étaient concernés.

Il se composa une expression adéquate pour un deuil et descendit pour confirmer la mauvaise nouvelle à Jia, sachant que toutes les âmes à l'intérieur des murs du palais sauraient avant l'aube que Lan'xiu avait été enceinte de l'enfant d'Hüi et l'avait perdu. Il résolut de laisser entendre subtilement que Ci'an était à l'origine de cette tragédie. Après tout, un mensonge était meilleur lorsqu'il était saupoudré d'un soupçon de vérité.

HÜI WEI grogna en regardant Lan'xiu dormir.

— Pauvre Alute.

Évidemment, il était troublé par son décès tragique, mais il savait que ce n'était rien comparé à ce qu'il aurait ressenti si Lan'xiu avait été la victime.

— Penses-tu que Ci'an ait vraiment fait cela ? demanda Jiang.

— Oui. Je ne sais pas comment, mais elle a réussi, d'une façon ou d'une autre. Elle a toujours détesté Alute, parce qu'elle était jolie et calme, dit Hüi.

— Et qu'elle t'a donné un fils, dit Jiang, perspicace.

— Je pensais que Ci'an était résolue à prendre la place de Mei Ju. Je n'aurais jamais suspecté qu'elle puisse se retourner contre les concubines en dessous d'elle, dit Hüi Wei, tenant fermement la main de Lan'xiu. J'aurais dû le prévoir...

140

— On ne peut pas tout prévoir. Et tu as déjà assez de choses à t'occuper, sans avoir à gérer une guerre dans ta propre cour. Il semblerait que Ci'an ait changé de stratégie, dit Jiang. Ce qui mène à la question...

— Comment a-t-elle bu à la même bouteille sans être malade ? intervint Hüi.

— Je soupçonne Ci'an d'être une mangeuse d'arsenic, dit Jiang. Dis-moi, est-ce que ses cheveux sont lustrés et ses yeux brillants ?

— Comme une panthère dans la forêt, dit Hüi. Elle est très belle, malheureusement. Toutefois, j'ai pris soin de ne pas fournir d'arsenic à son foyer pour cuisiner.

— Elle a dû soudoyer un serviteur pour lui en amener, dit Jiang, pensif.

— Tu as insisté toi-même afin que nous changions ses serviteurs toutes les semaines. Même les soldats sont régulièrement réaffectés avant qu'elle n'ait une chance de les charmer. De plus, dit Hüi sèchement, Ci'an ne possède pas le don de se faire des amis facilement. Qui voudrait la servir ?

— Alors quelqu'un doit être corrompu. Elle a bien obtenu l'arsenic de quelque part.

— Et tu vas découvrir où, dit Hüi. Cela ne peut pas continuer.

Il ramena son regard vers Lan'xiu, endormie, enlaçant sa main comme si ce contact pouvait l'éloigner de la tombe.

Jiang se releva et toucha le front de Lan.

— Elle semble aller mieux. Je pense que nous avons agi à temps.

— Tu as agi à temps, mon ami. Je t'en serai toujours reconnaissant.

Hüi Wei se releva à contrecœur.

— Je dois prendre certaines dispositions et parler avec Mei Ju. Elle est bouleversée. Et il faut mettre les autres épouses en sécurité.

— Il est peut-être temps de retirer Ci'an de la cour, dit Jiang.

— Peut-être, dit Hüi d'un air distrait. Je reviens auprès de Lan'xiu dès que possible. Fais-le lui savoir quand elle s'éveillera. Quand Ning reviendra, penses-tu qu'il soit sans danger de le laisser s'occuper seul de Lan'xiu ? Il faut que je m'organise, au sujet d'Alute et de mon fils.

— Tant que tu t'assures que la porte de Ci'an est verrouillée et que les soldats sont prêts à l'empêcher de s'enfuir, je pense que c'est sans danger, dit Jiang en mordillant sa lèvre. Ning me semble prêt à s'interposer entre Lan'xiu et tout ce qui pourrait la mettre en danger.

Hüi acquiesça en fixant le visage de Lan'xiu. C'était amusant de songer que la première fois qu'il l'avait rencontrée, il n'avait vu qu'une belle femme. Maintenant qu'il connaissait le secret de Lan, il s'émerveillait que personne n'ait percé son déguisement à jour. Malgré son visage finement sculpté, Hüi voyait le beau jeune homme qu'il aimait. Il fut choqué de réaliser qu'il en était venu à accepter les préférences vestimentaires de Lan et son attitude, si pleinement, qu'il ne s'en étonnait même plus. L'idée de ce corps ferme et parfait, caché tel un joyau insoupçonné sous les soieries et des broderies... Il frissonna de douleur à l'idée de ne plus jamais pouvoir toucher Lan, de ne plus pouvoir chercher sous les vêtements féminins le vrai trésor de sa peau douce et soyeuse et de son sexe dur...

Hüi porta une main à ses yeux pour chasser sa vision.

— Quelle tragédie.

— Un jour tragique, effectivement, répondit Jiang, et pourtant nous pouvons nous réjouir que Lan'xiu n'ait pas péri du complot de Ci'an.

— Nous devons découvrir comment Ci'an a réussi à faire entrer le poison clandestinement, répéta Hüi, s'attardant toujours comme s'il ne trouvait pas la force de quitter le chevet de Lan.

— Pourquoi ne pas découvrir simplement si sa chair peut résister à l'acier de ton épée ? Tu aurais dû la mettre à mort il y a des années, dit Jiang durement.

Cela surprit Hüi ; il ne s'était pas douté que Jiang en voulait autant à la Seconde Épouse.

— Il faut que je sache. Je ne peux pas expliquer pourquoi... Il faut que je sache... Veille sur elle.

Sur ces paroles, il quitta finalement la chambre précipitamment.

L'ESTOMAC DE Jiang gargouilla. Il baissa les yeux sur celui-ci. Il s'agissait là d'un moment tout à fait inopportun et presque comique en plein cœur d'une tragédie, comme cela arrivait si souvent dans la vie, mais avoir faim après avoir vu Lan'xiu régurgiter le contenu de son estomac, était vraiment une réaction malvenue de la part de son corps, de son propre avis. Il soupira, sachant pas combien de temps Ning resterait au rez-de-chaussée. Puis il adressa quelques remarques peu généreuses à l'égard des eunuques, qu'il regretta aussitôt lorsque la porte s'ouvrit et que Ning entra, portant un plateau.

— Comment va-t-elle ? demanda Ning d'un air anxieux, observant le visage de Lan'xiu.

— Elle dort, répondit Qiang. Est-ce pour moi ? Car je ne dirais pas non à un peu de nourriture.

— Oui, j'ai dîné en bas, pour ma part.

Ning attira une petite table pour que Jiang puisse l'atteindre, à l'aide de son pied et y déposa le plateau.

— Excusez-moi. Je viens de penser à une autre tâche que je dois mener à bien.

Il alla jusqu'à un coffre contre le mur et en retira un drap blanc. Il disparut à l'intérieur de la salle de bain et revint avec le drap, désormais souillé de sang.

Jiang demeura perplexe jusqu'à ce qu'il se rappelle que Lan'xiu avait vomi du sang également.

— Que fais-tu ?

— En bas, les servants croient tous que Lan'xiu a fait une fausse couche. Je fournis simplement la preuve qui parlera pour elle. Je ne dirai pas un mot en me débarrassant de cela.

Acquiesçant, Jiang continua de manger tandis que Ning quittait la chambre avec le drap ensanglanté. Jiang eut le temps de finir son dîner et de déposer le plateau par terre devant la porte avant que Ning ne revienne.

L'eunuque s'enfonça dans le siège où Hüi s'était assis et prit la main de Lan'xiu. Jiang pensa qu'il voulait la tenir, mais au lieu de cela Ning chercha son pouls. Il hocha la tête comme s'il était satisfait et reposa sa main avec douceur.

— Elle s'en sortira, dit Ning d'un ton soulagé.

Jiang réalisa pour la première fois combien l'eunuque avait les traits tirés et l'air inquiet et souhaita pouvoir faire quelque chose pour lui autant que pour Lan'xiu. Il remarqua que le jeune homme allongé dans le lit se léchait les lèvres et il le rejoignit, le relevant contre son épaule. Devinant son intention, Ning s'approcha immédiatement, versant avec soin un peu d'eau entre les lèvres parcheminées.

— Il n'a pas l'air d'aller très bien, dit Jiang doucement.

— *Elle* est résistante. Elle guérit rapidement. Lan'xiu vous surprendra. Demain, elle sera hors du lit, demandant à se tenir sur ses deux pieds, dit Ning d'un air de défi.

Jiang dissimula un sourire.

— Si elle se sent assez bien pour sortir du lit demain, je te donnerai cinq cents taels d'argent.

Les yeux de Ning brillèrent.

— J'espère que vous les avez, car demain je vous poursuivrai pour que vous payiez ce que vous me devez.

— Comment peux-tu en être si sûr ?

Jiang allongea Lan'xiu contre les oreillers, remarquant que la petite ride entre ses sourcils s'était atténuée.

— A-t-elle déjà été blessée auparavant ?

Ning lui jeta un regard en coin, essayant apparemment de décider s'il pouvait lui faire confiance.

— Elle est tombée de cheval une fois, enfant, et s'est cassé la jambe.

— La jambe ? Je croyais avoir vu une cicatrice sur son dos.

Dissimulant ses émotions, Ning ajouta :

— Ce fut une autre occasion durant laquelle sa force a sauvé sa vie – et la mienne.

— Que s'est-il passé ? Qui a commis cet acte malfaisant ?

Jiang se rappela ce qu'il avait appris au sujet de la cour de Wu Min.

— Est-ce que le meurtrier qui a tué sa mère a essayé d'assassiner Lan'xiu également ?

— C'était son frère. Il a tenté de la violer. C'est alors qu'il a découvert qu'elle n'était... pas du tout ce qu'elle semble être. Il l'a poignardée et m'a presque tué, mais Lan'xiu a réussi à nous permettre de nous enfuir. Elle n'a pas réussi à sauver sa mère à temps, toutefois.

Jiang eut le souffle coupé face à l'horreur de cette histoire. Il n'était pas rare d'entendre de telles choses, mais Lan'xiu semblait si belle et si douce. Il était regrettable que quelque chose d'aussi atroce ait pu lui arriver, mais les dieux offraient parfois un chemin semé d'embûches mêmes à ceux qui méritaient le plus de bienveillance.

— Je suis heureux que vous ayez tous deux survécus.

— Tout cela pour tomber dans cette mauvaise passe, dit Ning en soupirant. Auparavant, Lan'xiu avait l'habitude de courir et de chevaucher à travers les montagnes autour de chez elle. D'abord, son frère l'a emprisonnée, puis maintenant on la garde prisonnière d'une cage dorée, sans même une vue sur les montagnes ou les lacs qu'elle adore.

Jiang hésita.

— Hüi Wei pense qu'elle est amoureuse de lui.

— Elle l'est, sincèrement. Je ne l'avais jamais vue ainsi auparavant, dit Ning. Et par amour pour lui, je suis sûr qu'elle restera ici, à attendre qu'on allume sa lanterne, à prendre les quelques miettes qu'il lui offrira.

— Je suis désolé, répéta Jiang, mais il avait beaucoup à penser.

Quand Hüi Wei ne revint pas, Jiang s'inquiéta de plus en plus au sujet de ce qui pouvait le retenir. Il s'agissait peut-être de quelque chose de terrible, peut-être qu'une autre catastrophe avait réclamé son attention. Lorsque le ciel s'éclaircit, Jiang jugea qu'il était sans danger de laisser Lan'xiu aux bons soins du fidèle Ning et se retira. À son grand soulagement, le teint de Lan'xiu était meilleur et elle semblait avoir sombré dans un sommeil naturel.

NING FUT soulagé de voir partir Jiang. Voir ces hommes intervenir là où il aurait d'ordinaire été seul avec Lan'xiu l'avait perturbé. Il ne pouvait pas nier qu'ils avaient été utiles et qu'il s'était senti encore plus en sécurité tandis qu'ils la gardaient, mais il pouvait se détendre désormais. Le secret qu'il gardait concernant Lan'xiu depuis si longtemps était devenu sacré pour lui et il n'était pas sûr d'apprécier que ces deux hommes soient au courant. Il était impossible de dire s'ils commettraient une bévue, ni quand et il n'avait aucun moyen de lier leur langue.

Lorsque Jiang fut parti, Ning verrouilla la porte de la chambre et s'assura que celle de la pièce attenante était fermée également.

Lan'xiu avait l'air belle et détendue, endormie sur le lit, ses cheveux noués en une tresse épaisse. Elle s'était tournée sur le côté et demeurait ainsi, sa joue reposant dans une main, sa bouche légèrement entrouverte.

Ning bâilla. Il était éveillé depuis plus de vingt-quatre heures à présent et se sentait lui aussi épuisé. Sachant que personne ne pourrait entrer, il s'installa sur le siège, près de la fenêtre et s'endormit.

XVI

Lan'xiu s'étira, les yeux toujours fermés. Elle savait qu'elle était dans son lit, seule, mais quelque chose semblait bizarre. Elle plaça une main sur son ventre. Elle se sentait très vide, mais n'avait pas envie de manger. Ses côtes et les muscles de son estomac étaient engourdis, sa gorge lui faisait mal et sa bouche était sèche. Elle se sentait affaiblie et pire, mal à l'aise, sans savoir pourquoi.

Elle avait aussi vraiment besoin de se soulager.

Un sixième sens l'avertissant d'un danger, la poussa à observer la chambre les yeux plissés, plutôt que grand ouverts. Un ronflement la fit glousser silencieusement, mais elle se réprima car cela lui faisait terriblement mal aux côtes. Elle reconnut ce ronflement ; il provenait de Ning. Elle ouvrit les yeux et sourit en le découvrant, recroquevillé sur le siège, près de la fenêtre. Il la réprimanderait sans aucun doute plus tard pour ne pas l'avoir éveillé pour l'aider à aller jusqu'à la salle de bain, mais elle refusait d'admettre qu'elle aurait peut-être besoin d'aide.

Le souvenir vague d'avoir été violemment malade et de Ning en train de chanter pour elle, lui fit soupçonner qu'il était resté debout auprès d'elle toute la nuit. Il en faisait déjà assez pour la servir ; elle n'avait pas besoin de son aide pour cela.

Après s'être soulagée, Lan'xiu regarda dans le miroir et hoqueta face à son apparence désordonnée. Des cernes noirs soulignaient ses yeux semblables à des charbons ardents, les faisant ressortir sur son visage livide. En plus de cela, un pli profond dû à la taie d'oreiller barrait l'une de ses joues. Après avoir lavé son visage et l'avoir séché, elle repoussa les mèches de cheveux qui l'entouraient et qui s'étaient échappées de sa tresse pendant qu'elle dormait.

Mais elle commençait à avoir froid, pieds nus sur le sol en pierre et elle ne voulut pas s'attarder plus longtemps dans la salle de bain. Elle se rappelait confusément avoir été très mal en point à cet endroit, la nuit passée, mais elle repoussa ses souvenirs. Elle ne se sentait pas prête à les affronter et elle ne semblait visiblement pas blessée, malgré cette fatigue générale. Elle décida de retourner au lit.

Elle venait à peine de s'installer lorsqu'on frappa à la porte. Immédiatement, elle se redressa vivement, le cœur battant à tout rompre, alarmée. Ning fut tiré aussi vivement d'un sommeil profond et sauta sur ses pieds. Ils demeurèrent tous deux silencieux, à attendre.

Tandis qu'ils observaient la porte, la poignée s'agita légèrement, mais personne n'entra. Ning indiqua d'un geste de la main qu'il avait fermé la porte et lui montra la clé. Lan'xiu acquiesça.

Un bruissement léger se fit entendre, puis quelques murmures à l'extérieur et ils attendirent que l'intrus, qui qu'il soit, s'en aille. Puis on frappa une nouvelle fois à la porte, plus fort.

— Est-ce toi, Jia ? appela Ning.

— C'est moi, le Docteur Mu, médecin de la cour, répondit une voix masculine. Le Gouverneur Qiang Hüi Wei m'a envoyé pour donner un médicament à la Princesse Lan'xiu.

Deux paires d'yeux effrayés se croisèrent. Ning haussa les épaules et Lan'xiu resta assise, tendue, l'édredon serré contre sa poitrine.

— Hüi Wei est inquiet et m'a ordonné de voir la princesse de mes propres yeux et de l'informer qu'elle allait bien.

— Ouvre la porte, dit Lan'xiu à Ning.

— J'ai un mauvais pressentiment, dit Ning. J'ai dit...

— Ouvre. Si c'est un piège, nous serons prêts.

NING MARQUA une pause et rejoignit la porte. Lorsqu'il ouvrit, un petit homme portant un chapeau de médecin entra dans la pièce, s'inclinant profondément. Il demeura tout près de la porte, observant Lan'xiu d'un air curieux. Il tendit un petit flacon à Ning.

— Un médicament pour la princesse. Je ne vous toucherai pas sans votre permission, Princesse. Ma seule mission est de m'assurer que vous allez bien.

— Merci de vous en inquiéter, Docteur Mu. Comme vous pouvez le voir, je vais bien, dit Lan'xiu.

— Mais ta gorge te fait mal, n'est-ce pas ? dit la Seconde Épouse Ci'an en entrant soudain dans la chambre, passant devant le docteur.

Ses cheveux étaient relevés en une queue de cheval et elle portait une veste simple sur un pantalon d'homme, ainsi que le même chapeau que le docteur. Dans sa main droite, elle tenait une épée courte et elle souriait d'un air dément.

— Est-ce que le vin t'a rendu malade ? Quel dommage que tu n'aies pas été atteinte de la même gueule de bois permanente que cette stupide petite Alute.

— Tu dois être folle, souffla Lan'xiu. Tu ne peux pas espérer venir ici, m'assassiner et espérer t'en sortir vivante.

Le Docteur Mu regardait toujours Ci'an un peu nerveusement, mais il se glissa derrière elle, tenant toujours la fiole que Ning n'avait pas prise.

— Des serviteurs diront que deux docteurs masculins sont venus chez toi. Ils vous trouveront morts, toi et ton eunuque apprivoisé. Les esprits pervers penseront sûrement à une querelle d'amoureux où vous vous serez tués l'un l'autre. Peut-être que nous vous ferons prendre la pose. Nus, tes jambes écartées et couvertes de sang.

Ci'an se lécha les lèvres et rit.

— Ci'an-xiānsheng, vous ne pouvez pas être sérieuse. Vous ne pouvez pas faire cela ! dit le docteur nerveusement.

— Tais-toi, sale petite vermine stupide. Et appelle-moi Seconde Épouse ! Du moins pour le moment, jusqu'à ce que je sois Première Épouse, aboya Ci'an.

Elle s'approcha du lit et leva sa courte épée.

— Je vais prendre beaucoup de plaisir à cela. Que Hüi Wei souffre en perdant sa précieuse petite chatte. Ta mort est un prix dérisoire pour cette satisfaction.

— Ning ! cria Lan'xiu. Mon épée !

Ci'an releva sa propre épée au-dessus de sa tête et l'abaissa, la balançant sauvagement.

Tandis que Lan'xiu jaillissait hors du lit et levait son bras droit pour parer le coup, sachant que la lame mordrait profondément sa chair, Ning se précipita jusqu'à sa chambre, où étaient cachées les armes.

Il revint en courant, empoignant deux épées et en lança une à Lan'xiu qui l'attrapa de la main gauche. Elle virevolta pour faire face à Ci'an, sa tresse volant autour d'elle, son visage arborant un sourire féroce.

— Maintenant, nous pouvons nous battre, Ci'an.

148

— Jusqu'à la mort ! rugit Ci'an.

Elle leva son épée et chargea à nouveau.

NING POUSSA le docteur contre le mur d'un geste brusque et releva son épée contre la gorge de l'homme. Il le traîna hors de la chambre, hurlant à pleins poumons.

— Jia ! Jia, espèce de cloporte inutile ! Jia, viens vite !

Il n'aurait pas demandé mieux que de tuer Ci'an et de placer son corps mort en offrande aux pieds de Lan'xiu, mais il savait que la princesse ne lui pardonnerait jamais de l'empêcher de se battre. Il devait la laisser se défendre seule.

Le bruit émanant de la chambre ne le rassura aucunement, mais au moins le docteur semblait trop choqué pour lui résister et lui obéit.

Quand Jia apparut enfin dans l'entrée, au rez-de-chaussée, Ning lui lança quelques ordres et mots bien sentis, avant de se faufiler de nouveau dans la chambre, tirant le docteur à sa suite.

La manche de Lan'xiu était rouge de sang, mais son regard intense brillait sous l'ardeur du combat et de concentration, comme Ning le lui avait enseigné. Il savait qu'elle avait conscience de sa présence, mais elle ne commit pas l'erreur de quitter Ci'an du regard.

Il était flagrant que Ci'an ne s'en sortait que grâce à sa haine et non pas grâce à un quelconque entraînement, car elle se tenait mal et manquait de discipline. Elle tailladait l'air de sa courte épée, sauvagement, comme si elle croyait qu'une faiblesse de la princesse dépendrait entièrement d'une force brute et sans finesse.

Toutefois, Lan'xiu la repoussa intelligemment, usant de techniques que Ci'an était incapable de reconnaître ou de combattre. Lan n'attaquait pas, consciente que sa maladie récente et le sang s'échappant de la plaie de son bras réduisaient son endurance. Elle laissa donc Ci'an envoyer ses coups féroces et les parait simplement, faisant glisser sa lame contre la sienne, la rendant ainsi inoffensive. Elle passa près de Ci'an en l'évitant et virevolta pour lui faire à nouveau face.

— Je te hais ! dit Ci'an, les dents serrées.

Elle se jeta en avant, visant le bras blessé de Lan'xiu.

— Je l'avais compris.

Lan'xiu se mit une nouvelle fois hors de portée de son attaque et Ci'an tituba vers l'avant, perdant l'équilibre lorsque son épée ne rencontra que l'air.

Lan releva sa longue lame et fit une longue estafilade sur la joue et le lobe de l'oreille de Ci'an avant de s'écarter gracieusement.

— Salope ! Je vais avoir une cicatrice !

Ci'an jeta son épée au sol et leva sa main à son visage, fixant le sang d'un air incrédule.

— Ce ne sera pas la seule que tu porteras pour te souvenir de moi, dit Lan'xiu dédaigneusement.

Elle donna un coup de pied dans l'épée de Ci'an pour la rapprocher d'elle.

— Ramasse-la ! Tu as promis de me tuer, tu te souviens ?

Ci'an se jeta sur l'épée et contourna Lan'xiu, un peu plus prudemment cette fois, cherchant une ouverture facile, toujours sans comprendre pourquoi il lui était si difficile de se battre contre une épéiste entraînée et gauchère.

Ning entoura la gorge du docteur d'un bras, son corps toujours pressé contre le sien, prêt à l'étrangler s'il le sentait bouger. Il était troublant d'être ainsi témoin du premier vrai combat de Lan'xiu et il ne voulait rien manquer, même s'il avait peur pour elle. Si le docteur détalait soudain, il serait obligé de le rattraper, si bien que Ning gardait une poigne ferme sur lui, l'étouffant presque.

LAN'XIU POUVAIT sentir son souffle s'accélérer, mais malgré cela, elle garda un sourire méprisant rivé aux lèvres, sachant que cela irriterait tellement Ci'an qu'elle risquait de commettre une erreur. C'était son seul avantage, désormais, car elle était affaiblie après avoir été malade. Le battement sourd de son bras lui fit prendre conscience qu'elle perdait toujours du sang. Il fallait qu'elle reprenne le contrôle et mette fin à ce combat, car elle ne pourrait pas tenir la distance s'il venait à durer.

Ci'an hurla de frustration et leva son épée, chargeant Lan'xiu.

— Tu auras une cicatrice comme la mienne, pour qu'il se souvienne de moi en regardant ton cadavre !

Lan'xiu s'écarta d'un bond, loin de la lame de Ci'an et feinta comme si elle était trop faible pour parer le coup. La Deuxième Épouse cria, triomphante, essayant de faire tomber l'épée de la main de son adversaire. C'était le geste que Lan attendait. Elle usa de la même ruse qu'avait employée Hüi Wei avec succès avec elle, lors de leur première rencontre et utilisa la force de Ci'an contre elle, éjectant la lame de sa main d'un petit mouvement rapide.

Contrariée et frustrée, Ci'an chargea Lan'xiu, les deux mains tendues devant elle, comme pour l'étrangler. La princesse effectua un saut périlleux, évitant du même coup la poigne de Ci'an et atterrit juste derrière elle. Tandis que la Seconde Épouse se retournait vers elle, Lan'xiu tendit sa lame le long de la joue de Ci'an avant de l'écarter, coupant son lobe et la boucle d'oreille qu'elle portait.

— Tes boucles d'oreilles n'étaient pas à mon goût.

Ci'an hurla de douleur et empoigna son oreille ensanglantée.

— Je te tuerai pour cet affront !

— Tu as déjà dit ça, mais on dirait que ça ne fonctionne pas comme prévu, dit Lan'xiu.

Il lui était de plus en plus difficile de dissimuler sa douleur désormais, mais l'occasion de battre Ci'an était trop tentante pour y résister.

— Si tu souhaites encore essayer, ton épée est tombée là-bas.

Sans se soucier de son arme, Ci'an envoya un coup de pied circulaire à Lan'xiu, visant haut et celle-ci se pencha pour éviter le coup, le pied de Ci'an passant au-dessus sa tête. Lorsque Ci'an fut obligée de se tourner pour garder son équilibre, Lan lui envoya un coup de pied aux fesses, la faisant ainsi tomber au sol, à quatre pattes.

— Voilà, comme ça tu es plus proche de ton arme. Ramasse-la, lui ordonna Lan, d'un ton princier.

Ci'an gémit comme si la douleur était insupportable, puis se jeta soudainement en avant pour attraper son épée et se releva, se remettant à trancher l'air frénétiquement. Lan'xiu bloqua ses tentatives de débutante et attendit une autre erreur. Sentant que Ci'an cherchait à reprendre désespérément son souffle, Lan'xiu esquissa une série de petits gestes courts pour la piquer de sa lame, à plusieurs reprises, au visage, au cou et aux mains, infligeant de longues griffures sanglantes pour la faire enrager. Ci'an jeta son épée et se mit à crier, battant l'air en vain, pour repousser la lame et ses attaques incessantes, de ses mains nues.

Lan'xiu la repoussa jusqu'à la salle de bains.

— Attends ici. Je préférerais que tu ne saignes pas sur mon tapis.

Des pas retentissants parvinrent de l'escalier et enfin, le Docteur Mu tenta d'échapper à la poigne de Ning.

— Je pense que tu vas attendre ici avec moi, lui dit Ning d'une voix soyeuse, resserrant son emprise.

Ci'an sanglotait désormais, examinant ses blessures dans le miroir d'un air horrifié, essayant d'arrêter les saignements.

Lan'xiu tenait toujours son épée, prête à en découdre, mais son bras tremblait et elle espérait que Ci'an ne tenterait pas de nouvelle attaque.

— Lan'xiu, mon amour !

Puis Hüi fut derrière elle, glissant un bras autour de sa taille pour l'aider à se tenir debout, comme s'il avait senti qu'elle aurait été blessé dans son amour-propre si Ci'an l'avait vue s'effondrer.

Ci'an se retourna en entendant la voix de Hüi Wei, relevant ses mains pour couvrir son visage.

— J'ai besoin d'un docteur ! Regarde-moi, Hüi. Ta petite princesse idiote a *détruit* ma beauté !

— Je ne regarderai plus jamais ton visage, dit Hüi Wei durement. Emmène-la, Jiang.

— Et emmenez cette ordure également, dit Ning, poussant le docteur vers lui.

Le médecin tomba à genoux, les mains entrelacées, en suppliant.

— Ne me tuez pas, ô gracieux Gouverneur. La Seconde Épouse m'a ensorcelé pour que je l'aide. Sa terrible et démente beauté m'a hypnotisé…

— Et voilà probablement, dit Jiang, comment le poison est arrivé dans le vin.

Un bruit de bottes envahit les marches et le Capitaine Wen entra dans la chambre, ordonnant aux soldats qui l'accompagnaient de rester à l'extérieur pour monter la garde.

— Shu Ning, est-ce que vous allez bien ? demanda le Capitaine Wen sans attendre.

— Assez bien, merci.

Ning hocha la tête sans quitter le docteur des yeux.

— Emmenez-les au donjon. Enchaînez-les, ordonna Hüi au Capitaine Wen. S'il te plaît, va avec eux et assure-toi que ce soit fait, ajouta-t-il à l'attention de son ami.

— Je ne peux pas y aller tout de suite, dit Jiang. Ning peut-il prendre ma place ? Il aimerait sûrement commander un peu, pour changer. Capitaine Wen, pouvez-vous vous occuper des prisonniers ?

— Oui, Monseigneur.

Le Capitaine Wen s'inclina, puis pencha la tête à l'attention de Ning.

— Allez-vous nous accompagner, Ning-xiānsheng ?

— Vous pouvez en être sûr, répondit Ning, le regard brillant. J'aimerais m'assurer que Ci'an soit parfaitement emprisonnée, dans un endroit d'où elle ne pourra plus jamais approcher la princesse.

Impatiemment, Hüi attendit que le Capitaine Wen et Ning aient livré les prisonniers aux soldats à l'extérieur de la pièce, avant d'interpeler Jia, qui rôdait près de la porte, curieuse.

— Ce sera tout, merci. Tu peux retourner aux cuisines.

Jia se retira à contrecœur et Jiang referma la porte.

— Le bras de Lan'xiu doit être suturé et nous ne pouvons appeler aucun médecin.

— Je vais bien, dit Lan'xiu faiblement.

Dès que Ci'an fut hors de vue, son bras retomba contre son flanc et elle lâcha son épée, qui tomba au sol, près de ses pieds. Elle s'affaissa contre le corps de Hüi Wei, à peine consciente.

HÜI WEI ramassa le corps mince dans ses bras et le porta en fixant le visage épuisé de son épouse.

— Comment est-elle entrée ? Que s'est-il passé ?

— Plus tard, Hüi, dit Jiang. Je vais aller chercher du vin. Elle supportera mieux les points de suture que je vais lui faire si elle est saoule… probablement. Ensuite, nous ne la laisserons plus jamais seule jusqu'à ce qu'elle guérisse.

Lan'xiu gémit faiblement lorsque Hüi Wei la déposa sur le lit, empilant des oreillers derrière elle. Puis Hüi déchira la manche pour découvrir la plaie.

— Comment a-t-elle réussi à te blesser autant ?

— Vous me devez une autre robe, mon Seigneur, dit Lan'xiu faiblement.

Hüi gloussa.

— Et je serais heureux d'en payer le prix, mais dis-moi ce qu'il s'est passé. Comment se fait-il que Ning ait laissé entrer Ci'an ?

— Le docteur nous a parlé à travers la porte et nous a dit que vous l'aviez envoyé. Il a insisté pour me voir. Ci'an est entrée derrière lui, déguisée en docteur. Elle a attaqué et je l'ai bloquée avec mon bras pendant que Ning allait chercher mon épée, dit Lan'xiu.

Elle ferma ses yeux.

— Je suis fatiguée.

Hüi Wei réalisa qu'il souriait. Ce n'était pas seulement dû au soulagement de découvrir que Lan'xiu n'était pas gravement blessée. Il ressentait aussi de la fierté envers cette amante inattendue.

— Ma princesse guerrière, murmura-t-il.

Les yeux de Lan'xiu se rouvrirent vivement.

— Comment m'avez-vous appelé ?

— Ma princesse guerrière, répéta Hüi. Pourquoi ?

— Ce sont les mots exacts de ma destinée, murmura Lan'xiu. Les prophètes l'ont raconté à ma mère le jour de ma naissance. C'est pour cela qu'elle m'a nommée ainsi et qu'elle m'a fait porter des jupes. Je n'avais jamais pensé que cela se réaliserait.

— Et te voilà ici et maintenant, dit Hüi Wei.

— Une prisonnière, dit Lan'xiu avec un sourire attristé. Mais au moins je vous ai trouvé.

— Te sens-tu vraiment prisonnière ? demanda Hüi, blessé. Tu possèdes mon cœur. N'est-ce pas suffisant ?

— J'essaie de m'en satisfaire, dit Lan'xiu, d'une voix tremblante. Ce n'est pas que je ne vous aime pas, car je vous aime. Mais je meure d'envie de voir le ciel, de respirer l'air libre. Ô combien je donnerais pour galoper sur mon cheval ! Cela me manque tellement, d'être libre d'aller et venir comme j'en ai envie.

— C'est pour ta propre protection que je te garde ici, essaya d'expliquer Hüi. C'est la tradition…

— Même pour une princesse guerrière ?

Lan'xiu se redressa, écartant ses mains.

— Testez-moi au combat. Je pourrais venir avec vous. Je pourrais…

— Lan'xiu, j'en mourrais si je te perdais au combat, dit Hüi. Et même moi, je ne me bats plus sur le front. Je préfère obtenir la paix grâce à d'autres moyens et si cela n'est pas possible, c'est mon rôle de diriger mes forces armées, mes soldats plutôt que de m'engager moi-même au combat. Mais je vois que tu es différente de mes autres épouses…

Il marqua une pause, se rendant compte que ses mots étaient maladroits.

Leurs regards se croisèrent et ils commencèrent à rire tous deux.

— Un petit peu, oui, arriva à dire Lan'xiu entre deux gloussements.

— Je ne m'attendais pas à autant de gaieté en mon absence. Qu'as-tu trouvé pour déjà la saouler ? dit Jiang en entrant à nouveau dans la chambre.

— Rien, dit Hüi, sans quitter le regard de Lan'xiu. J'apprends à mieux la connaître.

Depuis que Hüi avait vu Lan'xiu pour la première fois, il avait instinctivement ressenti que la cour n'était pas un endroit pour elle, même s'il répugnait à l'admettre lui-même. Ce n'était pas simplement à cause de sa beauté ; elle possédait un feu rare qui lui donnait de l'esprit et lui permettait aussi de répondre à toutes les envies de Hüi. Ils se complétaient et, à chaque fois que le général devait s'éloigner d'elle, il en souffrait.

Jiang sourit d'un air indulgent face à leur hilarité tandis qu'il versait un gobelet et le tendait à Lan.

— Buvez cela et soyez aussi joyeuse que vous en avez envie. Cela vous aidera à supporter la douleur.

Lan hésita, peu habituée à boire et par une vie entière passée à être prudente, mais Hüi la rassura.

— Nous ne te quitterons pas. N'aie pas peur.

— J'ai peur que cela ne me délie la langue, confessa Lan'xiu. Je n'ai jamais beaucoup bu de vin auparavant.

Elle grimaça en prenant une gorgée de la liqueur et commença à glousser avant même que le gobelet ne soit à moitié vide.

— Comment est-ce que tu arrives à faire tourner la pièce comme ça ?

— Je pense qu'elle en a eu assez, dit Jiang.

Hüi prit la coupe des doigts tremblants de Lan.

— Allonge-toi, mon amour. Je tiendrai ta main pendant que Jiang s'occupera de tes blessures.

Afin de distraire Lan, Jiang demanda :

— Princesse, pourquoi ne pas avoir simplement tué Ci'an quand vous en avez eu l'occasion ? Vous l'aviez désarmée et piégée.

— Si vous pouvez oublier ce que je suis, moi je ne le pourrais jamais, dit Lan, butant sur les mots. Cela n'aurait pas été un acte honorable que de tuer une femme.

— Du calme, ne te tourmente pas, dit Hüi. Ne bouge pas et ensuite tu pourras dormir.

Lan'xiu se laissa glisser contre les oreillers, obéissante. L'alcool lui permit de supporter la douleur sans un mot, même si elle se mordit la lèvre tandis que Jiang recousait l'entaille de son bras. Puis Jiang pansa sa plaie et tapota son épaule.

— Dormez bien, Princesse Guerrière, dit-il avant de quitter la chambre.

Hüi SE glissa derrière Lan'xiu, s'appuyant contre les oreillers afin de pouvoir tenir son amant dans ses bras.

— Avez-vous entendu ? Il m'a appelé Princesse Guerrière, dit Lan, un peu étourdi.

— Et c'est ce que tu seras : Lan'xiu, *ma* princesse guerrière.

155

Hüi sentit la tête de Lan se blottir contre son torse et il baissa sa joue pour toucher sa chevelure.

Même ébouriffé et encore couvert du sang du combat, Lan'xiu ne lui avait jamais semblé aussi beau. Peut-être que c'était ce dont il avait besoin : d'une princesse guerrière qui était en secret le prince de son cœur. Tout cela semblait être empreint d'une étrange logique.

Les paupières de Hüi se firent lourdes. Il venait de passer une longue nuit à gérer les dommages choquants causés par Ci'an et il devait encore décider de son sort. Comme il ne voulait pas mettre Lan'xiu en danger en s'endormant avec la porte ouverte, même si cela allait contre ses convictions de se retrancher derrière une porte close, il se força à rester debout jusqu'à ce que Ning revienne. Mais même un général avait besoin de dormir de temps en temps.

Lorsque l'eunuque arriva, se pavanant un peu avec fierté, Hüi lui donna un ordre.

— Verrouille la porte, Ning. J'ai besoin de me reposer.

Il ne lui restait pas assez d'énergie pour s'expliquer, mais Ning ne sembla pas être outragé.

Le jeune homme atteignit la porte et la verrouilla. C'était la seule chose qui maintenait Hüi encore éveillé… jusqu'à ce qu'il entende le cliquetis du verrou. À travers les brumes du sommeil qui s'abattirent sur lui, il pensa entendre Ning marmonner fièrement pour lui-même.

— Ning, Gardien du Gouverneur Général de Yan et Qui et son épouse, la Princesse Zhen Lan'xiu. C'est moi ! Cela me fait d'ailleurs penser que le Seigneur Jiang me doit cinq cents taels. Il faudra que je m'assure de récupérer mes gains de ce pari.

ENCORE SOMNOLANT, Lan'xiu prit conscience que Hüi Wei se penchait sur elle et sentit la douce caresse de ses doigts contre sa joue. Hüi se pencha pour l'embrasser.

— Prend soin d'elle, Ning, l'entendit-elle dire, puis il partit.

Lan'xiu dormit paisiblement toute la journée, se réveillant plusieurs fois pour boire un peu d'eau, mais elle ne dit rien. Ning l'informa de ce que Hüi avait dit et elle sourit.

Elle s'éveilla alors que le ciel s'assombrissait et que Ning allumait les lanternes, se sentant un peu épuisée, son bras la lançant sourdement, mais ne lui faisant pas vraiment mal.

— Pensez-vous que vous pourriez avaler un peu de soupe, Lan'xiu ? demanda Ning lorsqu'il remarqua qu'elle était éveillée.

Lan se redressa contre les oreillers et il accourut pour l'aider, les empilant autour d'elle.

— Arrête, Ning, dit Lan'xiu en riant. Je n'ai pas besoin de vingt oreillers pour m'asseoir.

— Le général m'a ordonné de prendre soin de vous, dit Ning.

— Comme si tu ne l'aurais pas fait s'il n'avait rien dit.

Lan observa Ning affectueusement.

— Va chercher ma soupe et arrête de t'agiter. Cela va aller.

— Très bien. N'essayez pas de traverser la chambre seule pendant que je ne suis pas là, la réprimanda Ning.

Il se précipita aux cuisines et revint rapidement, portant un bol recouvert sur un plateau.

— Vous avez intérêt à tout boire !

— Ne me tyrannise pas, dit Lan'xiu sévèrement.

Mais en réalité, elle dévora le bol presque entièrement. Elle n'avait pas eu l'impression d'avoir faim lorsque Ning avait suggéré de manger, mais la soupe avait bon goût et elle était chaude. Elle l'apprécia.

Ning ramassa le plateau pour le ramener aux cuisines lorsqu'on frappa à la porte.

Lan'xiu se redressa dans le lit, l'air alarmée.

— Mon épée ! souffla-t-elle.

— Pas cette fois, dit Ning d'un air sombre. Vous ne pourriez pas rester debout plus de cinq minutes.

Il posa le plateau hâtivement et dégaina sa propre épée, se rapprochant silencieusement de la porte avant de l'ouvrir d'un geste vif.

LAN'XIU RIT de soulagement.

— Cinquième Épouse Bai. Comme tu es gentille de venir me voir.

Ning jeta un regard suspicieux à la jeune femme tandis qu'elle entrait dans la pièce.

Bai écarta les bras comme si elle dansait.

— Aimeriez-vous me fouiller pour trouver une arme ?

Rougissant, Ning se mit à bredouiller.

— J'aimerais, mais cela serait inapproprié.

— Je pourrais me déshabiller pour vous, proposa Bai.

157

Lan couvrit sa bouche et gloussa.

— Je ne pense pas que cela soit nécessaire. Ne la tente pas, Ning. Elle risquerait de le faire.

— J'aime quand les gens me défient, dit Bai, souriant impunément à Ning.

— Je vais vous tenir compagnie à toutes deux, annonça l'eunuque et il s'assit sur une chaise près du lit de Lan, les yeux fixés sur le visage de Bai.

— Après ce qu'a fait Ci'an, je ne peux pas te le reprocher.

Bai tira une chaise pour elle-même et s'assit près de Ning.

— Je m'inquiétais pour toi, Lan'xiu, mais tu as l'air d'aller bien. Juste un peu fatiguée.

— J'irais bientôt mieux, mais c'est gentil de ta part de t'être inquiétée pour moi.

— La cour déborde de rumeurs, dit Bai, le visage sérieux pour une fois. D'abord nous avons appris la mort de la pauvre Alute, puis Mei Ju s'est rendue malade à force de pleurer. Huan est allée chez Fen et a jeté tous les serviteurs dehors, avant de s'enfermer à double tour avec elle à l'intérieur. Puis nous avons appris que tu étais tombée malade également.

Bai s'interrompit et baissa les yeux discrètement, étant donné qu'elle ne pouvait pas parler de la fausse couche ouvertement.

— Mei Ju m'a dit que notre mari était presque fou d'inquiétude pour toi.

Les yeux de Lan'xiu s'emplirent de larmes et elle cligna rapidement des yeux pour les faire disparaître. Il serait inconvenant de montrer à Bai cet étalage d'émotions inhabituelles.

— J'ai été tellement triste d'apprendre la mort d'Alute. Elle n'a rien fait pour mériter cela.

Lan tira sur sa manche pour recouvrir le bandage, mais il était trop tard puisque Bai le remarqua.

Toutefois la Cinquième Épouse ne fit aucun commentaire, à l'inverse de son habitude.

— Je suis venue m'assurer que tu guérissais bien, mais je t'apporte aussi une triste nouvelle.

Elle jeta un regard à Ning, comme si elle demandait sa permission de continuer au cas où cela bouleverserait la princesse.

Ning hocha la tête.

— S'il te plaît, raconte-moi, supplia Lan'xiu. La Première Épouse Mei Ju va bien, j'espère, ainsi que ses enfants ?

— Ils vont tous bien, dit Bai d'un ton réconfortant. Il s'agit d'une nouvelle tragique, mais parfois c'est dans la nature des dieux de dispenser la justice eux-mêmes. Ci'an s'est tuée.

— Parfait ! s'écria Ning. Cela évitera aux soldats d'avoir à s'en occuper !

— Chut, Ning. Qui sait quels démons tourmentaient son âme et l'ont poussé à agir comme elle l'a fait ? dit Lan. Comment a-t-elle pu commettre cet acte épouvantable ?

— Elle a grimpé en haut de la tour de guet et s'est jetée sur les pavés, en contrebas, dit Bai.

Elle couvrit son visage de ses mains.

Lan'xiu pouvait voir combien cela l'affectait et elle se pencha pour toucher sa main.

— Pauvre Bai. J'espère que tu n'as pas tout vu.

— Je l'ai entendue crier en tombant, dit Bai d'une voix égarée. Et la rue était recouverte d'un rouge brillant jusqu'à ce que les soldats nettoient son sang.

Elle retira ses mains de son visage et observa Lan'xiu d'un air angoissé.

— C'était horrible.

— Je suis désolée que tu aies été témoin de cela, dit Lan'xiu, en tenant la main de Bai.

— Ce n'est pas le pire encore. Lorsque les soldats ont fouillé sa maison, Ils ont trouvé un petit garçon qui a dit que Ci'an était sa mère. Elle le gardait dans une pièce sombre et personne ne savait même qu'il existait ! s'exclama Bai. Il est si petit et si pâle, ajouta-t-elle d'un ton compatissant. Mei Ju l'a accueilli chez elle et s'occupe de lui.

— C'est abominable ! Comment a-t-elle pu traiter un enfant ainsi ? s'exclama Lan'xiu. Mais pourquoi ? *Pourquoi* cacherait-elle un fils à Hüi Wei ?

— Ce garçon est sûrement né après que Hüi ait cessé de venir vers elle. Il aurait su que le garçon n'était pas le sien. Certains pensent qu'elle voulait nous tuer toutes, ainsi que Hüi Wei et mettre son fils sur le trône, dit Bai.

— Ci'an n'a jamais caché son hostilité envers Mei Ju, mais elle ne peut pas avoir été assez démente pour avoir voulu tuer les enfants également ! cria Lan'xiu, angoissée.

— N'en sois pas si sûre. C'était un monstre.

Bai déglutit et son visage se tordit d'horreur.

— Ils ont aussi trouvé les squelettes de trois nourrissons, des petites filles, entassés dans les malles de son grenier.

Après un silence horrifié, Lan reprit la parole.

— Je ne peux pas imaginer ce qui l'a poussé à une telle folie.

— Elle a toujours eu soif de pouvoir, dit Bai. Avant que tu ne viennes et avant qu'Alute ne donne naissance à son fils, Ci'an ne voulait qu'une chose : évincer Mei Ju. On peut monter d'un rang dans la cour, grâce à d'autres façons que la mort. Comme tu l'as fait.

— Moi ? demanda Lan, estomaquée. Comment cela est-il possible ?

— Tu es désormais une concubine du premier rang, juste après la Première Épouse Mei Ju, dit Bai. Personne ne te l'a dit ?

— Je dormais, dit Lan, comme si elle rêvait. Ning ?

— J'étais ici, avec vous. Je n'ai pas entendu parler de cela, répondit Ning.

— Pour que notre mari ait décidé de faire cela, il doit avoir beaucoup de sentiments pour toi, dit Bai. Il n'avait jamais changé le rang d'une épouse auparavant.

— Je… ne sais pas quoi dire, dit Lan d'une voix hébétée. Mais, et toi ? Je pensais que tu étais l'une de ses préférées !

Bai rougit profondément.

— Tu dois promettre de ne jamais révéler ce que je vais te dire.

Lan'xiu acquiesça et Bai se tourna vers Ning.

— Et toi aussi.

— Je n'en parlerai jamais. Je peux mettre mes doigts dans mes oreilles, proposa Ning.

— Si tu n'étais pas un eunuque, je te le demanderais probablement, mais je comprends que tu aies besoin de protéger Lan'xiu au cas où je deviendrais soudainement folle et que je l'attaque.

— Vous ne pourriez pas vous approcher assez près d'elle pour mener à bien une telle chose, dit Ning fièrement, une main sur son épée.

— Tu n'es pas obligée de nous raconter cela si tu n'en as pas vraiment envie, dit Lan.

Taquiner Ning sembla avoir donné à Bai l'occasion de se reprendre.

— Il ne faut pas se fier aux apparences, dans la cour. Hüi Wei n'a fait l'amour avec aucune d'entre nous depuis ton arrivée. En réalité, Alute était déjà enceinte lorsqu'elle est arrivée entre ces murs. Son fils n'est pas le sien. Elle a pleuré pendant des jours et des jours, avant de réussir à trouver le courage d'en parler à Hüi Wei, mais il a été très gentil envers elle. Elle a été autorisée à vivre et à porter son enfant en paix, même s'il n'est pas mentionné dans la succession. Hüi Wei est un homme bon.

La tête de Lan'xiu lui tournait.

— Mais… Quand vos lanternes étaient allumées… Qu'est-ce que vous…

Elle s'arrêta, réalisant que sa curiosité était mal placée.

— Après que tu es arrivée, Hüi Wei n'est plus jamais monté à l'étage avec moi. Nous jouions aux échecs, admit Bai. Il n'a jamais fait… Ce dont je parlais à la fête, lorsque nous nous sommes rencontrées la première fois. C'est un homme bon. Parfois il lisait pour moi. Il est… très gentil.

— Tu ne l'aimes pas ? s'étonna Lan'xiu.

— Non, je ne l'aime pas. Je n'ai aucun mérite à admettre cela alors que c'est un homme si bon, dit Bai, baissant la tête. Il est trop vieux pour moi.

— Il n'est pas vieux ! s'exclama vivement Lan'xiu puis elle s'interrompit.

— Toi, tu l'aimes, dit Bai en acquiesçant d'un air satisfait. Je m'en doutais.

Elle releva une main lorsque Lan'xiu voulut reprendre la parole.

— Tu le caches très bien, n'aies pas d'inquiétude. Je doute que ce soit ce qui ait poussé Ci'an à ses actes irréfléchis.

— Comment le savais-tu, alors ?

— Tes yeux brillent comme des étoiles à chaque fois que quelqu'un dit son nom. Une fois, tu n'as pas baissé les yeux assez vite et je l'ai remarqué.

Bai se pencha pour toucher la main de Lan'xiu à tour.

— Je suis heureuse pour toi.

— Mais toi ? Comment peux-tu rester ainsi, sans personne pour t'aimer et… sans remplir le rôle pour lequel tu es…

— J'aimais un autre homme avant de venir ici, dit Bai doucement. Je rêve de pouvoir être libre de retourner auprès de lui, même si je sais que cela ne pourra jamais arriver.

— As-tu parlé de cela à Hüi Wei ?

— Je ne pourrais pas ! Je ne voudrais pas l'offenser ainsi, dit Bai. Mon père est un fonctionnaire haut placé dans ma province. Il y a plusieurs raisons pour lesquelles j'ai été choisie pour venir ici en tant que concubine. Je ne voudrais pas offenser Hüi Wei et mon père à cause de mes propres désirs.

Brièvement, Lan'xiu croisa le regard de Ning.

— Peut-être ton rêve se réalisera-t-il.

— Peut-être, dit Bai tristement. Mais que cela arrive ou non, il fallait que je vienne m'assurer que tu étais bien vivante, par mes propres yeux et que tu allais bien. Depuis que nous nous sommes rencontrées, j'ai la sensation que nous sommes devenues amies.

— Nous le sommes, dit Lan'xiu, ses yeux se remplissant de larmes qu'elle ne cacha pas cette fois-ci.

Elle tendit la main pour attraper celle de Bai et la serra.

— Nous sommes amies.

— J'en suis heureuse. Je t'ai appréciée dès la première fois où je t'ai rencontrée, dit Bai en laissant éclater son habituel rire contagieux.

— Amies pour toujours !

LAN'XIU EUT besoin d'une autre sieste après que Bai fut partie. Tout ce qu'elle avait dit avait effondré les fondations de son nouveau monde.

Lorsqu'il s'éveilla, ce fut pour sentir que des bras forts le maintenaient en sécurité. Il blottit sa joue contre l'épaule de Hüi et soupira doucement

— Mon Lan'xiu, dit Hüi pour toute réponse.

Quelque chose dans sa voix le poussa à rouvrir les yeux.

— Que se passe-t-il, Hüi ?

— Ce n'est rien. Lorsque je suis loin de toi, je m'inquiète que quelque chose…

Hüi se mordit la lèvre.

— Je suis venu voir si tu allais bien. Je remercie les dieux de pouvoir te tenir encore dans mes bras.

— Moi aussi, dit Lan, reposant sa tête contre l'épaule large d'Hüi.

XVII

QUAND LAN'XIU s'éveilla de nouveau, Hüi était parti et Ning se trouvait dans la chambre. Elle s'étira langoureusement dans le lit et interrogea Ning.

— Pourquoi as-tu l'air si férocement satisfait ?

— Lorsque mon Seigneur est venu vous voir, je suis sorti et j'ai mené ma petite enquête. C'est bien ce que je pensais. Ci'an ne s'est pas suicidée.

Lan'xiu se redressa, enroulant ses bras autour d'elle-même, se sentant soudain nauséeuse, comme si le poison agissait encore.

— Que s'est-il réellement passé ?

— Les soldats l'ont emmenée en haut de la tour et lui ont offert le droit de se tuer elle-même, puisqu'elle le méritait, grâce à son rang. Elle a ri et a refusé. Alors, ils l'ont jeté du haut de la tour et elle est tombée sur les pavés, dit Ning d'un air satisfait.

Lan'xiu gémit. Ning la rejoignit et passa ses bras autour d'elle.

— Ne vous lamentez pas pour sa mort, Lan'xiu. Cette femme était démoniaque. Ci'an a préféré forcer les soldats à l'exécuter pour qu'ils se sentent coupables de sa mort.

Ning serra Lan'xiu fermement dans ses bras.

— Elle vous aurait tué si elle avait pu. Elle a tué Alute et peut-être aussi les trois nourrissons retrouvés chez elle. Si j'avais été là, j'aurais brisé son crâne et je l'aurais jetée moi-même directement dans les portes de l'au-delà.

— Oh Ning. On dirait que la tragédie et la malchance me suivent, où que j'aille. Peut-être devrais-je partir et qu'ainsi, la vie de Hüi retrouverait son équilibre.

Ning la secoua.

— Ne soyez pas idiote. Vous n'êtes pas à blâmer pour tout cela. Votre beauté a peut-être attisé sa jalousie et sa haine, mais Ci'an aurait commis ces meurtres, que vous soyez venue ou non. De plus, vous n'êtes pas arrivée ici de votre plein gré et vous n'avez pas non plus désiré inspirer de l'envie.

Il relâcha Lan'xiu et l'aida à s'allonger à nouveau contre les oreillers.

— Si vous partiez maintenant, Hüi vous suivrait et vous ramènerait, alors il est trop tard pour faire quoi que ce soit de stupide. Il vous veut tellement qu'il peut, certainement, déjà entendre votre tête de lit couiner à nouveau.

— Est-ce que tu as écouté aux portes ? demanda Lan, les sourcils froncés.

— Pas du tout, c'était une façon de parler, dit Ning en regardant par la fenêtre. Ce stupide Docteur Mu est mort aussi.

— Ne me dis pas qu'il est également tombé de la tour, dit Lan, un soupçon d'effroi dans la voix.

— Non, il a été décapité. Ses crimes étaient trop importants pour que le général puisse passer outre. Non seulement il a fourni à Ci'an le poison qu'elle a utilisé, mais ils avaient aussi une liaison, annonça Ning. La rumeur raconte que le fils de Ci'an est le sien. Le garçon est tellement petit qu'un homme fort comme le général n'aurait jamais pu engendrer un tel enfant.

— Ci'an ? Avec ce drôle de petit homme ?

Lan'xiu secoua la tête.

— Comment as-tu découvert tout cela ?

Ning rougit légèrement et se releva pour tripoter les rideaux.

— J'ai demandé au Capitaine Wen. Il commande la garde du pavillon.

— M'aurais-tu caché une romance ? le taquina Lan.

— Il a été très utile, dit Ning d'un ton hautain. C'est lui qui est venu à notre aide lorsque Ci'an vous a attaquée.

Puis il sourit de toutes ses dents et redescendit de son petit nuage personnel.

— Peut-être s'agit-il bien d'une romance.

Lan'xiu s'esclaffa et rit encore.

— Qui l'eut cru ? Mon frère me trahit et m'envoie vers une mort certaine et nous trouvons tous deux l'amour. C'est un drôle de monde.

— C'est le destin, dit Ning solennellement. Maintenant, vous devez dormir. Et essayez de ne pas vous inquiéter. Le général est assez inquiet pour nous trois.

— Il s'inquiète pour moi ? demanda Lan, les yeux voilés par ses cils mais le visage teinté d'un rose délicat.

— Non, il veut jouer aux échecs et il a besoin d'un nouveau partenaire, grogna Ning. Allez, dormez.

Il tira la couverture et borda Lan'xiu jusqu'aux épaules avant d'éteindre la lanterne.

LE JOUR suivant, Lan'xiu quitta son lit. Son pas était vacillant, mais elle atteignit la salle de bain sans assistance et elle jeta un coup d'œil au miroir avant de glapir, d'un air consterné.

— Ning, je crois que Hüi doit m'aimer un petit peu s'il a réussi à regarder ce visage avec affection ! Pourquoi ne m'as-tu pas laissée prendre un bain ?

— Vous ne pouvez pas prendre de bain pour le moment. Je vais vous aider à vous laver. Il ne faut pas mouiller les sutures, le gronda Ning.

— Lave mes cheveux, je t'en supplie. Et peigne-les. Je pense qu'il y a du sang dedans, dit Lan d'un ton dégoûté, touchant du bout de ses doigts la natte raide d'où s'échappaient quelques boucles.

— Nous verrons, dit Ning d'un ton sombre.

Les feux sous la baignoire avaient été allumés un peu plus tôt et des braises brillaient agréablement. Des volutes de vapeur montaient du bain lorsqu'il aida Lan'xiu à grimper dans la baignoire, qui n'était remplie qu'à moitié.

Lan soupira de soulagement en s'enfonçant dans les eaux peu profondes.

Une heure plus tard, habillée d'une robe seyante d'un bleu profond, ses cheveux nattés et garnis d'épingles à cheveux, ses yeux entourés d'un trait noir et ses lèvres rougies, Lan'xiu s'installa dans une chaise près de la fenêtre, pour observer le ciel bleu. Un oiseau en plein vol la fit soupirer de bonheur et elle regretta de ne pouvoir distinguer que quelques branches nues et les toits de la cour.

Elle releva les yeux et sourit lorsque Hüi Wei entra dans la chambre, accompagné de Jiang.

— Princesse, dit Jiang. Je suis venu vérifier l'état de votre blessure et changer le pansement. Vous ne l'avez pas mouillé, n'est-ce pas ?

— Ning a fait très attention, répondit Lan'xiu.

Ses yeux étaient rivés sur le visage de Hüi et son cœur s'envola lorsqu'elle y lut tout l'amour et l'inquiétude gravés sur celui-ci.

— Vous avez l'air fatigué, mon Seigneur, dit-elle simplement.

Hüi sourit d'un air rassurant et s'installa près d'elle, prenant la main de Lan comme s'il ne pouvait supporter d'être près d'elle sans la toucher.

— J'ai eu beaucoup à faire.

Lan tressaillit légèrement lorsque Jiang écarta les bandages de la plaie.

— Vous guérissez bien, dit-il. Je vais simplement refaire le bandage avec quelques herbes médicinales.

Il s'occupa à sa tâche, prétendant ne pas remarquer les regards attendris et les gestes doux que le couple échangeait.

— Pourquoi ne pouvez-vous pas vous arrêter un instant ? demanda Ning. Lisez un livre. Vous ne devriez pas piétiner ainsi dans votre chambre.

— Je vais parfaitement bien, s'exclama Lan, continuant à faire les cents pas au travers de la pièce, sans s'arrêter. Tu me traites comme si j'étais un délicat vase de porcelaine et tu ne m'as pas laissée sortir de cette chambre depuis une semaine !

Ning se rapprocha et attrapa les rebords de sa robe, l'attirant plus près afin de pouvoir parler tout bas.

— Vous n'allez pas parfaitement bien. Je sais que votre bras vous fait toujours souffrir et vous ne mangez pas assez : même un oiseau ne survivrait pas avec ce régime.

— Je vais assez bien pour marcher dans la cour, dit Lan.

— Et vous l'auriez fait si je n'avais pas caché toutes vos chaussures.

— Voler, tu veux dire ! Je veux que tu me les rendes, menaça Lan.

— Tout le monde croit que vous êtes trop faible pour sortir du lit. De plus, peut-être vous rappelez-vous que vous êtes censée vous remettre d'une fausse couche, humm ? Être en deuil. Maintenant, jouez le jeu et vous en serez récompensée.

— Mes chaussures ?

— Mieux que cela. Asseyez-vous.

Ning indiqua une chaise près de la fenêtre.

— Ou je vous remets au lit.

— D'accord, espèce de tyran !

— Que me caches-tu ? demanda Lan en se libérant et en prenant un air boudeur.

— Le général a l'intention de vous faire consulter un docteur.

Remarquant l'air paniqué de la princesse, Ning s'empressa de la rassurer.

— Il vous emmènera chez un spécialiste, en dehors des murs de la ville, puisque votre santé est tellement instable. Nous partirons trois jours.

Lan réalisa ce que Ning essayait de lui faire comprendre discrètement et son visage rayonna de joie.

— Pourquoi ne m'as-tu rien dit ?

— Cela vient seulement d'être décidé.

Ning se tut et l'observa en méditant un instant.

— Vous devrez être accompagnée par une garde spéciale. Le Seigneur Jiang restera ici pour gouverner à la place de Hüi Wei.

— Et tu souhaites que je demande qu'un certain capitaine nous accompagne ?

Ning acquiesça.

— Évidemment, tu peux te sortir une telle absurdité de la tête…

— Lan'xiu ! protesta Ning.

— Chut, Ning, espèce de mogwai idiot.

Lan lui sourit.

— Je te taquine seulement. Je suis sûre que ton Capitaine Wen sera ravi de nous accompagner.

— Hüi Wei viendra vous informer de votre voyage ce soir, alors faites semblant d'être surprise, lui intima Ning. Ensuite, demandez la présence du Capitaine Wen.

— Qui est le serviteur et qui est la maîtresse, ici ? demanda Lan.

— Si vous avez besoin de le demander…

Ning lui sourit de toutes ses dents et s'éloigna pour aller chercher un coffre de voyage.

UNE FOIS passés les murs de la ville, Hüi Wei sourit en découvrant la joie de Lan'xiu. Il semblait se tenir plus droit dans le fiacre et se penchait à la fenêtre comme si l'odeur même de l'air était différente.

Depuis le jour où Lan'xiu l'avait surpris en lui révélant combien il se sentait emprisonné, Hüi avait longuement réfléchi à ce qu'il ressentirait si quelqu'un scrutait et gouvernait ses moindres mouvements, selon ses caprices. Lan lui avait ouvert les yeux sur la vie que menait ses épouses et il avait dû admettre qu'à la place de Lan, il se serait senti lui aussi, prisonnier.

C'était Jiang qui avait organisé cette sortie pour Lan'xiu. Au début, Hüi Wei avait pensé que son ami était fou quand il avait suggéré de l'emmener voir un docteur, mais lorsque le plan entier lui avait été expliqué, il lui avait semblé intelligent. Hüi ne l'aurait jamais admis, même devant Jiang, mais lorsque Lan'xiu était en jeu, ses idées s'embrouillaient et il n'aurait jamais réussi à comploter tout cela lui-même.

Et pourtant, désormais, c'était lui qui récoltait les fruits de tout cela. Jiang était resté au palais, assurant le rôle de Hüi et n'était pas là pour être témoin de la joie qui s'étalait sur le visage de Lan, tandis qu'il regardait les champs défiler à perte de vue ainsi que les maisons des villages qui entouraient la ville.

Pour Hüi, Lan était le spectacle le plus exquis qui lui ait jamais été donné de voir. Une fourrure encadrait son beau visage et Ning, à qui on avait donné carte blanche avec les tailleurs, avait commandé une veste en cuir taillée sur mesure pour lui, de nouvelles bottes d'équitation et une jupe en laine solide, avec une fente dissimulée par un grand morceau de tissu brodé qui s'étirait de la ceinture, à l'entrejambe, jusqu'en bas. Les tons marron et caramel se mariaient au teint de Lan'xiu, surtout avec l'écharpe lie-de-vin entourée autour de son cou, puisqu'il avait insisté pour qu'on garde la fenêtre du fiacre ouverte.

Ning n'arrêtait pas de regarder ses propres bottes toutes neuves, avec fierté. Lorsque Lan lui avait donné ses nouveaux vêtements, il avait insisté pour que Ning se procure également des bottes. Les porter donnait de nouveau à l'eunuque l'impression d'être un maître d'armes.

Les maisons se firent plus clairsemées et enfin, ils ne virent plus que des kilomètres de plaines désertes et les montagnes pourpres dans le lointain. Le Capitaine Wen avait déployé ses hommes qui chevauchaient à distance raisonnable, surveillant toutes les directions à la fois, tant et si bien que Hüi se sentit assez en sécurité pour ordonner à la caravane de s'arrêter.

Lan'xiu lui jeta un regard interrogateur lorsqu'il rejoignit la calèche sur son magnifique étalon noir.

— Pourquoi nous arrêtons-nous ici, mon Seigneur ?

— Je me suis dit que tu aimerais peut-être chevaucher pour le reste du trajet…

Hüi s'arrêta de parler lorsque le visage de Lan s'éclaira d'une joie incrédule.

Lan'xiu tomba presque dans sa hâte d'ouvrir la porte. Ning descendit après lui, plus posément, mais son excitation n'était pas moindre lorsqu'il observa le Capitaine Wen en train de s'approcher, tenant deux chevaux scellés, l'un plus petit que l'autre.

Hüi Wei sourit largement face à l'empressement de Lan'xiu lorsqu'il mit pied à terre et tendit ses rênes à Ning.

— Laisse-moi t'aider à te mettre en selle.

Il se pencha et Lan posa un genou dans ses mains offertes, sautant lestement en selle, comprenant pour la première fois pourquoi Ning lui avait fait mettre cette jupe fendue. La jument châtaigne était fraîche, étant donné qu'elle avait suivi le cortège sans être chevauchée durant le trajet et elle fit quelques pas de côté nerveusement, sautillant d'une façon joueuse comme pour tenter de le désarçonner. Lan'xiu contrôla le cheval facilement, restant près de son cou, suivant chacun de ses mouvements.

— Merci, mon Seigneur ! Elle est magnifique.

Lan se pencha vers l'avant pour flatter l'encolure soyeuse.

— Est-ce que ce poney est pour Ning ?

Hüi avait récupéré ses rênes et monta sur son étalon.

— J'ai pensé que Ning préférerait peut-être rester à tes côtés plutôt que de poursuivre le voyage dans la calèche.

— C'est tout à fait exact.

Ning prit les rênes des mains du Capitaine Wen et grimpa en selle.

Lan'xiu talonna légèrement les flancs de la jument et il partit au petit galop. Sans hésitation, Ning le suivit. La jument se mit à galoper et la princesse se pencha contre la selle, bougeant comme si elle ne faisait plus qu'un avec l'animal.

— Quelle cavalière splendide ! déclara Wen.

— N'est-ce pas ? dit Hüi fièrement.

Puis il réalisa qu'elle s'éloignait de lui au galop et gifla la croupe de son cheval à l'aide de ses rênes. L'étalon bondit de surprise et s'élança en de longues foulées, rattrapant rapidement la distance qui le séparait de la princesse.

Se rappelant soudain de ses fonctions, le Capitaine Wen galopa à leur suite, ses hommes le suivant de près.

Hüi laissa Lan'xiu chevaucher sa jument pendant presque un kilomètre avant de la rejoindre et de poser une main sur ses rênes.

— Doucement, mon amour. Tu as été malade, tu te souviens ?

Les joues roses et les yeux brillants, Lan'xiu rit avec son amant.

— Je ne me suis jamais senti plus vivante, mon Seigneur. C'était fantastique !

Ning les rejoignit, donnant des coups de pied à sa monture têtue qui se contentait de flâner, en trottant.

— Quelle bête entêtée, on dirait un âne ! Lan'xiu ! Vous ne devriez pas galoper comme un garçon manqué ! N'oubliez pas que vous êtes une princesse !

Le sourire de Lan'xiu s'estompa.

— J'avais oublié les soldats et le Capitaine Wen. Peut-être n'aurais-je pas dû chevaucher ainsi devant eux ?

— Je pense qu'il est temps que tu acquières ta propre garde rapprochée, dit Hüi Wei avec un sourire. Le Capitaine Wen a choisi ses hommes avec soin et ils nous ont accompagnés en sachant qu'ils allaient prêter serment de te servir.

— De me servir, *moi* ?

Lan'xiu semblait à la fois ravie et perplexe.

— Mais pourquoi ?

Ning leva les yeux au ciel, exaspéré, mais Hüi ne lui permit pas de les interrompre.

— Je ne risquerai pas de te perdre à nouveau. Si tu avais eu ta propre garde, Ci'an n'aurait jamais réussi à s'immiscer dans ta chambre et à te menacer de son épée..

— Ce n'était pas une grande combattante, dit Lan.

— Vous étiez malade ! Aucunement en état de combattre, rappela sèchement Ning.

Le Capitaine Wen et ses hommes rejoignirent le groupe, s'arrêtant devant eux juste à temps pour mettre un terme à ce qui promettait de devenir une longue tirade de Ning et ils se mirent au garde-à-vous sur leurs montures.

— Le moment est venu, dit Hüi Wei à Wen.

Le Capitaine Wen garda les yeux rivés sur Lan'xiu.

— Princesse Lan'xiu, mon bataillon et moi-même avons l'honneur de vous jurer une loyauté éternelle, à vous et à ceux qui dépendent de vous. Nous sommes prêts à nous battre pour vous et à mourir pour vous garder en sécurité. Veuillez accepter cette promesse et ce serment. Nous sommes à votre service.

Touchée, Lan'xiu jeta un regard vers Hüi, qui acquiesça.

— Capitaine Wen, je suis honorée d'accepter votre serment. Je récompenserai votre loyauté par la mienne, ma vie est désormais entre vos mains.

— Attention ! s'exclama Ning. Cela veut dire que si le Capitaine Wen vous ordonne de ne pas faire quelque chose, vous obéirez ! Et que vous ne devrez pas vous mettre dans un pétrin tel que vos hommes seraient, à leur tour en danger, afin de vous sauver. Et…

— Ce sera tout, Ning, dit Lan d'un ton digne, même si elle le fusilla du regard. Merci, Capitaine Wen, veuillez me dire le nom de vos hommes.

Chevauchant près de Wen, Lan'xiu fut présentée à sa nouvelle escorte et hocha la tête à l'attention de chacun d'eux, les asservissant un à un d'un simple sourire, comme si sa façon de chevaucher n'avait pas déjà suffi, même si elle en était complètement inconsciente.

Puis elle rejoignit Hüi Wei et se plaça près de lui et celui-ci remercia Wen.

— Veux-tu continuer à cheval ?

— Hüi, dit Lan lorsqu'ils furent hors de portée de la garde. Où allons-nous et pourquoi aurais-je besoin d'une garde rapprochée ?

— Nous rejoignons mon palais d'été, dit Hüi. Jiang a fait courir la rumeur selon laquelle je t'emmène voir un spécialiste pour examiner les blessures que Ci'an t'a infligées.

— Un tel médecin pour mon bras ?

— Ce docteur nous informera que tu ne seras plus jamais capable de porter d'enfants.

— J'aurais pu vous dire cela moi-même, dit Lan d'une voix calme. Je ne laisserai pas un docteur me malmener.

— Il n'y aura pas de docteur, Lan, dit Hüi. Je te veux entièrement pour moi. Nous serons là-bas pendant trois jours, même si ce n'est pas l'été et qu'il y fera plutôt froid.

Elle chevaucha en silence pendant un moment.

— Merci, Hüi. Mais… et le Capitaine Wen et ses hommes ? Ils sauront sûrement… Ils réaliseront qu'aucun médecin n'est venu.

— On reconnaît un gouverneur prudent à sa façon de jauger la loyauté de ses subordonnés, dit Hüi. Même au sein de ma cour, certains complotent contre moi, mais mieux vaut parfois garder ses ennemis près de soi plutôt que de les repousser. J'avais sous-estimé Ci'an et je ne risquerai pas ta sécurité à nouveau. Ces hommes t'ont juré fidélité, à *toi*. Ils te protégeront, peu importe qui essaie de te faire du mal.

Lan'xiu cligna rapidement des yeux et fixa les montagnes pourpres dans le lointain.

— Comment pouvez-vous en être si sûr ?

— Je ne me suis pas basé seulement sur mon propre jugement.

Hüi rit et indiqua Ning d'un geste de la tête, qui se démenait pour encourager son cheval paresseux à accélérer.

— Ning a choisi ces hommes avec le Capitaine Wen. Si l'un d'eux te trahissait, Ning s'assurera que sa tête finisse sur une lance.

Lan semblait encore troublée mais ne parla pas.

— Lan, mon amour, tous les hommes de pouvoir ont des secrets. Ces hommes qui ont prêté serment, ont juré non seulement de préserver ta vie mais de garder aussi tes secrets. Tu es en sécurité maintenant.

— Merci, Hüi, dit Lan'xiu.

Puis elle se mit à rire.

— J'espère que nous trouverons un autre cheval pour Ning, il ne vous sera pas reconnaissant de lui avoir donné cet escargot à monter.

Hüi rit avec elle.

— Je ne savais pas s'il savait monter, alors j'ai demandé pour lui une monture calme. Toutefois, il en aura une autre pour le retour.

Son sourire se fit plus taquin.

— Je me suis souvenu comment tu m'avais bien chevauchée, alors je n'ai eu aucune hésitation pour choisir un cheval fougueux pour toi.

Les joues de Lan rosirent lorsqu'elle se souvenait, embarrassée.

LES TROIS jours qu'ils passèrent au palais d'été furent paradisiaques, aussi bien pour Lan'xiu que pour Hüi Wei. Ils passèrent presque chaque minute ensemble, permettant à Ning de s'éclipser sans avoir besoin de le demander, puisqu'ils n'avaient pas besoin de sa constante compagnie.

Ils partirent chevaucher dans les montagnes et revinrent se réchauffer près du feu, se souciant peu de ce qu'ils mangeaient, ni de quand. Ils passèrent chaque nuit dans le même lit, enlacés l'un à l'autre. Hüi fit l'amour à Lan'xiu à chaque fois que le désir naissait entre eux. Il aimait se réveiller près de lui, caresser ses longs cheveux, l'embrasser jusqu'à en perdre le souffle puis le reprendre, durement ou doucement, selon son envie.

Si Lan'xiu remarqua quelques étoiles dans les yeux de son ami, il ne taquina pas Ning en cherchant à savoir si le Capitaine Wen en était la cause. En étant clément, il espérait avoir plus de chance pour pousser Ning à arrêter d'espionner ses propres faits et gestes.

Il était si agréable d'avoir Hüi entièrement pour lui que Lan'xiu plongea dans la mélancolie le jour où ils durent se remettre en route pour rentrer. Après la liberté procurée par ces balades sauvages dans les montagnes, l'intimité des dîners, les rires partagés avec lui, les nuits passées nu dans ses bras, avoir fait l'amour lorsqu'ils en avaient envie, Lan n'était pas pressé de retourner à son ancienne vie, emprisonné dans le pavillon des femmes.

Pour se préparer à cette nécessité, Lan devint un peu plus distant avec Hüi. Lorsque les bagages furent prêts et chargés sur le toit de la calèche, Lan remonta en selle une dernière fois, sachant qu'avant d'atteindre le village le plus proche de la cité, il devrait mettre pied à terre et reprendre sa place dans le fiacre, comme une dame bien élevée de la cour du général.

Hüi chevaucha en silence près de lui et, à chaque kilomètre qu'ils parcouraient, Lan sentit la distance entre eux grandir également. *« J'ai choisi ma vie et désormais je dois supporter les conséquences de mon choix. Plus jamais nous n'aurons cette intimité, mais au moins nous aurons eu ces trois jours »*. Lan se souvint que Mei Ju lui avait dit que Hüi l'avait emmenée pendant certains voyages et cela le priva du bénéfice de la magie étrange qui avait teinté toute cette expérience.

Lorsqu'il se retourna pour jeter un regard à Hüi, il découvrit que le visage de son amant était creusé de rides tristes et Lan ne put deviner quelles émotions se dissimulaient sous cette expression.

Enfin, le Capitaine Wen leva la main et la procession s'arrêta. Ning descendit de son cheval, bien plus vif que le premier et ouvrit la porte du fiacre pour la princesse.

Se sentant comme un prisonnier que l'on ramenait à sa cellule après une brève escapade, Lan'xiu mit pied à terre. Il tapota l'encolure de la jument, lui murmura quelques mots doux pour lui dire au revoir, se demandant s'il la reverrait un jour. Puis il se retourna et redressa ses épaules, se préparant à monter dans la calèche.

Une cape tourbillonna autour de lui et il fut soulevé de terre, enveloppé dans les bras de Hüi qui le serra contre lui, entendant la voix rauque de son amant, brisée par l'émotion, contre son oreille.

— Je ne peux pas vivre sans voir ton beau visage chaque jour, mon Lan'xiu. C'est de la folie d'être si près et pourtant de ne pas pouvoir te voir. S'il le faut, je ferai allumer ta lanterne chaque jour.

Au lieu de pleurer devant ses soldats, Lan rit, de joie et de déchirement, souhaitant avant tout réconforter son amant.

— Il ne le faut pas, Hüi, vous avez d'autres épouses…

— Je m'en moque. Je dois te voir, je dois t'avoir…

Hüi le serra si fort que Lan en perdit le souffle et haleta.

Des pensées folles traversèrent son esprit et Lan voulut rappeler à Hüi la dévotion de Mei Ju, mais il était trop heureux de cette manifestation rassurante.

— Vous serez toujours le bienvenu dans ma chambre, que vous allumiez la lanterne ou pas. Oh, Hüi ! Vous me manquez déjà ! Je ne supporte pas l'idée que vous me laissiez partir.

— Je veux te tenir contre mon cœur pour toujours, déclara Hüi.

Il inclina le visage de Lan et l'embrassa sur les lèvres, sans se soucier des hommes qui les observaient.

— Je trouverai un moyen, mon amour. Nous ne pouvons pas être séparés ainsi. Je ne le supporterai pas.

À contrecœur, il relâcha Lan et s'écarta.

Lan'xiu jeta un regard aux alentours et découvrit Ning et le Capitaine Wen en train de s'observer, tandis que la plupart des hommes s'étaient détournés par respect, montant la garde dans l'éventualité de l'apparition soudaine d'un quelconque ennemi, même si certains d'entre eux semblaient cligner un peu trop rapidement des yeux. Il posa la main sur la joue de Hüi et rit, malgré ses frissons.

— N'importe qui penserait que nous nous séparons pour une année alors que nous allons vivre à quelques mètres l'un de l'autre, à notre retour.

Hüi s'empara de sa main et en embrassa la paume.

— Tu as raison. Nous sommes ridicules. Allez, monte dans la calèche. Je dois te ramener en sécurité chez toi avant de…

Il ne termina pas sa phrase et aida Lan'xiu à grimper dans le fiacre.

Lan le laissa faire, même s'il n'avait pas réellement besoin d'aide, simplement pour sentir une dernière caresse de Hüi en grimpant les quelques marches. Ning grimpa derrière lui et referma la porte. Lan abaissa la fenêtre, même s'il pouvait voir son souffle former un petit nuage dans l'air gelé et il se mit à neiger, des flocons blancs virevoltant à l'intérieur de la calèche. Mais même Ning ne protesta pas à propos du froid et Lan fixa son regard sur la silhouette raide du général qui chevauchait, quelques pas devant eux.

APRÈS L'ÉMOTION dont Hüi avait fait preuve lorsqu'ils s'étaient séparés, Lan avait espéré que sa lanterne serait allumée chaque nuit, mais elle demeura éteinte pendant une semaine et elle n'entendit pas parler de lui. C'était un bien maigre réconfort de voir que toutes les autres lanternes demeuraient également éteintes.

Ning avait permis à Lan'xiu de reprendre ses promenades à l'extérieur après leur retour de la consultation du médecin fictif, mais ils étaient seuls dans le parc au centre de la cour, malgré le fait que l'hiver se soit retiré et que les premiers signes du printemps pointaient déjà, peu à peu.

Le chant des oiseaux et les petits bourgeons sur les arbres fruitiers ne redonnèrent pas le sourire à Lan'xiu. Il lui semblait que malgré ce qu'il avait dit, Hüi l'avait entièrement oubliée.

Les autres épouses également, apparemment. Ning avait rassemblé toutes les rumeurs qu'ils avaient manquées pendant leur absence et lui amena les nouvelles.

— Fen et Huan vivent désormais ensemble dans la troisième maison, commença-t-il par dire.

— Est-ce que Huan a autorisé des serviteurs à revenir ou font-elles les travaux ménagers elles-mêmes ? demanda Lan, même si en réalité elle n'en avait rien à faire.

— Les serviteurs sont de retour, dit Ning. Et Bai a récupéré les fils d'Alute et de Ci'an chez elle, parce qu'elle dit que Mei Ju était trop occupée avec ses propres enfants.

— Je suis certaine que les garçons doivent l'adorer, dit Lan d'une voix éteinte.

Elle savait qu'elle aurait dû rendre une visite de courtoisie à Bai, au moins, étant donné qu'elle était venue la voir lorsqu'elle était malade, mais elle n'avait pas envie d'imposer sa tristesse à la Cinquième Épouse.

— Apparemment. Et Mei Ju a été indisposé, continua Ning. Il n'y a eu aucune fête pour les épouses depuis que nous sommes partis.

— Je lui enverrai un message, dit Lan d'un ton absent. J'espère qu'elle va bien.

— Je lui ai fait envoyer un panier d'oranges en votre nom, dit le jeune homme.

— Merci, Ning. C'était très attentionné de ta part, dit Lan en se sentant coupable. Et qu'en est-il de ton Capitaine Wen ?

— Il nous surveille même maintenant, pour s'assurer de votre sécurité. Vous souvenez-vous de son serment ? dit Ning. Honnêtement, Lan'xiu, vous vous promenez comme si vous étiez assoupie depuis votre retour. Qu'est-ce qui ne va pas ?

Lan'xiu hésita. Pouvait-elle se confier, même à Ning, alors que son cœur était si blessé de l'absence de Hüi ? Après lui avoir dit qu'il ne supporterait pas de ne plus voir son visage, il avait simplement disparu.

— Je... réfléchissais, dit Lan finalement.

— Réfléchissais ! se moqua Ning.

Il la ramena à la septième maison et ouvrit la porte, posant la main sur son dos et la poussa jusqu'en haut des marches vers sa chambre sans s'arrêter pour la laisser retirer son manteau. Il referma la porte derrière eux.

— Je suppose que pendant que vous *réfléchissiez*, il ne vous est pas venu à l'esprit que peut-être le général était occupé par d'autres choses ?

Elle eut envie de dire « *comme par une autre concubine* », les mots lui brûlant les lèvres, mais quelque chose dans la façon dont Ning réprimait son excitation évidente l'en empêcha.

— Que sais-tu ? Espèce de petit démon, crache le morceau !

Son cœur battait la chamade tandis que son esprit échafaudait toutes sortes de dangers menaçant son amoureux.

— Ah, vous êtes donc encore vivante, dit Ning, souriant d'un air satisfait.

— Était-ce un piège pour me faire réagir ?

— Non, pas du tout. Toutefois, je ne sais pas ce qu'il se passe. Je sais seulement qu'il y a des changements en perspective.

Serrant les poings, Lan'xiu fit les cents pas dans sa chambre.

— Quelque chose ne va pas. Je le sens.

XVIII

ELLE AVAIT été incapable de manger. Sa lanterne demeurait éteinte, de même que toutes les autres à l'intérieur de la cour, mais une sensation d'anticipation discrète l'empêchait de lire un livre ou de s'occuper d'une quelconque autre façon.

Lorsqu'elle entendit les pas de Ning dans l'escalier, elle tourna la tête vers la porte.

— Mon Seigneur le Général et le Seigneur Jiang souhaitent vous parler, dit-il. En bas, au salon.

Lan'xiu pâlit, se demandant ce qui pouvait être si sérieux qu'on lui demande une rencontre officielle au salon. Elle n'y allait jamais elle-même, trouvant l'endroit trop sombre et trop lugubre. Sa jolie chambre jaune était bien plus confortable pour elle, mais Hüi Wei pensait peut-être que, comme elle allait mieux maintenant, il était plus convenable pour elle d'accueillir Jiang là-bas.

Elle vérifia son maquillage et ramassa un éventail avant de descendre au rez-de-chaussée, Ning sur les talons. Lorsqu'elle entra au salon, Lan'xiu se laissa tomber à genoux et se prosterna comme elle le devait devant Hüi Wei puis resta dans cette position pour s'incliner profondément devant Jiang.

— Salutations, mes Seigneurs. Puis-je vous offrir du thé ?

— Tu peux te relever et t'asseoir… avec nous, dit Hüi, se retenant à peine de dire à Lan'xiu de s'asseoir près de lui. Il sembla fasciné de la revoir.

— J'oublie toujours à quel point tu es belle…

Hüi s'interrompit immédiatement et jeta un regard à Jiang, qui semblait très occupé par un examen minutieux des broderies qui ornaient sa manche.

Modestement, Lan garda les yeux baissés et s'installa tout au bord d'une chaise, tenant son éventail pour dissimuler son visage du regard de Jiang. Elle n'avait jamais tenu compagnie à un autre homme que Hüi Wei

177

dans sa demeure et n'était pas sûre de ce que pouvait présager cette visite et de la manière dont elle devait agir, malgré le fait que Jiang l'ait déjà vue lorsqu'elle était au plus mal. Les augures semblaient la déserter depuis qu'elle avait été forcée à rejoindre cette contrée étrange, mais en cet instant, elle sentit de nouveau le tiraillement familier d'une image se former dans son esprit. Elle ne savait pas ce qu'elle voulait dire, mais la révélation de cette vision s'éclaircissant soudain fut difficile à cacher tandis qu'elle attendait en tremblant, ce que ces hommes avaient à lui dire.

Jiang commença, choisissant ses mots avec soin.

— Vous devez avoir entendu dire que la Seconde Épouse Ci'an a entrepris son voyage dans l'au-delà, lorsque les dieux l'ont sans aucun doute punie pour ses actes et ses méfaits dans cette vie.

Lan hocha la tête sans parler.

— Son père, Daji, qui vit à Henan, n'a pas été heureux lorsque le messager lui a annoncé la nouvelle de sa mort. Il n'arrive pas à croire que Ci'an se soit tuée elle-même. C'était lui qui avait organisé ce mariage politique et, par sa mort, il se sent désormais libéré des termes du traité.

— Henan ? s'exclama Lan'xiu, surprise.

— Précisément, dit Jiang, semblant satisfait qu'elle comprenne rapidement. La province frontalière de celle de votre frère.

— Lan'xiu, que penses-tu que ton frère, Wu Min, va faire ? demanda Hüi.

Il se pencha vers l'avant, observant intensément la princesse.

Elle laissa tomber son éventail dans son giron.

— Wu Min va essayer de convaincre Daji que sa rancune contre vous est une raison valable pour se mettre en guerre. Mon frère va lui promettre qu'il le supportera et lorsqu'il aura rassemblé ses forces, Wu Min attendra jusqu'à ce qu'il soit trop tard pour que Daji batte en retraite. Peut-être l'aidera-t-il comme il le promettra, peut-être pas, selon la façon dont le vent tournera.

— Alors tu partages notre point de vue, dit Hüi Wei, en se rasseyant.

Il était clair que pour l'heure, il pensait davantage à toutes les éventualités de ce danger imminent qu'à elle.

— La province d'Henan est faite de douces collines et de plaines, dit Jiang.

— Ma province de Liaopeh est montagneuse, faite de rochers dangereux et de falaises, dit Lan'xiu. Cela profiterait à Wu Min s'il pouvait choisir le lieu de la bataille. Il placerait Daji sur une plaine adossée à notre plus haut sommet; ce serait un endroit parfait pour une attaque surprise. Alors que vos

178

forces seraient occupées à combattre Daji, Wu Min pourrait rabattre ses hommes derrière vous pour vous surprendre.

Sans savoir pourquoi, Jiang ne sembla pas surpris par la capacité de la princesse à comprendre les stratégies militaires.

— Alors nous devons choisir l'endroit où nous nous battrons.

— Ou peut-être choisir d'attaquer Daji plutôt que d'attendre son bon plaisir, dit Hüi Wei.

— Ou avancer droit dans leur piège, pour le retourner contre eux, ajouta Lan'xiu.

Les yeux d'Hüi brillèrent d'excitation en voyant que Lan'xiu pensait comme lui.

— Mes espions nous ramèneront des informations concernant leurs mouvements. Si nous réfléchissons comme un renard, peut-être pourrions-nous séparer nos forces pour attaquer dans deux directions différentes.

— Cela dépendra de ce que préparent ses deux rats vénaux, dit prudemment Jiang.

— Merci, Lan'xiu, dit Hüi Wei, se relevant et prenant sa main pour l'embrasser. Nous sommes reconnaissants pour cette information. Nous devons nous retirer car nous avons beaucoup de choses à préparer.

— Vous partez en guerre, mon Seigneur ? demanda Lan'xiu.

— Comme nous t'avons déjà consultée et parlé de tant de choses, je peux bien te le dire. Oui, nous allons partir en guerre afin de protéger nos frontières, dit Hüi. Il était inévitable qu'une telle chose arrive, un jour ou l'autre, avec ces deux hommes, autant prendre l'initiative.

— Alors j'irai avec vous, annonça Lan'xiu, joignant ses mains dans son giron.

Hüi la rejoignit en deux pas et agrippa le haut de ses bras pour la soulever de sa chaise et la secouer.

— Tu n'iras *pas* avec nous ! Tu ne peux pas faire la guerre ! Tu ne peux pas te battre !

— Si, elle le peut, dit Ning. De plus, le Capitaine Wen et ses hommes sont liés à elle par leurs serments d'honneur. Ils la protégeront.

Les deux hommes avaient oublié qu'il était ici et Jiang étouffa un rire. Et dire qu'ils avaient voulu garder le secret ! Mais au moins, Ning s'était montré plus discret que la plupart des eunuques.

Hüi grogna, jetant un regard mauvais d'abord à Ning puis à son ami qui essayait de garder un visage sérieux. Enfin, il se retourna vers Lan'xiu.

179

— Je ne peux pas te perdre au combat, marmonna-t-il d'un ton sinistre. Pas après avoir failli te perdre à cause de ce démon, Ci'an.

— Vous ne me perdrez pas, mon Seigneur, dit Lan'xiu.

Elle sourit, sûre de la vision qu'elle avait eue.

— Je vais vous aider à obtenir la victoire. Je ne serai pas en danger si vous êtes là pour me protéger.

— Je ne pourrai pas faire attention à toi, expliqua Hüi. Et si…

— Et si vos espions et vos éclaireurs vous ramenaient de mauvaises informations ? Je connais bien ces montagnes. Je connais tous les chemins secrets qui les traversent. De plus, n'avez-vous pas dit que vous ne mèneriez pas l'assaut ? Vous resterez en arrière et dirigerez les troupes, rappela Lan. Je serai en sécurité à l'arrière avec vous.

Hüi relâcha suffisamment sa poigne pour que les pieds de Lan touchent à nouveau le sol. Il regarda d'abord Ning, puis Jiang.

— Je ne demanderai pas l'opinion de Ning. Il est tellement obsédé par sa princesse qu'il dirait n'importe quoi pour qu'elle obtienne tout ce qu'elle veut, mais toi, Jiang, tu dois bien voir que c'est de la folie.

— Je n'y vois que des avantages, dit Jiang. La princesse a raison. Elle serait d'une aide immense sur un champ de bataille. Et elle s'est plutôt bien défendue contre Ci'an alors même qu'elle était blessée.

— Vous êtes tous fous, dit Hüi d'un ton dégoûté.

Il serra les dents.

— Lan'xiu je ne peux pas te voir blessée une nouvelle fois. Et si on te faisait prisonnière ?

Son visage pâlit, mais Lan'xiu ne céda pas.

— Ce n'est pas votre destin, mon Seigneur. J'ai vu que la voie était libre et qu'il était impératif que je vous accompagne.

— Savez-vous interpréter les augures ? demanda Jiang.

— Pas pour moi-même, dit Lan'xiu. Pour d'autres, parfois. Ma déesse m'a abandonnée lorsque je suis venue ici, mais désormais je sens à nouveau sa présence. La victoire n'est certainement pas assurée, mais elle peut être atteinte.

— Je vais faire amener du vin afin que tu puisses faire les offrandes nécessaires, dit Hüi Wei. Alors seulement je déciderai de ta venue ou non, pas toi.

Il sortit de la pièce à grandes foulées sans un autre mot et Jiang se dépêcha de le suivre, après avoir pris congé de la princesse.

— Il semblait mécontent, commenta Ning.

— Tu ferais mieux de me trouver une armure qui m'aille, dit Lan'xiu.

— Nous y allons ?

Ning se frotta les mains d'un air impatient.

— Espèce de démon assoiffé de sang. Oui, nous y allons.

Lan rit.

— Vous n'avez même pas encore interprété les signes.

— Je n'ai pas besoin de jeter les os, je le sens tout au fond de moi, dit Lan'xiu. J'ai un rôle à jouer dans ce conflit. Il y a une chose qui est certaine : si je ne l'accompagne pas, Hüi Wei n'en reviendra pas.

— Vous n'allez tout de même pas vous sacrifier pour lui, n'est-ce pas ? demanda Ning d'un ton alarmé.

— J'interrogerai les augures ce soir et nous verrons, mais dis-moi, Ning, vu l'amour que je lui porte, à quoi rimerait ma vie sans lui ?

LAN ATTENDAIT Hüi lorsqu'il revint ce soir-là, sans avoir fait allumer sa lanterne.

— Tu savais que je ne pouvais pas rester loin bien longtemps, dit Hüi quand il vit qu'il était encore éveillé.

— J'espérais que ce soit le cas, dit Lan, tendant ses mains vers son amant.

Hüi le prit dans ses bras, le tenant contre lui et respirant son odeur.

— Cette semaine, cela a été un enfer de rester loin de toi, sachant que tu m'attendais, murmura Hüi contre la peau de Lan. Je ne pouvais pas risquer ta sécurité tant que les émissaires de Daji étaient ici, en ville, à observer ce qu'il se passait de leurs yeux sournois. Tu m'as tellement manqué.

— Vous m'avez manqué.

— Je ne peux pas vivre sans que tu sois près de moi. Je vais te faire installer dans le palais afin que nous soyons toujours proches, dit Hüi.

— Qu'en est-il de Mei Ju et des autres ? demanda Lan, le cœur battant.

Il voulait désespérément vivre avec Hüi, mais les autres étaient arrivées à sa cour avant lui.

— Je n'ai jamais su ce qu'était l'amour jusqu'à ce que je te rencontre, marmonna Hüi. Maintenant je comprends… mais peu importe la douleur qu'il peut causer aux autres, je ne peux pas m'en empêcher. Il faut que tu sois toujours près de moi.

— Alors m'emmènerez-vous combattre avec vous ?

— Tu comprends, comme Ning, j'ai horreur de te refuser ce que tu désires, mais à la pensée de ton corps précieux, blessé, ensanglanté, brisé sur le champ de bataille... Je ne peux même pas imaginer vivre une telle horreur. C'était déjà assez difficile de te voir ici, debout, le sang quittant ton corps et gouttant au sol, tremblant comme une feuille devant cette démoniaque Ci'an...

Hüi ne termina pas sa phrase et enfouit son visage contre le cou de son amant à nouveau.

Levant une main, Lan caressa les mèches rugueuses de Hüi.

— Croyez-moi, mon Seigneur, je ne veux pas mourir et vous quitter. J'aimerais que nous ne soyons jamais séparés. Mais j'ai reçu les présages ce soir et rien ne m'arrivera si je pars avec vous. Cela ne m'a pas été montré clairement, mais j'ai un rôle à jouer dans ce conflit, en votre honneur.

— Daji et Wu Min ont leurs propres espions. Ils doivent déjà savoir l'agitation provoquée par la mort de Ci'an, dans la cour, dit Hüi. S'ils sont au courant de cela, ils savent peut-être également combien tu es chère à mon cœur, plus qu'aucune autre de mes épouses. Tu seras une cible.

— Pas si je suis déguisé en homme, dit Lan.

Hüi le relâcha et ils se fixèrent longuement avant d'éclater de rire face à l'ironie de la situation.

— La nouvelle m'est parvenue que Ning essaie de dénicher une armure pour toi. Dis-lui d'arrêter. Je m'en occuperai moi-même. Je t'enverrai chercher demain matin et tu auras une armure faite sur mesures. Je ne veux pas voir ma princesse guerrière aller au combat dans un costume minable et emprunté de surcroît.

— Comme c'est excitant ! J'ai toujours voulu une armure, dit Lan.

Il releva les mains pour toucher le visage de Hüi, caressant tendrement chaque joue.

— Mais pas autant que je vous veux, vous.

— Tu m'as manqué, Lan'xiu, dit Hüi dans un grognement rauque.

Il prit le jeune homme mince dans le creux de ses bras et l'amena sur le lit où ils tombèrent ensemble sur le matelas. La tête de lit grinça bruyamment et Lan'xiu gloussa.

— Tant pis pour ma réputation, dit-il.

— La seule réputation dont tu aies besoin c'est que tout le monde sache combien je t'aime et combien j'ai envie de toi, dit Hüi.

Il pencha la tête pour capturer la bouche de Lan dans un baiser profond et appuyé.

SON CŒUR battait la chamade lorsqu'elle frappa à la porte de la Première Épouse. Ning lui avait soutenu que cela ne ferait que causer une douleur inutile, à Mei Ju et à elle-même, si Lan'xiu lui rendait cette visite, mais elle ne pouvait pas partir sans la remercier d'abord pour sa gentillesse.

Beaucoup de choses avaient changées à l'intérieur de la cour. Mei Ju devait avoir entendu dire que, désormais la Princesse Lan'xiu, concubine du premier rang, allait être emmenée pour vivre à l'intérieur du palais. Il était vraisemblable que Hüi Wei avait eu la courtoisie d'en informer lui-même la Première Épouse. Lan'xiu se prépara à affronter sa colère et sa haine, sachant ce qu'elle aurait ressenti à la place de Mei Ju.

Quand la domestique vint à la porte, elle ouvrit grand ses yeux de surprise en découvrant Lan'xiu, seule, se tenant sur le seuil, sans avoir été invitée. Toutefois, elle permit à la princesse d'entrer pendant qu'elle allait annoncer sa visite à sa maîtresse.

À la grande surprise de Lan, la servante revint et lui montra le chemin.

— S'il vous plaît, Princesse, veuillez me suivre.

Elle fut escortée jusqu'à une petite pièce au premier étage, où Mei Ju était assise, regardant par la fenêtre, habillée d'une robe blanche de deuil, ses mains dépouillées de tout ornement, posées sur les accoudoirs de sa chaise.

Lan'xiu s'inclina avec respect.

— Première Épouse, je suis venue vous remercier pour votre gentillesse envers moi.

Mei Ju tourna un visage implacable vers Lan'xiu, son regard dur et sec.

— Est-ce ainsi que tu me remercies pour ma gentillesse ? Tu me voles le cœur de mon mari ?

Se sentant misérable, Lan'xiu demeura silencieuse. Elle ne pouvait rien dire pour apaiser cette dévastation manifeste et son agonie, aucune défense n'était valable. Elle savait ce qu'elle ressentirait si quelqu'un lui enlevait l'attention de Hüi maintenant.

Mei Ju resta simplement assise, attendant une réponse qui ne vint jamais, ses mains s'agrippant aux accoudoirs gravés de sa chaise.

— Je savais, quand je t'ai rencontrée la première fois, que tu étais trop belle pour qu'un homme puisse te résister, mais je ne pensais pas que Hüi te permettrait de m'évincer. Tu as bien joué ton jeu, en prétendant être modeste et douce.

Lan recula légèrement et son visage s'emplit de douleur.

— Je suis tellement désolée, Première Épouse je ne voulais pas…

183

— Tais-toi !

La voix de Mei Ju était tranchante comme du verre effilé.

— Je n'ai que faire de tes excuses et de tes justifications.

— Peut-être n'aurais-je pas dû venir.

Lan'xiu attendit un instant, mais le visage de Mei Ju ne s'adoucit pas. Elle se retourna pour partir.

— S'il vous plaît, croyez-moi, Première Épouse. Je ne suis pas venue ici dans l'intention de vous causer de souffrances inutiles.

Elle rejoignit la porte et l'ouvrit.

— Princesse Lan'xiu ! Attends !

Lan'xiu se figea et se tourna pour faire face à Mei Ju, incapable de dissimuler le tourment de son visage.

— Je... Je dois te présenter des excuses, dit Mei Ju froidement. Les dieux m'ont porté un coup cruel, mais cela n'est pas une raison pour t'imposer mon aigreur. Tu n'as rien fait de mal.

Lan resta debout, la tête baissée, ne sachant pas quoi faire.

— Vous êtes trop généreuse, Première Épouse.

— Mon... Hüi Wei m'a informé que tu n'as pas eu le choix lorsque tu as été envoyée ici, que ton frère s'attendait à ce qu'il te rejette ou te tue.

Mei Ju secoua la tête, comme si elle ne pouvait toujours pas comprendre pourquoi quelqu'un ferait une telle chose, mais cela n'avait que peu d'importance.

— Je savais, lorsque nous nous sommes rencontrées, que tu étais en proie à la terreur. Je pouvais deviner que tu étais innocente, que tu ne possédais pas les artifices nécessaires pour asservir le cœur et l'esprit de Hüi.

— Ma Dame la Première Épouse, s'il y avait eu quoi que ce soit que j'aurais pu faire...

— Je sais, dit Mei Ju en levant une main. Viens, Lan'xiu, assieds-toi près de moi. Et appelle-moi Mei Ju.

Mal à l'aise, Lan'xiu traversa la pièce et s'installa prudemment au bord de sa chaise. Elle n'arrivait pas à trouver quoi que ce soit à dire pour apaiser la douleur d'une femme dont le cœur avait été terriblement blessé, non pas par la faute de Hüi, mais entièrement à cause d'elle.

Mei Ju continua à fixer les toits carrelés.

— Je savais qu'il t'aimerait. Je pensais m'y être préparée, mais je n'avais aucun moyen d'anticiper l'intensité de la douleur que je ressentirais... Je pensais qu'il me reviendrait toujours... Nous avons été de si bons amis...

— Il vous reviendra, dit Lan, sa voix douce cachant sa propre douleur à cette idée.

— Bien sûr qu'il reviendra. Hüi Wei a beaucoup trop d'honneur pour ignorer la mère de ses enfants.

Mei Ju porta la main à sa bouche, consternée et se tourna vers Lan'xiu.

— Je suis désolée, j'avais oublié. Ce médecin spécialisé a dit que tu ne pourrais plus jamais porter d'enfants pour Hüi Wei après ce que Ci'an t'a fait. Je suis désolée pour toi.

Lan couvrit ses yeux un instant. La compassion de Mei Ju était presque insupportable.

— Je ne lui donnerai jamais de fils, acquiesça-t-elle.

Mei Ju se pencha en avant et entrelaça leurs doigts ensemble.

— Alors tu sais combien je me sens dépourvue, bien que je comprenne ta douleur.

Pendant un moment, Lan ressentit une honte profonde et une culpabilité intense à l'idée d'avoir dupé cette femme à propos de ce qu'elle était vraiment, mais ensuite, son regret de réellement ne pas pouvoir porter les enfants de son amant fit trembler ses lèvres.

— Au moins, il a vos enfants. Vous lui avez donné beaucoup de magnifiques fils et filles.

— J'ai au moins cet honneur. Tu es généreuse de le rappeler.

Mei Ju sourit à travers ses larmes.

— J'aurais, en effet, toujours cette bénédiction.

Elle se pencha pour river le regard de Lan'xiu au sien.

— L'aimes-tu vraiment ?

Toutes les manières grandioses d'expliquer son amour désertèrent soudain Lan.

— Oui, fut tout ce qu'elle arriva à dire, mais cela suffit à Mei Ju.

— On ne peut pas forcer un homme à aimer lorsque le cœur ne le veut pas, murmura Mei Ju. Au moins, il a été à moi pendant plusieurs années, rien qu'à moi.

Elle regarda à nouveau Lan'xiu.

— Pardonne-moi d'avoir évacué mon angoisse sur toi. Ce n'est pas de ta faute.

— Croyez-moi, Mei Ju. Je n'ai jamais voulu vous causer la moindre douleur…

— Je sais. Chut, ma chère.

Mei Ju tapota la main de Lan et se rassit contre le dossier de sa chaise.

— Viendras-tu ici pour me voir, ainsi que les enfants, de temps en temps ?

— J'adorerais cela, dit Lan sincèrement. À part ma mère et Ning, vous êtes la seule personne à avoir été gentille envers moi.

Mei Ju rit, à regret.

— Je n'ai pas été très gentille aujourd'hui. Mais avec le temps, je finirai par m'habituer à ce nouvel ordre des choses, si j'ose dire. On peut s'habituer à tout, même à avoir le cœur brisé.

QUAND LAN'XIU rentra après sa visite à Mei Ju, elle eut l'impression de ne rien vouloir d'autre que se retirer au fond de son lit et d'y dormir pendant des jours, mais elle ne possédait plus de lit dans cette cour et ce n'était pas un comportement adéquat pour une princesse guerrière de toute façon.

Elle resta debout sur le pas de la porte, se demandant où elle devait aller et ce qu'elle devait faire. Heureusement, Ning vint à sa rencontre. Ses lèvres frissonnèrent lorsqu'il s'inclina d'un air obséquieux devant elle et elle sut que cela voulait dire qu'ils étaient observés.

— Princesse Lan'xiu, si vous voulez bien m'accompagner.

Elle hocha la tête et suivit Ning, pleinement consciente que des soldats se postaient autour d'elle. Cela aurait pu la rendre nerveuse si elle n'avait pas reconnu les membres de sa garde. Elle hocha imperceptiblement la tête pour marquer sa reconnaissance et marcha aux côtés de Ning jusqu'à la grande porte de fer où le Capitaine Wen se tenait au garde-à-vous.

— Ouvrez les portes pour la princesse ! cria-t-il fièrement.

Deux des gardes de la cour déverrouillèrent la porte et la Princesse Lan'xiu refit le chemin qu'elle avait parcouru le premier jour de sa venue, en tant que prisonnière de ces murs, sauf que, cette fois, elle en sortait en tant que femme d'un rang important, entourée de sa propre garde.

Le Capitaine Wen mena le groupe jusqu'à la même porte que Lan'xiu avait empruntée pour quitter le palais, une porte latérale sans importance, plutôt que les deux grandes portes sur l'avant du bâtiment, réservées pour les visiteurs d'État. Lan'xiu en fut heureuse. Elle avait vécu la majeure partie de sa vie en essayant de ne pas attirer l'attention sur elle et désormais, elle se sentait si incertaine quant à son futur que ce n'était pas le moment d'entrer fièrement dans le palais par les portes principales.

Une fois à l'intérieur, le Capitaine Wen parla brièvement avec Ning qui indiqua l'escalier.

— Suivez-moi, Princesse, dit Ning.

Consciente que ses hommes ne les avaient pas quittés, Lan'xiu grimpa les marches et suivit Ning à travers un couloir qui serpentait jusqu'à l'arrière du bâtiment, comptant le nombre de portes qu'ils passaient afin de ne pas se retrouver complètement perdue une fois seule. À la façon dont sa garde demeurait près d'elle, elle commença toutefois à se demander si elle marcherait un jour à nouveau seule. Puis elle retrouva son sens de l'humour ; en tant que femme et princesse, on ne lui avait jamais permis d'être entièrement seule, hormis dans sa chambre. La différence était simplement qu'elle s'était habituée à la présence constante Ning et qu'il connaissait son secret.

Son serviteur s'arrêta devant une grande porte et l'ouvrit, s'inclinant profondément et elle comprit ainsi qu'il voulait qu'elle entre.

Une fois à l'intérieur, Lan'xiu s'arrêta et sourit, émerveillée.

— Ning, as-tu fais cela ?

L'eunuque lui sourit en retour.

— C'était l'idée de mon Seigneur le général, mais je me suis assuré que son intention était parfaitement exécutée.

À eux deux, Hüi Wei et Ning avaient fait amener les meubles de sa chambre, dans la septième maison et les avaient installés dans cette pièce beaucoup plus grande. Les rideaux jaunes que Lan avait tant aimés était pendus aux fenêtres et la même armoire en bois de rose, ainsi que le lit, se trouvaient dans la chambre.

Quelques fauteuils supplémentaires avaient été installés à travers la pièce, ainsi qu'une autre table, sur laquelle se trouvait un coffret en jade et en argent portant un verrou, dans lequel Lan trouva ses bijoux. Le même banc se trouvait au pied du lit et Lan traversa la pièce pour s'y asseoir, repensant au jour où Hüi Wei lui avait fait l'amour sur celui-ci.

— Regardez, Lan'xiu.

Ning ouvrit les portes de l'armoire pour révéler de nombreuses robes, toutes neuves, pendues à l'intérieur.

Elle sourit simplement. À cet instant, l'idée de sa nouvelle armure l'excitait davantage, mais elle fut touchée de cette preuve que, malgré le fait que Hüi ne lui avait pas rendu visite durant la semaine passée, elle avait toutefois peuplée ses pensées.

— Par ici se trouve la salle de bain et au-delà…

Ning agita ses sourcils et lui lança un regard concupiscent qu'il dissimula hâtivement, comme s'il venait tout juste de se rappeler la présence du Capitaine Wen.

— ... Vous trouverez la chambre de mon Seigneur le général. Si vous souhaitez... heu... lui parler.

Lan jeta un regard mauvais à son serviteur, arborant une expression qui lui promettait un futur châtiment.

— Merci, Ning.

Le Capitaine Wen s'inclina.

— Princesse, deux de mes hommes seront stationnés dehors, dans le couloir, à une distance suffisamment grande pour ne pas entendre vos conversations. Mais si vous avez besoin d'eux, ils seront à portée de voix. Y a-t-il autre chose que je puisse faire ?

Lan'xiu se leva et lui sourit. Cela la surprenait et la touchait de constater combien il semblait heureux qu'elle lui parle directement.

— Capitaine Wen, je vous remercie. Vous avez fait tellement pour me garder en sécurité et me mettre à l'aise. Je vous remercie de nouveau pour votre allégeance à ma personne.

— Le plaisir est pour moi, votre Altesse.

Le Capitaine Wen s'inclina de nouveau.

— Si vous voulez vraiment me faire plaisir...

— Je le veux ! l'assura-t-il.

— Emmenez mon serviteur quelque part et régalez-le d'un bon repas, de beaucoup de liqueur et d'une histoire contant vos grandes prouesses au combat.

Le Capitaine Wen lui jeta un regard incertain, ses yeux allant de Lan'xiu à Ning, mais un sourire envahit son visage.

— Shu Ning-xiānsheng, voudriez-vous m'accompagner ?

— Où ça ? demanda Ning.

— Est-ce que cela a une quelconque importance ? demanda Lan'xiu. Va-t'en ! Tu as tellement veillé sur moi que tu mérites un répit et rien ne pourra m'arriver dans le palais avec deux soldats devant ma porte.

Enfin, Ning sourit au Capitaine Wen.

— Merci, Lan'xiu.

Même s'il portait une robe différente – ayant rendu visite à Mei Ju habillé plus sombrement par respect pour elle – Lan'xiu reprit la même pose qu'il avait eue sur le banc, le jour où il avait attendu Hüi Wei dans la septième maison. Ses pieds reposaient sur le sol, ses jambes et ses genoux pressés l'un contre l'autre, son dos bien droit et il plaça ses mains sur ses genoux.

Se souvenant de l'occasion pour laquelle il avait attendu Hüi sur ce banc, Lan'xiu sentit ses paumes devenir moites d'anticipation. Son membre durcit, pressant contre la soie de sa culotte. Il pouvait sentir un peu de liquide émerger de son bout et humidifier l'étoffe. Il bougea ses épaules pour sentir les broderies épaisses de son corselet frotter contre ses mamelons. Lan appréciait aussi cette sensation, cela ajoutait à sa hâte de revoir Hüi.

Son souffle devint plus court et son cœur se mit à battre plus fort lorsqu'il entendit le cliquetis de la porte qui s'ouvrait. Lan releva la tête, sans se rendre compte que son visage arborait une expression d'empressement joyeux.

POUR HÜI, la vision de Lan'xiu en train de l'attendre lui rappela le début de leur amour et il espéra que cet élan d'émotions ne changerait jamais avec le temps.

Il y avait eu un moment où le frisson d'être le maître d'une telle beauté avait excité Hüi Wei ; désormais c'était l'amour qui faisait battre son cœur et la peur de ce qui restait encore à venir. Résolument, il repoussa la crainte de ce qu'il risquait en autorisant Lan'xiu à l'accompagner à la guerre, sachant que son jeune amant préférerait affronter le danger en riant courageusement.

Il marqua une pause pour se repaître de la joie et de l'amour qu'arborait ce beau visage.

— Aimes-tu la chambre ?

— Elle est belle, Hüi. Je vous remercie d'avoir pensé à moi.

— Quand est-ce que je ne pense pas à toi ?

Hüi rejoignit Lan et s'assit sur le banc près de lui.

— Je crains que nous n'ayons que peu de temps pour profiter l'un de l'autre avant de partir.

— Mais au moins, nous avons cette nuit.

Hüi releva une main pour caresser la joue de Lan, effleurant sa gorge douce et trouvant un chemin entre les épaisseurs de soie pour découvrir l'un de ses mamelons, le frotter doucement pour sentir la chair durcir sous ses doigts. Il aimait regarder les muscles de la gorge de Lan s'agiter, la façon dont ses paupières voilaient ses yeux et dont ses lèvres s'écartaient lorsqu'il essayait de reprendre son souffle.

— Nous avons ce soir et nous aurons de nombreuses autres nuits, mon amour.

— Je n'aurais jamais cru, lorsque l'on m'a amené ici pour devenir une concubine, que cela m'arriverait, dit Lan doucement, se cambrant sous la caresse de Hüi.

Le général retira sa main et se releva, prenant Lan dans ses bras pour l'embrasser profondément.

— Ma dernière concubine. Je n'en aurais jamais plus d'autres, car tout ce dont j'ai besoin se trouve ici, entre mes bras, princesse de mon cœur.

Il porta Lan jusqu'au lit et l'allongea délicatement sur le matelas, s'affaissant près de lui pour capturer ses lèvres dans un tendre baiser.

XIX

— JE RESSEMBLE à un homme, dit Lan'xiu d'une voix mécontente.

— Parfait. Vous n'attirerez pas trop l'attention ainsi, répliqua Ning. Les batailles sont pleines d'hommes.

— J'aime bien ça, taquina Hüi de là où il se trouvait, les observant. Tu es très séduisant.

Il était impressionnant de voir combien Lan était beau dans cette armure de cuir et ce pantalon sombre. Son épée pendait à sa ceinture et il portait des gants. Ses cheveux étaient nattés en une longue tresse qui pendait dans son dos et son casque en bronze se trouvait sur la table.

— C'est étrange, dit Lan.

Sous l'insistance de Ning, il avait également enfilé des sous-vêtements d'hommes et la sensation de la soie de son corselet lui manquait beaucoup.

— Habillé ainsi, tu te fondras au milieu des troupes, dit Hüi d'un ton ferme. Et cela sera à notre avantage. Doutes-tu vraiment que si Wu Min venait à combattre lui-même et te remarquait, habillé en femme sur le champ de bataille, toute son énergie serait tournée vers toi, afin de te tuer ?

— Vous avez raison, dit Lan. Je porterai une jolie robe lorsque cette bataille sera gagnée.

— Et je…

Hüi s'arrêta et jeta un coup d'œil à Ning.

— Vous la lui arracherez, *je sais.*

— Ning ! Quand apprendras-tu à tenir ta langue ?

— Jamais, dit Ning en riant. C'est ce qui vous plaît chez moi. Je vous laisse seuls un quart d'heure, mais nous devrons partir ensuite.

Il se dépêcha de sortir et referma la porte derrière lui.

Lan se tourna vers Hüi, le regard triste.

191

— Pourquoi les hommes doivent-ils se battre ? Pourquoi ne peuvent-ils pas embrasser la beauté de notre pays et vivre une vie simple, en paix ?

Hüi se releva et le rejoignit, le prenant dans ses bras et le serrant chastement contre lui.

— Les hommes ne sont pas faits ainsi. Ils sont faits pour se battre et s'affronter.

— Mais jusqu'à la mort ?

— Dis-moi, mon amour, si ton frère était ici, le laisserais-tu faire tout le mal qu'il désire ?

— Je me battrai contre lui jusqu'à la mort plutôt que de laisser libre cours à sa cruauté et au mal qui l'habitent ! s'exclama Lan à travers ses dents serrées.

— Comme le font tous les hommes qui sont poussés dans leurs retranchements, qu'ils soient bons ou mauvais.

Hüi resserra son étreinte puis relâcha Lan, s'écartant de lui.

— Tu as une âme douce. Peut-être que je devrais t'interdire de m'accompagner.

— J'aimerais bien voir cela, mon Seigneur.

Lan se redressa de toute sa hauteur et sourit galamment.

— Allons en guerre, mon Seigneur et que la victoire nous soit accordée à tous deux.

C'ÉTAIT UNE question d'honneur pour Lan'xiu : il voulait chevaucher pendant tout le trajet plutôt que voyager dans l'un des chariots d'approvisionnement. Il avait parfois l'impression que Hüi oubliait ce qu'il était vraiment, trop inquiet de sa soi-disant fragilité alors qu'il pouvait chevaucher comme les autres hommes. Il fut heureux de retrouver la même jument qu'il avait montée lorsqu'ils avaient visité le palais d'été et elle sembla se souvenir de lui également, touchant ses doigts de ses naseaux.

Si sa nouvelle armure et ses vêtements d'hommes lui avaient d'abord semblé étranges, Lan s'y était ensuite rapidement habitué. Hüi Wei était très occupé, comme devait l'être un général, à diriger les opérations, recevoir les rapports des éclaireurs et surveiller leur progression. Il n'était donc pas toujours aux côtés de Lan, même s'ils essayaient de dormir à côté l'un de l'autre, au sol, lorsque leur bataillon s'arrêtait pour la nuit.

À l'inverse de certains généraux condescendants qui exigeaient des tentes grandioses et beaucoup de serviteurs, Hüi Wei vivait comme ses troupes, jugeant que la vitesse était l'essence même de la victoire. Il ne voulait pas s'encombrer de ces histoires de rang.

Toutefois, Lan n'était jamais vraiment seul. Tout d'abord, Ning restait près de lui, comme il l'avait fait durant toute sa vie, s'assurant qu'il ne pouvait pas esquisser le moindre geste sans être surveillé. Mais désormais, sa garde rapprochée était également près de lui lorsqu'il était à cheval, l'encerclant. Cela n'était pas flagrant, mais ils ne laissaient aucun soldat l'approcher à moins de six mètres. Grâce à cela, il se sentait un peu plus en sécurité. Malgré son entraînement, Lan était conscient qu'il n'avait aucune expérience de la guerre. Il espérait par-dessus tout ne pas se ridiculiser, ne pas faire honte à Ning, ou pire que tout, à Hüi Wei à cause de son comportement au combat. Il pria ses dieux et ses présages pour lui accorder le courage de faire face à la mort bravement si tel devait être son destin.

Lan écoutait Hüi en silence tandis qu'il examinait les plans et les cartes auprès de ses généraux. Il lui devint bientôt évident que Hüi Wei lui avait menti, en lui disant qu'il dirigerait ses troupes de l'arrière, peut-être pour le dissuader de l'accompagner. Lan douta que Hüi puisse renoncer au défi et au frisson de la bataille même si cela devait lui coûter la vie. Jiang était également présent, ayant refusé d'être laissé en arrière à cet instant critique et avait laissé des rênes du gouvernement entre les mains de celui en qui il avait le plus confiance : son partenaire, Zheng Guofang. Entre eux, Lan se sentait humble et respectueux face à leurs capacités à tout planifier, afin de faire face aux différentes éventualités et à organiser une stratégie pour retourner chacune d'entre elles à leur avantage.

Toutefois, il était également là pour jouer un rôle. Il était le seul à pouvoir empêcher ce que les présages lui avaient révélé. Prudemment, il avait essayé de parler à Hüi Wei de ses visions.

— Vous devez rester dans les plaines, dit Lan. Si vous vous aventurez dans les collines, il vous sera facile de vous perdre.

— Je ne me suis jamais perdu, fanfaronna Hüi. Avec le soleil et les étoiles pour me guider, comment pourrais-je perdre mon chemin ? Je n'ai jamais laissé un ennemi s'échapper et encore moins permis qu'il reste assis à se moquer de moi confortablement du haut de son retranchement.

— Le temps à Liaopeh…

— … est semblable au temps partout ailleurs, dit Hüi fermement. Ne sois pas si peureux, mon amour. Il ne m'arrivera rien.

Lan resta éveillé sous sa couverture jusque tard dans la nuit, bien longtemps après que Hüi Wei se soit endormi. Il aurait aimé pouvoir se

193

rapprocher et se réchauffer au creux de ses bras, mais il ne pouvait pas compromettre la réputation du général de cette façon. Une rumeur comme quoi le général avait pris un jeune soldat comme amant n'était pas le genre de choses que Lan voulait provoquer.

Il put sentir le sol bouger sous lui et pensa d'abord qu'il était peut-être pris de vertige, mais Jiang et Hüi se redressèrent, à l'écoute.

— Ils arrivent, dit Hüi.

Puis il disparut, courant vers son cheval.

Jiang se leva et interpella Ning.

— Va chercher nos chevaux. Ils n'attaqueront probablement pas avant l'aube, mais mieux vaut être à cheval qu'au sol.

Lan était déjà sur pieds, enroulant ses couvertures tandis que Ning allait chercher les chevaux. Quatre de ses gardes restèrent avec lui jusqu'à ce que sa monture lui fût amenée. Les serviteurs récupérèrent les couvertures et autres objets pour les charger sur un chariot pendant que Lan restait à califourchon sur son cheval, s'écartant du chemin principal pour laisser passer les chariots de guerre.

Le Capitaine Wen avait l'air aussi calme que d'ordinaire, mais son cheval s'agitait, comme si l'excitation de l'homme était transmise à l'animal.

— Capitaine Wen, dit Lan. Écoutez-moi. Je sais que vos ordres vous viennent du général, mais au combat vous suivrez les miens. Ces collines là-bas…

Lan pointa les montagnes sombres du doigt, seulement visibles dans la nuit grâce aux brumes qui flottaient entre les cols.

— Ces collines mènent aux montagnes de Liaopeh, ma terre natale. Ning et moi en avons parcouru chaque centimètre et nous les connaissons bien. Si nous bougeons, restez près de moi.

— Oui, ma… Monsieur ! dit le Capitaine Wen, même si son front se plissait légèrement.

Il jeta un regard à Ning, qui hocha la tête d'un air assuré.

— J'essayerai de ne pas nous faire tuer, dit Lan, souriant d'un air désabusé. Je vous remercie pour votre loyauté.

Il se releva sur ses étriers et s'inclina vers sa garde.

— J'essaierai de vous faire honneur en étant aussi courageux que vous.

Les gardes levèrent leurs lances d'un seul homme, pour le saluer. Lan fut ému par ce geste, bien plus qu'il ne l'aurait été par un cri puissant et il fut rassuré de savoir qu'ils seraient là pour lui. Il éperonna son cheval pour lui faire suivre les traces laissées par les chariots. Le poids de sa lance au creux de sa main avait quelque chose de réconfortant.

— Pensez-vous qu'il viendra ? demanda Ning tout bas.

— J'en suis sûr, dit Lan. Il ne soupçonnera pas que je suis là, alors je ne serai pas sa cible. Mais Wu Min connaît ces collines aussi bien que moi. Il a tendu un piège pour que Hüi Wei se retrouve face à l'ouest. Les montagnes semblent impraticables vues d'ici et je n'ai pas réussi à le convaincre qu'elles pouvaient être traversées. Tant pis, que Hüi s'occupe de l'Ouest. Nous garderons l'Est.

— Votre mère était une femme très sage, commenta Ning.

Lan se mordit la lèvre comme il le faisait toujours lorsqu'on lui parlait de sa splendide mère, morte trop tôt.

— Oui. Elle m'a offert ta compagnie. Je t'en remercie maintenant, Ning, si je ne l'ai jamais fait auparavant, non seulement pour ta loyauté et ton amour, mais aussi parce que tu m'as entraîné comme jamais aucune princesse n'avait été entraînée auparavant. Sans toi...

— Ah oui, sans moi, vous seriez simplement une princesse ordinaire, assise à la maison en train de vous tourner les pouces, dit Ning en souriant. Ce fut un honneur d'avoir une élève aussi douée.

Lan tendit sa main libre vers Ning et tapota son épaule.

— Je te remercierai à nouveau plus tard, lorsque nous serons sortis de cette guerre, mais pour le moment, tais-toi.

Ning obéit, mais la fierté qui brillait dans ses yeux tandis qu'il chevauchait près de sa princesse rendit Lan très heureux qu'ils soient tous deux vivants pour affronter cette journée. Lan'xiu était enfin libre de chevaucher comme la princesse guerrière qu'elle avait toujours été destinée à être.

Lan'xiu remarqua que Hüi restait en arrière, en haut d'un promontoire d'où il pouvait surveiller la bataille, du moins pour le moment. Il ne douta pas que si cela s'avérait nécessaire, Hüi s'élancerait dans la mêlée afin d'inverser la tendance. L'infanterie, la cavalerie et les chariots avaient descendu la crête et s'abattirent sur les forces de Daji avant les premières lueurs de l'aube, le soleil brillant dans leur dos, les prenant par surprise et engageant le combat.

Lan vit que Hüi n'avait pas engagé toutes ses forces sur un seul front, mais avait simplement envoyé assez d'hommes pour attirer Daji dans son piège. Malgré tout, Lan'xiu se sentait mal à l'aise. Ning et lui se tournèrent de plus en plus souvent vers l'Est. Les brumes ne se dissipaient pas dans les montagnes, comme c'était souvent le cas au début du printemps, lorsqu'elles s'attardaient entre les sommets. Le soleil n'était pas encore assez haut dans le ciel pour dissiper le brouillard et les montagnes se profilaient, tristement, enveloppées d'un gris morne.

Les bruits provenant du combat étaient effrayants, mais Lan n'arrivait pas à entendre le moindre avertissement venant des montagnes. Il se tourna à nouveau pour observer le front plus bas et aperçut soudain un éclat métallique sur le champ de bataille. Il agrippa le bras de Ning.

— As-tu vu cela ?

— Ils appellent à l'aide, Lan'xiu, acquiesça Ning, l'air lugubre.

Tous deux se retournèrent pour fixer le col de la montagne, mais les brumes étaient trop épaisses pour leur permettre de voir quoi que ce soit. Du moins, c'est ce que pensait Lan'xiu. Soudain, il aperçut un faible éclat de lumière.

— Là-bas. Nous devons y aller, murmura Lan. Capitaine Wen, dites à vos hommes de chevaucher aussi silencieusement que possible et de préparer leurs lances. Pas de bruit inutile. Suivez mon exemple et celui de Ning.

— Que faites-vous, votre Altesse ? demanda immédiatement Wen.

— Je m'assure que le Général Qiang Hüi Wei et ses hommes vivront pour profiter de leur victoire, dit Lan.

LE CAPITAINE WEN ordonna rapidement à ses hommes de chevaucher lentement et de s'assurer d'étouffer le raclement et le cliquetis de leurs armes. En tant que commandant, il prit la tête du cortège devant Lan'xiu et Ning, ne voulant pas risquer la vie de ses troupes en les entraînant là où il n'aurait pas osé aller lui-même.

Même s'il connaissait Ning sur le plan physique, il lui restait beaucoup à découvrir au sujet de son amant, qui demeurait pour lui un mystère. Son corps n'était pas celui d'une femme ni celui d'un homme, mais une étrange combinaison des deux, avec des muscles forts et une peau douce. Il ne connaissait rien de son passé ni de la raison pour laquelle il avait été castré, mais il avait senti que pour Ning, le fait de devenir eunuque n'avait été ni facile, ni même peut-être volontaire. Quant à la princesse ; peut-être qu'à Liaopeh on offrait aux princesses une autre sorte d'entraînement que celui qu'il connaissait, mais la façon dont elle maniait son arme éveillait en lui une nouvelle forme de respect.

La princesse semblait clairement à l'aise, une lance dans la main, et il l'avait vue affronter la Seconde Épouse avec une épée couverte du sang de

Ci'an. Mais Ning ! Il ne pouvait pas être un simple valet de chambre ! C'était clairement un guerrier de premier ordre. Même Lan'xiu demeurait en arrière pour le laisser ouvrir la marche.

Les bruits de la bataille derrière eux semblaient distants et fantomatiques, au milieu des roches rouges étrangères et irrégulières qui les entouraient. Alors que Wen n'aurait pas soupçonné qu'un homme seul puisse passer, Ning et Lan'xiu menèrent le petit groupe beaucoup plus loin, entre des murs étroits et acérés. Au-dessus d'eux, les rochers s'élevaient et cachaient la lumière du jour. De temps en temps, ils émergeaient dans de petites zones dégagées, où le brouillard flottait bas, en filaments effrayants et spectraux.

Pourtant, Ning continua à ouvrir la marche, toujours plus loin dans ce passage sinueux qui menait toujours plus haut vers les sommets. Mal à l'aise, Wen se retourna sur sa selle, surveillant derrière eux et scrutant la faible lumière, de crainte qu'un éclaireur posté au-dessus d'eux ne puisse leur tomber dessus.

Enfin, Ning releva la main et Lan'xiu arrêta son cheval. Elle se tourna pour faire un signe silencieux à Wen, lui indiquant d'aligner ses hommes de chaque côté du passage étroit. Il n'était pas convaincu, mais elle ne fut pas satisfaite jusqu'à ce que tous ses hommes soient cachés, ayant dissimulé leurs chevaux dans les brèches étroites des roches irrégulières.

Il se positionna à un endroit qui lui permettait d'observer facilement. Si quoi que ce soit devait frapper la princesse, il serait de son devoir de porter cette nouvelle au général, après quoi il se tuerait, son acte appuyant ses excuses et sa contrition. Préférant vivre, il décida qu'il valait mieux garder un œil attentif sur ce qu'il se passait, afin d'être prêt à la défendre.

La princesse et Ning restèrent à cheval, ne parlant pas ni ne se regardant. Leur vigilance semblait s'être transmise aux animaux, car ils étaient tout aussi immobiles. Pas un grognement, ni même un mouvement imprudent ne rompait le silence.

Un homme portant l'armure de Liaopeh apparut soudain dans l'étroit passage et Wen fut saisi d'un doute. Que savait-il finalement de Ning ou de la princesse ? Il avait admiré son insistance afin de ne pas être laissée au palais, mais cette rencontre clandestine le mettait en colère et mal à l'aise, de peur qu'elle ne trahisse le général. Pourtant, quelque chose le poussa à attendre et à regarder ce qu'il allait se passer.

Le jeune homme de Liaopeh fut si choqué qu'il tira sur ses rênes, et son cheval recula en hennissant. Il reprit rapidement le contrôle de sa monture et fixa les deux hommes qui lui barraient le chemin. Sans dire un mot, il fit demi-tour et disparut vers l'endroit d'où il était venu.

Pourtant, Ning et la princesse ne faisaient toujours rien, ne bougeaient pas un muscle, ne disaient pas un mot. Il sembla à Wen qu'ils pouvaient lire dans l'esprit l'un de l'autre et il se demanda s'ils avaient, d'une façon ou d'une autre, transmis un quelconque signe imperceptible au soldat des forces de Liaopeh.

Wen était sur le point de s'avancer pour demander une explication lorsque des bruits au-delà des brèches retinrent son attention. Tandis qu'il patientait, un vieil homme arriva en chevauchant dans la petite clairière. À en juger par son armure, il semblait être au moins l'un des généraux de Liaopeh et son visage cruel et anguleux était teinté d'amusement.

— Princesse Lan'xiu, tu es venue me montrer le chemin vers ton nouveau maître ? Comme c'est gentil, dit l'homme avec une confiance impressionnante. Et ton lèche-bottes est toujours à tes côtés. Je n'arrive pas à croire que ton général puisse te permettre de gambader ainsi, sans t'enchaîner. Il doit être encore plus idiot que je ne le pensais.

— Je suis venue te montrer le chemin vers l'au-delà, dit Lan'xiu.

Sa voix surprit Wen. Elle semblait plus grave, emplie d'aversion et de dégoût.

— Très amusant. Une gentille petite fille qui lève son épée pour s'en prendre à un vrai homme, railla le général inconnu. Si quelqu'un doit voyager vers l'au-delà aujourd'hui, ce sera toi !

Il tira sa longue épée en rugissant.

— Je vais y prendre un grand plaisir. Et après t'avoir donné ce que tu mérites, je couperai la tête de ton petit rat et je l'enverrai chercher tes chaussons pour toi, en enfer. C'est la seule chose à quoi il est bon.

Deux soldats apparurent derrière le général et chargèrent Lan'xiu. Avant même que Wen ne puisse crier un ordre, la princesse avait envoyé sa lance, transperçant la gorge de l'un des hommes. Il tomba, agrippant son cou en gargouillant, se tordant dans la poussière jusqu'à ce qu'il meure. Son cheval s'emballa et disparut par l'ouverture de l'autre côté de la clairière. L'autre soldat hésita juste assez pour que Lan'xiu agrippe la lance de Ning. Wen remarqua qu'elle semblait connaître les points faibles de l'armure des guerriers de Liaopeh lorsqu'elle enfonça sa lance sous l'aisselle de l'homme. Il fit virevolter son cheval et battit en retraite vers l'obscurité, au-delà de la brèche.

Le général de Liaopeh ne bougea pas pendant ce contretemps, le sourire sarcastique ne quittant pas ses lèvres fines.

— Tu penses peut-être m'impressionner avec ce petit spectacle ? Peuh ! C'était à peine des soldats, des moins que rien. C'était leur destin de mourir pour moi. Un de plus ou de moins ne changera rien à l'issue de cette bataille.

— Au moins tu auras des gardes du corps pour t'accompagner dans la mort, mon frère, cracha Lan'xiu. Si tu peux encore les commander et que leur loyauté te reste acquise après que tu sois mort.

— Tu oublies, ma très chère sœur, dit Wu Min, que ta déplorable mère a aussi fait interpréter les présages me concernant. Tu ne peux pas me tuer. À en croire les prêtres, ma mort ne peut venir ni d'un homme, ni d'une femme. Tu peux me poignarder toute la journée avec ce jouet que tu appelles une épée, mais au final, je ferai couler ton sang dans la poussière et je piétinerai ton corps brisé en chevauchant vers la victoire.

— Je m'en souviens, dit Lan'xiu. Elle a également dit que même si je ne te tuais pas directement, je serais la cause de ta mort. Je ne te blâme pas de m'avoir envoyée au loin. Peut-être que j'aurais fait la même chose. Mais tu n'avais pas besoin de tuer ma mère.

— C'est de l'histoire ancienne, ma sœur. Ses os se sont éparpillés au gré des vents depuis longtemps. Tout comme l'auraient fait les tiens, si les choses s'étaient passées comme je l'avais prévu. Mais je vais rectifier cela bientôt.

— Tu n'as peut-être pas besoin d'avoir peur de la main d'un homme ou d'une femme, mais j'ai toujours trouvé cela amusant que tu n'aies pas peur des chevaux, par exemple. Je pourrais effrayer ton cheval et il pourrait te jeter contre l'un de ces rochers et te fracasser la colonne vertébrale. Ce serait une mort lente et douloureuse.

Lan'xiu sourit.

Wu Min baissa les yeux vers son cheval, mal à l'aise.

— Mon cheval est bien trop entraîné et jamais, tu ne lui feras de mal. Tu n'as jamais pu t'en prendre à un animal.

Puis il enfonça ses éperons dans les flancs de sa monture, faisant délibérément couler le sang et chargea Lan'xiu, son épée levée pour percer sa gorge. Elle leva sa propre lame et écarta son cheval, parant son coup.

— Ni un homme ni une femme ne peuvent te tuer, Wu Min ! Laisse un eunuque nous montrer à tous qui est le meilleur homme et le meilleur combattant !

Wu Min tourna un visage médusé vers Ning et leva à nouveau son épée. Wen exhorta son cheval à avancer mais s'arrêta lorsque Lan'xiu lui en hurla l'ordre.

Ning ne jeta pas même un regard à Wen, tant sa concentration était féroce. Wu Min avait l'avantage dans tous les domaines : la taille, la carrure ainsi qu'une plus longue portée. Son cheval était plus grand et plus fort, pourtant, d'une monture à l'autre, Ning prouva qu'il maîtrisait bien mieux le sabre. Chaque coup était paré de façon experte et contré.

Wen retenait son souffle, prêt à s'élancer pour sauver son amant, mais peu à peu il oublia d'avoir peur. Jamais, de sa vie, il n'avait vu un tel combat ! Ning repoussa brillamment l'homme imposant à l'aide d'une finesse experte et d'une stratégie supérieure. Il connaissait plus de techniques que Wen n'en avait jamais vues !

Habitué à une vie luxueuse durant laquelle il n'avait eu qu'à commander, Wu Min commençait à fatiguer et son bras s'affaissa. Son visage était figé dans une expression désespérée, les lèvres retroussées tandis qu'il agitait son épée frénétiquement pour tenter d'atteindre Ning, espérant le battre grâce à sa force brute. De la sueur coulait le long de son visage, sous son casque et il cligna rapidement des yeux pour les débarrasser de cette brûlure.

Ning ne profita pas de cet instant. Il attendit avec un sourire méprisant face à la faiblesse de Wu Min, avant de l'attaquer de nouveau, mais de temps à autre, sa lame faisait couler le sang tandis qu'il balafrait la peau du général et perçait son armure entre les plaques de cuir.

— Qu'est-ce que tu veux de moi ? rugit finalement Wu Min, son bras puissant ralentissant à force de fouetter l'air en vain.

— Quelque chose que tu ne peux pas me rendre ! cria Ning de sa voix de fausset. Tu ne peux pas me rendre mes couilles, alors j'aurais les tiennes aujourd'hui !

— Non ! rugit Wu Min. Je te tuerai d'abord, puis ensuite ce rejeton du diable, cette aberration que tu sers !

— Tu peux toujours essayer, répliqua Ning, un petit sourire jaillissant sur ses lèvres.

Wu Min le chargea et Ning tint bon, serrant les rênes de son cheval. Son adversaire était si proche que Wen voulut crier et lui ordonner de s'écarter.

Mais Ning le surprit à nouveau. Au tout dernier moment, quand l'épée de Wu Min plongea vers son torse, il se baissa, laissant la lame passer au-dessus de son épaule, entaillant son armure. Mais sa propre lame atteignit Wu Min sous le bras et s'enfonça profondément dans son flanc.

Un cri perçant de douleur jaillit de la gorge de Wu Min, mais il réussit à garder son épée, même s'il avait du mal à la soulever.

— Cinq mille hommes attendent mon signal pour traverser ce col, croassa-t-il. Ils viennent déjà m'aider à l'instant où nous parlons. Je suis seulement blessé, mais ils vous tueront et j'aurai le plaisir de les regarder faire !

— Aucun bandage n'arrêtera le flot de sang de ta plaie, dit Lan'xiu de la voix la plus froide que Wen n'avait jamais entendue venant d'elle. Est-ce que tes doigts sont engourdis ? Est-ce que les ténèbres envahissent ta vision ? Tu es en train de mourir, mon frère et l'esprit de ma mère t'attend pour t'accuser des crimes que tu as commis dans cette vie. Ma mort ne t'amènera aucun réconfort, car tu mourras bien avant moi.

— Non, ce n'est pas possible ! hurla Wu Min. Je te tuerai !

Ses doigts s'ouvrirent et son épée tomba au sol. Ses yeux étaient vides tandis qu'il regardait autour de lui.

— Les brumes ! Les brumes de la mort !

— Elles sont venues te chercher, mon frère. Je te souhaite un bon voyage, car à la fin de celui-ci, tu paieras pour toute la misère que tu as causée dans cette vie-ci.

Lan'xiu fit avancer son cheval, fixant le visage de son frère.

Wu Min regardait autour de lui comme un fou, mais la mort avait déjà marqué son visage et la perte de sang le rendait livide. Lan'xiu tendit la main et le repoussa, le faisant tomber de cheval.

En un éclair, Ning mit pied à terre et se tint près de l'homme tombé au sol.

— Les démons sont venus réclamer ton âme et ton corps, mais tu iras en enfer sans les quelques morceaux de chair que je réclame et qui me sont dus. Tu paieras pour t'être moqué de moi. J'ai attendu cet instant depuis si longtemps.

Wen eut un mouvement de recul mais se força à regarder tandis que Ning tirait une dague et découpait le pantalon de Wu Min, tranchant ses testicules du reste de son corps. Wu Min hurla de douleur, mais sa voix était plus faible désormais, presque sanglotante alors que ses forces le quittaient.

Ning jeta les testicules tranchés aussi loin qu'il le pouvait vers les rochers.

— Que les vautours en fassent leur dîner. Ils ne sont bons qu'à ça.

— Pourquoi est-ce que tu as fait ça, Lan'xiu, ma chère sœur ? Pourquoi me hais-tu tant ?

Silencieusement, Lan'xiu et Ning restèrent à le regarder tandis que le sang de Wu Min coagulait dans la poussière autour de lui, puis devenait noir lorsque son flot ralentit puis cessa. Quand son corps s'affaissa, cédant à la mort, Ning lui cracha dessus et Wen comprit qu'il n'avait jamais compris la profondeur de sa haine. Lan'xiu descendit de cheval et attrapa les bottes de son frère, traînant son corps jusqu'au bord de la clairière. Elle releva les yeux vers Wen.

— En l'exposant ici, nous ferons passer un message. Wu Min a peut-être amené cinq mille hommes, mais ils peuvent seulement passer deux par deux, ou par trois, à travers cette brèche. Nous devons les arrêter ici afin que le général et ses forces soient en sécurité, ainsi que nos guerriers. Ordonnez à vos hommes de préparer leurs arcs.

— Cinq mille… Oui, votre Altesse.

Le Capitaine Wen déglutit, ayant l'impression d'émerger d'un cauchemar. Il siffla et ses hommes sortirent hors de leurs cachettes, leurs visages choqués démontrant qu'ils étaient tout aussi ébranlés par ce qu'il venait de se passer.

Lan'xiu était déjà remontée sur son cheval et elle avait son arc en main.

— Soldats de ma garde, nous sommes peu et l'ennemi est nombreux. Mon Seigneur Hüi Wei est en bas dans cette vallée, se battant pour défendre notre terre et notre honneur. Si ses forces se séparent pour faire face aux hommes de Liaopeh, nous ne survivrons peut-être pas à cette journée. Nous devons faire passer un message ici et forcerons l'ennemi à sortir de son trou.

Elle indiqua la brèche du doigt.

— Cinq mille hommes nous attendent peut-être au-delà de ce passage, mais aujourd'hui, vingt hommes en arrêteront cinq mille. Les forces de Liaopeh ne doivent pas nous contourner et surprendre le général par derrière. Êtes-vous avec moi ?

— Oui, dit le Capitaine Wen. Nous nous battrons à vos côtés.

Lan'xiu sourit, un sourire dans lequel le courage, le goût de l'aventure et l'amusement se mêlaient.

— Je vous remercie pour votre service et votre serment envers moi. Si vous mourrez, je mourrai avec vous.

— Nous ne mourrons pas, dit Ning fermement. Nous nous battrons.

Lan'xiu le regarda, une lueur admirative dans le regard.

— Ning, tu étais magnifique !

— Merci, Lan'xiu. Et maintenant, peut-être que nous ferions mieux de nous préparer à l'assaut.

Elle se tourna pour faire face aux premiers soldats qui jaillissaient de la brèche.

XX

— JIANG, OU est-elle ?

Hüi criait presque malgré lui, paniqué. Il chevauchait parmi les blessés et les morts, cherchant un signe familier qui le guiderait vers Lan'xiu.

— Doucement, Hüi. Je te jure que Ning et le Capitaine Wen l'ont sûrement gardée en sécurité à l'arrière. Et tu dois t'occuper de tes soldats, qu'ils soient blessés ou morts. Ils t'ont fidèlement servi.

— Tu as raison et je le ferai, mais je dois savoir si Lan'xiu est vivante !

Jiang attrapa le bras du général.

— N'amène pas le déshonneur sur elle en montrant ainsi tes émotions. Même si elle est morte, n'en déplaise aux Dieux, tu lui rendras honneur autant qu'à tous ceux qui sont tombés sous tes ordres.

Inspirant profondément, Hüi essaya de se calmer.

— Tu as raison de me rappeler à l'ordre. Les hôpitaux de campagne ont-ils été installés ? Qu'en est-il des prisonniers ?

— Les prisonniers attendent ta visite. Les hôpitaux sont à l'arrière. J'ai besoin de ton aide pour transporter certains des blessés, dit Jiang, sachant que ce dont le général avait le plus besoin pour le moment était d'une tâche pour s'occuper l'esprit et penser à autre chose qu'à sa concubine.

— Je me demande ce qui est arrivé à Wu Min et ses troupes ? J'aurais juré que l'éclat de ce bouclier était un signal pour un guetteur sur la colline.

— Peut-être qu'il a fait ce que soupçonnait Lan'xiu, attirer Daji et le pousser à l'affrontement, puis l'abandonner à son destin quand il a vu la taille de nos forces.

— Où est Daji ?

— Il est retenu captif, à l'écart des autres prisonniers, dit Jiang. Prenons soin des nôtres en premier lieu et occupons-nous de l'ennemi ensuite, comme le mérite sa traîtrise.

— Très bien.

Hüi Wei essaya de contrôler sa peur grandissante et fit confiance aux Dieux afin de se persuader que Lan'xiu n'avait pas été blessée. Quand il se pencha pour aider un homme allongé sur une civière, son esprit fut distrait de ses peurs personnelles par la souffrance endurée par ses hommes. Il tourna toute son attention vers eux, sachant qu'un sourire et un mot de félicitations de sa part allégeraient leur douleur jusqu'à ce que les docteurs puissent les soigner.

Durant le reste de la journée, il travailla, distribua de l'eau, appela un médecin pour aider un homme grièvement blessé, parla à ses hommes, tandis qu'en pensée il se demandait sans cesse pourquoi il n'avait pas entendu parler de Lan'xiu, de Ning ni du Capitaine Wen. Était-il possible qu'ils aient péri au combat ? Si tel était le cas, c'était un sacrifice bien trop important pour qu'il puisse le supporter. Il vit que Jiang le surveillait et prit soin de contrôler son visage pour ne pas trahir ses émotions, mais chaque fibre de son être le poussait à se jeter sur un cheval et aller chercher son amour.

Le soleil déclinait, bas sur la vallée, la peignant d'or, quand enfin son regard remarqua un petit groupe d'hommes armés descendant des montagnes. Hüi se figea, plissant les yeux tandis qu'il fixait le brouillard doré, souhaitant de tout son cœur qu'il s'agisse de Lan'xiu et de sa garde.

— La voilà ! cria Jiang. Elle est vivante !

Le soulagement dans sa voix décida Hüi à pardonner à Jiang de l'avoir forcé à s'occuper de ses responsabilités. Apparemment, Jiang avait été tout aussi inquiet que lui, mais avait réussi à se contrôler suffisamment pour préserver l'honneur de Hüi et sa dignité avant tout. Pour la première fois, Hüi pensa à Zheng Guofang, le partenaire de Jiang et son propre commandant, en train de s'inquiéter de la sécurité de son amant, chez eux dans la province de Yan. Il prit la résolution de lui renvoyer Jiang avant le reste des troupes. Il observa le petit attroupement chevaucher vers lui et compta leur nombre plusieurs fois. Il n'en manquait qu'un. Cela ne pouvait sûrement pas être Lan'xiu ? Non, il reconnut sa silhouette mince se tenant fièrement en selle, accompagnée de près par la silhouette plus petite de Ning. Lorsque le groupe atteignit le bord de la plaine, ils se dispersèrent et il vit que son compte était erroné. Lan'xiu lui revenait, entière et intact, sa garde complète ayant réussi à la défendre… contre quoi ?

Jiang prit la parole d'une voix amusée.

— Allez, vas-y, rejoins-la. Tu en as fait assez pour aujourd'hui. Va t'assurer qu'elle va bien. Et découvre ce qu'il s'est passé avec Wu Min !

Il cria ces derniers mots car Hüi avait déjà enfourché son cheval et galopait à travers la plaine.

Quand Hüi vit Lan'xiu, son cœur menaça de sortir de sa poitrine. Son visage était couvert de sang, mais elle sourit en le voyant.

Le Capitaine Wen et Ning chevauchaient l'un à côté de l'autre et le reste de la garde s'étalait à l'arrière. On pouvait voir quelques bandages de fortune, mais les hommes étaient tous vivants et semblaient assez fiers d'eux-mêmes.

— Princesse Lan'xiu !

Hüi ne put pas en dire plus, il haletait, cherchant son souffle. Mais cette expression sur son visage… Quelque chose d'important avait dû se produire.

— Où étais-tu ? s'écria-t-il, conscient qu'il devait avoir l'air d'un enfant capricieux.

— Nous gardions l'arrière, dit Lan'xiu. Nous avons grimpé jusqu'aux montagnes. Il y a eu un signal venant de la plaine. Je m'y attendais et la réponse envoyée m'a indiqué quel col mon frère avait choisi pour son embuscade.

— Wu Min était là-haut ? demanda Hüi, estomaqué. Je n'ai rien entendu. Pourtant mes hommes montaient la garde.

— Nous étions assez haut pour que vous ne puissiez pas nous entendre, expliqua Lan. Wu Min est encore là-haut. Mort.

— Tu… Tu l'as tué ?

— Pas moi. C'est l'œuvre de Ning.

Hüi tourna un regard stupéfait vers l'eunuque, qui semblait effectivement très fier de lui et bombait le torse, car il avait affronté Wu Min, un homme qui était plus grand d'au moins une tête que Lan'xiu et deux fois plus large – et il l'avait vaincu.

— Je te remercie, Ning-xiānsheng, d'avoir protégé Lan'xiu.

— Remerciez-la,-elle, déclara Ning. Elle est restée vivante grâce à elle-même. Même si c'est *moi* qui l'ait entraînée.

— C'est vraiment une princesse guerrière, déclara le Capitaine Wen, la fierté brillant dans son regard. C'était un combat absolument magnifique, Général ! Vous auriez dû voir Ning vaincre Wu Min ! C'était un bon jour pour nous. Beaucoup des forces de Liaopeh sont mortes et l'ennemi bat en retraite.

— Faites place à ma Princesse Guerrière, dit Hüi doucement, son sourire empli de fierté et de secrets.

Lan'xiu rit gaiement.

— J'ai des hommes ici qui ont besoin que l'on s'occupe de leurs blessures, mon Seigneur. Puis vous devrez me raconter comment les choses se sont passées de votre côté de la bataille.

COMME TOUJOURS, des soldats montèrent la garde pendant la nuit, même si les deux provinces rebelles avaient été purement et simplement vaincues. Les hôpitaux réconfortèrent les blessés et les morts furent enterrés avec tous les honneurs et leurs possessions rassemblées afin d'être retournées à leurs familles.

Hüi Wei s'était adressé à ses troupes, les remerciant pour la façon dont ils avaient bravement combattus et leur assurant qu'ils seraient justement récompensés pour cette victoire. Il n'autorisait jamais ses hommes à piller et à saccager, mais ils obtiendraient tous des hommages et leur propre part du trésor.

On savoura de la nourriture et de l'alcool coula à flots parmi les hommes qui n'étaient plus en service. On alluma des feux et on raconta des histoires autour de ceux-ci, bien souvent celle de leur propre Princesse Guerrière, qui était allée affronter les forces de Liaopeh et les avait vaincues, les sauvant tous ainsi que le général d'une défaite ignoble – ou de plus grandes pertes, car les hommes de Hüi Wei n'arrivaient pas à croire que quiconque puisse les battre, *eux*. Du moins pas avec le général à leur tête.

Ning s'était assuré que les membres de la garde de la princesse propagent l'histoire de leur confrontation dans les montagnes, soigneusement embellie, afin de gagner l'acceptation et l'appréciation des troupes. Ils la trouvaient déjà belle, désormais ils savaient qu'elle était également brave. Le Capitaine Wen avait eu le bras pansé par la princesse elle-même et lui avait dit et redit pendant tout ce temps que sa garde lui resterait fidèle à vie et qu'ils seraient fiers d'obéir à ses ordres durant n'importe quelle bataille. Ensuite, bien sûr, Ning avait pris la relève et lui avait fait comprendre qu'elle pouvait laisser son amant à ses bons soins.

Ensemble, encore vêtus de leurs armures, même si Lan'xiu avait eu l'occasion de laver le sang sur son visage, le Général Hüi Wei et la Princesse Guerrière rejoignirent l'hôpital pour féliciter et réconforter les blessés.

Jiang les attendait près du feu, autour duquel quelques-uns des commandants et des soldats s'étaient rassemblés pour cuisiner un repas simple.

Lan'xiu demeura d'abord silencieuse, écoutant les histoires de ce qu'il s'était passé sur le champ de bataille. Elle était heureuse d'avoir manqué cela, car certains des risques que Hüi Wei avait encourus l'auraient fait mourir d'angoisse.

Évidemment, au bout d'un moment, Jiang et Hüi Wei demandèrent à entendre ce qu'il s'était passé dans les montagnes.

Lan'xiu fut heureuse de chanter les louanges de son ami Ning.

— S'il n'avait pas été là, Wu Min serait encore vivant, car je n'aurais jamais pu le tuer.

— Est-il vraiment mort ? demanda Jiang d'un air pensif.

— Il l'est. Nous pourrons vous emmener là-bas demain, si vous voulez le constater de vos propres yeux, dit Lan.

— Pourquoi ses soldats n'ont-ils pas emmené son corps, tout simplement ? demanda Jiang

— Pour lui, la cruauté était un sport et un divertissement, dit Lan doucement. Lorsque ses soldats ont découvert qu'il était mort, ils n'ont tout simplement pas ressenti la motivation nécessaire pour le venger et continuer à se battre.

— Je pensais que vous aviez empilé les corps si haut que la brèche en était devenue impraticable ? demanda Hüi, le regard malicieux.

— Nous l'avons fait, dit Lan, ses fossettes creusant ses joues. Mais c'était une toute petite brèche et ils ont été facilement découragés.

— Donc Ning exagère ? dit Jiang en riant.

— Peut-être un peu. La bataille a été courte, mais beaucoup d'hommes y ont perdu la vie inutilement avant de se rendre compte qu'avec la mort de Wu Min, cela n'en valait plus la peine.

Lan'xiu prit l'air sérieux.

— Désormais, je suis véritablement libre, grâce à vous, mon Seigneur. Tant que Wu Min vivait, j'avais une dette envers ma mère, je devais venger sa mort.

Jiang inspira profondément.

— Souhaitez-vous retourner à Liaopeh, pour prendre la place de votre frère sur le trône ? Il vous revient, de par votre droit de naissance.

— Absolument pas ! Du moins, à moins que mon Seigneur le veuille.

Lan'xiu jeta un regard anxieux vers Hüi, redoutant qu'il ne l'envoie loin de lui.

— Ton Seigneur souhaite que sa princesse guerrière reste à ses côtés, répondit Hüi. Le Liaopeh devra se contenter d'un de mes hommes sur le trône, qui ne dépendra que de moi.

COMME LA discussion se poursuivait, Lan'xiu bâilla et se retira dans la tente qui avait été installée pour le général. Sans Ning pour l'aider, elle se démena un peu pour se libérer de son armure. Puis elle frissonna en se baignant dans un bassin, se dépêchant car l'eau était froide et qu'elle ne voulait pas qu'on la voit nue.

Elle ne pouvait rien faire pour ses cheveux. Elle les laissa donc nattés, mais enfila tout de même une de ses jolies qipao pour attendre que Hüi la rejoigne.

Quand le rabat de la tente se souleva, elle était assise au milieu d'une flaque de lumière dorée émanant de la lampe à huile, l'attendant avec un sourire.

— Ma belle Princesse Guerrière, tu m'as rendu fier aujourd'hui, mais ne refais jamais cela ! L'idée que tu puisses disparaître dans les montagnes sans rien dire à personne...

— Ning et le Capitaine Wen étaient avec moi, ainsi que la garde dont vous m'avez dotée.

Lan'xiu laissa Hüi la mettre sur pieds et l'entourer de ses bras, s'appuyant avec reconnaissance contre son torse puissant.

— Et tous deux vantent ton courage et ton habileté à l'arc, dit Hüi. Si tu le voulais, je t'embrasserais devant mes hommes et mon peuple, en tant qu'homme. Tu pourrais t'habiller comme un homme et te battre à mes côtés. Mes hommes te suivraient, ils l'ont prouvé aujourd'hui.

— Mais je n'en ai pas envie. Je me battrai avec vous à nouveau, mais je m'habillerai de la façon dont je le préfère, dit Lan'xiu en riant. J'aime m'habiller ainsi. J'aime que vous m'aimiez peu importe ce qu'il se passe, mais cela me rend heureux d'être ainsi.

— Que puis-je faire d'autre pour te rendre heureux ? grogna Hüi, glissant une main sous la robe de Lan.

— Prenez-moi, mon Seigneur, répondit Lan, en haletant.

— Tes ordres me procurent le plus grand plaisir, ma Princesse Guerrière.

Les cris et les gémissements qui émanèrent de la tente du général cette nuit-là firent rire les soldats, emplis d'une gaîté grivoise, mais cela amplifia également leur fierté secrète : leur Seigneur avait trouvé le bonheur auprès d'une courageuse Princesse Guerrière, qui lui avait promis fidélité.

CE FUT ainsi que le Général Hüi Wei, serviteur de l'empereur et protecteur de la frontière du nord et des provinces du Yan, Qui, Henan, et Liaopeh, régna longtemps et sagement, sur son trône. Il fut accompagné chaque jour de sa vie par sa belle Princesse Guerrière, Lan'xiu. Ensemble, ils menèrent de nombreuses batailles et déjouèrent quelques rebellions pour protéger leurs frontières. Lan'xiu mena les troupes pendant certaines campagnes militaires et le Général Hüi Wei plaça toute sa confiance en elle. Même si leur union ne fut jamais fructueuse, à cause de la triste blessure infligée par la concubine traîtresse Ci'an, ils vécurent une longue vie heureuse ensemble.

Le Seigneur Jiang et son partenaire, Zheng Guofang, furent souvent les invités de Hüi Wei et de Lan'xiu et se battirent sous leurs commandements. Lan'xiu institua des réformes dans la cour, dont les portes furent ouvertes pour toujours et les épouses restantes furent autorisées à aller faire les boutiques et à prendre le thé, accompagnées de leurs gardes. La Sixième Épouse Bai fut libérée de son rôle de concubine et la rumeur raconte que Lan'xiu lui trouva un époux qui accepta les deux fils qu'elle avait adoptés. Le temps passant, Bai et son mari eurent leurs propre fils et vécurent heureux dans leur propre province.

Les concubines Fen et Huan vécurent ensemble dans une seule maison pour le restant de leurs jours et personne ne sembla remarquer que l'absence de Hüi Wei ne leur manqua pas vraiment.

Il en fut tout autrement pour Mei Ju. Sa lanterne fut fidèlement allumée, une fois par semaine et Hüi Wei continua à venir vers elle. Personne ne sut ce qui se passait derrière ces portes closes. Toutefois, Lan'xiu et Mei Ju maintinrent une grande amitié et la Première Épouse vint souvent en visite au palais avec ses enfants. Ils aimaient tous Lan'xiu, même si elle insistait pour qu'ils se concentrent sur leur éducation, car elle disait souvent que s'ils devaient grandir pour gouverner aussi bien que Hüi Wei, ils auraient besoin de connaître le monde.

On entendit souvent Mei Ju dire que Lan'xiu était autant leur mère qu'elle l'était elle-même. Inévitablement, elle vieillit et lorsqu'elle mourut, elle plaça ses enfants sous la protection de Lan'xiu, qui s'en occupa soigneusement, avec amour. En grandissant, chacun des quatre fils reçut la responsabilité de gouverner l'une des provinces que leur père avait dirigées.

Les deux filles furent autorisées à choisir leur propre mari et rendirent souvent visite au palais de leur père, avec leurs enfants. Après la période de deuil requise pour Mei Ju, Hüi Wei épousa Lan'xiu au cours d'une cérémonie privée et intime et la nomma Première Épouse.

Quand Hüi Wei mourut enfin de vieillesse, Lan'xiu ne lui survécut pas plus d'une semaine. La légende raconte qu'elle mourut de chagrin, tant il lui manquait. Ils furent enterrés dans la même tombe, entourés de nourriture, d'armures et d'épées. Le vieil eunuque Ning n'autorisa personne d'autre que lui à préparer sa précieuse princesse pour son voyage vers les cieux et on l'entendit faire remarquer à son amant, Wen, qu'ils n'auraient pas besoin de trésors dans l'au-delà puisqu'ils représentaient le trésor dont l'autre aurait besoin.

Ainsi se termina l'histoire de Lan'xiu, la Grande Princesse Guerrière du Nord et de son Seigneur, le Général Hüi Wei, liés pour toujours par un amour qui dura toute une vie et au-delà de la mort.

CATT FORD vit devant son ordinateur, dans un autre monde où ses amis gays imaginaires obéissent à tous ses ordres.

Elle aime les chats, le chocolat, danser le swing, dormir, les Monty Python, ses amis australiens, être insensée, inventer d'autres réalités avec des mots et le verre poli par la mer. Elle n'aime pas les chenilles, la fumée de cigarette et les gens impolis qui pensent que les mots comme « pédé » ou « pédale » sont acceptables.

Perfectionniste frustrée, elle se console avec la légende des tisserands de tapis Persans qui ajoutaient toujours une erreur dans leurs œuvres pour ne pas susciter la colère des Dieux, bien qu'elle n'ait pas besoin de faire exprès d'inclure une erreur. Il y en a toujours une qui se glisse. Écrire des romans de fiction a comblé un besoin de conversations intelligentes, ce qui n'est possible que lorsqu'on contrôle les deux côtés et des romans érotiques, où tout se finit toujours bien, du moins, la plupart du temps.

UNE POIGNE DE FER

CATT FORD

http://www.dreamspinnerpress.com

ROWAN SPEEDWELL

DE CŒUR
ET DE SANG

http://www.dreamspinnerpress.com